Der Mord an der Mühle

Henning Kreitel

Der Mord an der Mühle

Barthels erster Fall

Kriminalroman

mitteldeutscher verlag

Die Handlung und alle handelnden Figuren sind frei erfunden. Jegliche Ähnlichkeit mit lebenden oder realen Personen ist rein zufällig.

1

Es war ein schöner Sonnenaufgang an diesem Sonntag, als August Barthel zu einer seiner Wanderungen aufbrach. Dabei nahm er sich vor, jedes Mal einen anderen Wanderweg zu nehmen – seine neue alte Heimat wieder kennenzulernen. Obschon er es liebte, auszuschlafen – denn das kam bei ihm leider viel zu selten vor –, stellte er sich den Wecker. Barthel stand um sieben Uhr auf, frühstückte und bereitete sich dann Leckereien vor, die er während der Wanderung an einem vortrefflichen Platz zu sich nehmen wollte.

Heute würde er einer Empfehlung seines Nachbarn Steffen Horn nachgehen und den „Breiten Stein" aufsuchen. Dort könne er einen fantastischen Ausblick in die herbstliche Landschaft erleben. So hatte er sich bei einem Gespräch über den Gartenzaun mit Horn die Wanderroute genau beschreiben lassen. Über den Tipp freute sich Barthel, war er doch erst seit fünf Monaten wieder in Mihlsdorf. Für ihn war dieses scheinbar zwanglose Gespräch mit dem Nachbarn gleichzeitig eine Möglichkeit, einen Freundeskreis aufzubauen, der losgelöst von seinem Beruf war. Als Polizist hatte man auf dem Lande nicht wirklich viele Freunde, so empfand er es zumindest. Genau genommen war Barthel ein Bürgerpolizist, und somit für die polizeilichen Aufgaben in einer Gemeinde zuständig. Sein Abschnitt war überschaubar, bestand er schließlich bloß aus zwei Gemeinden, aber die Entfernung zwischen den einzelnen Ortsteilen war ein nicht zu unterschätzender Faktor, den er täglich aufs Neue spürte.

Das Schöne war, er freute sich Woche für Woche mehr über und auf seine Arbeit. Was nicht selbstverständlich war, denn erst kürzlich, da war er noch in Berlin gewesen und voller Zweifel.

Sein Wanderrucksack stand fertig gepackt in der Wohnungstür. Barthel nahm seine Thermoskanne, gefüllt mit Kaffee, zwei noch warme, frisch gelieferte und mit Butter bestrichene Mohnzöpfe und ein weichgekochtes Fünfminutenei mit sowie eine Freitagswurst, eine Spezialität einer Metzgerei zwei Dörfer weiter. Auch diesen Tipp verdankte er Horn. Dann konnte es losgehen.

Barthels Haus lag ungefähr in der Mitte des 800-Seelen-Dorfes Mihlsdorf. An einer langen, alten Pflasterstraße reihten sich Hof an Hof viele Dreiseitanwesen. Vereinzelt gab es dazwischen auch ein paar Einfamilienhäuser mit großzügigen Gärten. Barthel genoss die aufgehende Sonne im Rücken, die bewirkte, dass sein langgezogener Schatten ihm weit voraus war. Auch ohne diesen wäre er nicht allein gewesen: Es herrschte schon Leben im Dorf. Barthel versuchte, seine Neugier im Zaum zu halten – wahrscheinlich seinem Beruf geschuldet – und nicht einen Blick in die Fenster zu werfen, die leuchteten, und er ertappte sich bei dem Gedanken, dass das Gute wie Schlechte am Dorfleben war, dass man von jedem ungefähr wusste, wo er wohnte.

In der ersten, leicht rechtsgeschwungenen Kurve sah Barthel Gudrun Brückner, die fleißig mit ihrem blassgrünen Bollerwagen die bestellten Mohnzöpfe auslieferte. Nur sonntags gab es diese Backspezialität bei der Bäckerei Wumpe in Graupa, einem Nachbardorf. Brückner, eine gestandene Mihlsdorferin, verdiente sich dort etwas zu ihrer Rente dazu. Nach ihrer Frühschicht kam sie mit den Zöpfen zurück nach Mihlsdorf, um sie hier noch flugs zu verteilen. Als sie Barthel entdeckte, wartete sie lächelnd auf ihn.

„Wo geht's heute hin?", fragte sie ihn neugierig.

„Ich will zum ‚Breiten Stein'", antwortete er sachlich.

„Ach, herrlich! Wenn ich nicht die Zöpfe an der Backe hätte, wäre ich glatt mitgekommen", schwärmte Gudrun Brückner und schob bedächtig ihre schmalrandige, viel zu große, silberlegierte Brille die Nase hoch, nur um dann zu fragen: „Was ist rausgekommen aus der Sache mit dem Feuerlöschteich?"

Gerade das hatte Barthel kurzzeitig ausblenden wollen.

„Die Untersuchungen dauern an. Außerdem darf ich leider nicht mit dir darüber reden", lieferte er ihr einen Standardsatz als Antwort.

„Wen wundert es, ist ja auch erst gestern passiert. Guddi! Ich muss weiter, du hast ja schon deine Mohnzöpfe, aber die anderen warten noch", und schon zuckelte sie mit ihrem quietschenden Bollerwagen los, um die bucklige Straße zu überqueren.

„Dir auch noch einen schönen Tag!", rief er ihr hinterher.

Bevor Barthel wieder startete, musste er an den chaotischen gestrigen Tag denken. Ihn schüttelte es erneut. Er war noch nicht lange als Bürgerpolizist hier, und schon so eine Riesensache. Unbekannte hatten eine Chemikalie in den hiesigen Teich geworfen. Überall war Schaum gewesen – Barthel hatte sogar von Schaum geträumt, der ihn umschloss und gegen seinen Willen forttrug. Nur zu gerne wäre er einfach verschwunden. Eins der Probleme war: In dem Teich laichte die Wechselkröte, die streng unter Naturschutz stand. Der NABU würde sicher einen Aufstand deswegen machen. Dreisterweise waren nämlich längst vor Barthels Wiederkehr auch Goldfische im Teich ausgesetzt worden. Dadurch war die Aufrechterhaltung der Kröten-Population im Grunde sowieso schon unmittelbar zerstört worden, sind doch Goldfische für ihre Gefräßigkeit bekannt und dafür, sich zügellos zu vermehren. Gerüchten zufolge war es Friedrich Hauer, der die

Fische damals ausgesetzt hatte. Aber so genau wusste das keiner, oder vielmehr wollte es keiner wissen. Nun jedenfalls schwammen sie allesamt an der Oberfläche, scheinbar friedlich in einem Bett aus Schaum.

Dieser Hauer war so etwas wie das inoffizielle Dorfoberhaupt: mächtig und unantastbar. Er konnte sich alles erlauben und alle schauten nur zu, lästerten sich zwar die Zungen wund, doch keiner unternahm etwas, sein Treiben zu unterbinden oder ihn anzuschwärzen. Seine Erscheinung wirkte imponierend: Großgewachsen und muskulös, breitschultrig, mit blonden Haaren, die nach hinten pomadisiert waren, und undurchdringlichen, waldgrünen Augen. Eine Schwäche hatte er aber, welche sich erst zeigte, wenn er den Mund aufmachte: Er litt an einem Hustentick. Immer wenn er in einer Situation nervös wurde, zumeist in einem Gespräch, fing er zu husten an. Dies führte dazu, dass man ihn selten sprechen hörte, vielmehr hörte man seinen Arbeitseifer. Hauer arbeitete gefühlt Tag und Nacht, und das leider auch lautstark. Nur zu oft kam es vor, dass die Kreissäge nachts um vier Uhr wütete oder der Bagger auf einer seiner Baustellen dröhnte, sodass in den umliegenden Häusern die Lichter angingen. Die Sätze und Gespräche, die da fielen oder geführt wurden, wollte man sicher nicht hören, aber am Ende krochen alle wieder brav in ihre Betten und versuchten murrend, weiterzuschlafen.

Ein Grund, warum niemand etwas unternahm, war, dass Hauer viele wohltätige Dinge für das Dorf unternahm. So stellte er zu Weihnachten eine holzgefertigte, lebensgroße LED-Krippe auf. Etliche Schaulustige aus der Region kamen zu diesem Spektakel, wenn die Lichter der kunstvoll geschnitzten Krippe angingen. Die Zeitung berichtete sogar darüber, und so stand Mihlsdorf für ein paar Stunden jährlich im Rampenlicht. Auch baute Hauer für das

Osterfeuer mit seinem übriggebliebenen Holz stets ein riesiges Tipi. Und abermals kamen alle hergepilgert und feierten bis weit in den Morgen, denn so lange hielt das Holz, das Hauer spendieren konnte. Solche Taten reichten anscheinend aus, um sich ein Dorf untertänig zu machen. Er war ihr Krösus und schwamm im Geld, was er auch offen zeigte. Ein weiterer wichtiger Grund war jedoch sicherlich auch die Qualität seiner Arbeit als Zimmermann. Es gab im Dorf viele Handwerker und wunderlicherweise auch noch einen weiteren Zimmermann. Aber Hauer war der geschäftigste und umtriebigste Handwerker von allen. Immer volle Auftragsbücher, mehrere Angestellte und ein ansehnlicher Fuhrpark waren Kennzeichen seiner Betriebsamkeit. Gerüchten zufolge sollte er sogar Kontakte zur Unterwelt pflegen. Sein Erfolg hatte aber auch seinen Preis: Er ließ sich seine Arbeit fürstlich bezahlen. Dafür war, was er anpackte, solide und schnell erledigt. Quasi an fast jedem Gebäude hier im Dorf hatte er schon Hand angelegt: von der Dorfkirche, dem alten Feuerwehrhäuschen bis zu der kleinen Schule für die Grundschüler. Auch sanierte er das Dach des einzigen hiesigen Wirtshauses „Zum Mühlstein". Doch gab ihm das das Recht, sich wie die Axt im Walde – oder besser gesagt im Dorfe – aufzuführen?

Beim gestrigen Schaum-Drama hatte Barthel Hauer jedenfalls nirgends sehen können. Vielleicht war dieser insgeheim auch froh darüber, dass sich die Sache mit den Fischen so einfach erledigt hatte. Denn solch ein Vergehen wird normalerweise mit einem bis zu fünfstelligen Bußgeld geahndet. Doch Barthel hatte bisher keine Zeit gehabt, tiefgründig über Hauers Fernbleiben nachzudenken. Die Beseitigung der Schaumberge durch die örtliche Feuerwehr hatte sich bis in die späten Abendstunden hingezogen.

Das Quietschen von Gudruns Bollerwagen auf den buckligen

Pflastersteinen holte Barthel unmittelbar aus seinem Wachtraum. Die leicht im Gesicht kribbelnde Frische des Morgens genoss er umso mehr und atmete tief ein und aus. Er hatte das Gefühl, dass die Luft hier leicht nach Moos roch, was ihm sehr gefiel. Mit jedem Atemzug fühlte er sich gesünder und gestärkter.

Sein Weg führte Barthel auch direkt am Dorfkern vorbei. Auf einem kleinen Platz stand die schöne, sehr alte Dorfkirche. Unweit daneben befanden sich zwei behauene, große Mühlsteine aus Sandstein, die an die Geschichte des ehemaligen Steinbruchdorfes erinnerten. Auf einem stand der Name und die Jahreszahl 1442, der andere lag flach auf dem Boden und war als Steintisch gedacht. Ein großes, unbebautes Grundstück auf der anderen Seite des Dorfplatzes sah so aus, als wäre seit der Dorfgründung nichts mehr damit passiert. Erstklassig gelegen, fragte sich Barthel immer wieder aufs Neue, warum es keinen Käufer fand, oder wem es überhaupt gehörte – war es doch seinem Dafürhalten nach eine wahre Goldgrube. Neben vielen alten, dickstämmigen Obstbäumen, die schon sehr lange keinen Beschnitt mehr erlebt hatten, stand in der Mitte des riesigen Areals auch eine kleine Holzhütte, deren Tür meist einen Spaltbreit offen war. Wucherndes Gras blockierte den Eingang und hinderte den Wind daran, sie ganz aufzureißen. Die nur noch aus Fetzen bestehende Dachpappe schien einzig von einem mächtigen Efeustrang gehalten zu werden. Barthels Blick war stets auf diese Hütte gerichtet, wenn er an dem Grundstück vorbeiging, wie auch an diesem Tag. Die aufgehende Sonne ließ das verwitterte, ergraute Holz in einer leuchtend-warmen Farbe erstrahlen. Barthels Gedanken kreisten darum, was wohl in dieser Hütte sein mochte. Schon lange war niemand mehr auf diesem Gelände gewesen, das hätte er spielend leicht am plattgedrückten Gras erkannt. Als Kinder hatten sie einen großen Bogen um dieses Grundstück gemacht oder sich zu Mutproben gezwungen, wie weit man an die Hütte rankäme, mit dem Ziel, einen Blick hineinzuwerfen.

In den Häusern brannte noch immer vereinzelt Licht. So konnte Barthel die alten Höfe links und rechts ungestört bewundern. Weiter vorn an der Straße sah er den Jäger Heinz Rüttig, der dabei war, einen Strohballen für sein Rotwild mit einem Gabelstapler ins Gehege zu bringen. Barthel ging hin und schaute gebannt zu, wie das Wild von weit her in Scharen anlief, fast schon zutraulich zu Rüttig kam und genüsslich anfing zu äsen. Ein Rothirsch mit seinem mächtigen 12-Ender-Geweih blickte immer mal wieder auf und fixierte Barthel. Der grüßte ihn im Vorbeigehen, schlenderte weiter und sah schon das Dorfende. Er bemerkte, dass Licht bei Erika Meyer brannte. Die Witwe lebte in einem schönen, efeuumrankten Haus ganz am Ende der Straße. Wenn sie aus dem Fenster blickte, sah sie weite Felder und – ganz entfernt, bei guten Wetterverhältnissen, – sogar die Spitzen des Osterzgebirges. Beneidenswert, wie Barthel fand. Nur gab es auch einen Haken bei all dem Idyllischen: Sie musste immer die Straße überqueren, um zu ihrem Garten zu gelangen. Dieser wurde zusätzlich auch noch von einer Schlucht begrenzt, dem Liebethaler Grund. Dort stand am Fuße massiver Felsen ein Denkmal für Richard Wagner, der hier seinerzeit an der Oper Lohengrin geschrieben hatte. Wagner war als Gralsritter dargestellt, und zu seinen Füßen lagen fünf Figuren, die Menschen nachempfunden waren und die die Elemente seiner Musik repräsentieren sollten: das Sphärische, das Lyrische, das Dramatische, das Dionysische und das Dämonische. Jede der Figuren hielt ein Symbol in den Händen. Das im Liebethaler Grund fast versteckt anmutende Denkmal war das weltweit größte seiner Art. Auf einem acht Meter emporragenden Sandsteinsockel stand die knapp vier Meter hohe Bronze-Plastik des wohl bedeutendsten Komponisten der Romantik.

Wurde ein kleiner Knopf auf einem Info-Pult am Fuße der Stufen zum Denkmal gedrückt, ertönten zarte Klänge aus dem Präludium von Lohengrin. Eine wundersame Ergänzung zu dem wilden Wassertreiben des Flusses, der Wesenitz, der sich mit aller Kraft kurvenreich und lautstark durch dasselbe Tal zwängte.

Um Meyers Garten hielten sich hartnäckig viele Gerüchte, dass dort etwas nicht stimmte, es nicht mit rechten Dingen zuging. Auch diese Anschuldigungen waren Barthel seit seiner Kinderzeit bekannt. Für ihn war die Meyer aber stets eine hilfsbereite Frau gewesen, immer freundlich und gut gelaunt. Wenn er sie sah, bei Wind und Wetter, war sie in ihrem Garten, in der Erde grabend, beschnitt Stauden und summte dabei eine Melodie. Weil sie so eingängig war, konnte Barthel sich gut an sie erinnern.

Mit der Melodie im Ohr verschwand er in den Tiefen der Wälder der Sächsischen Schweiz.

Nach einer herrlichen Wanderung gelangte Barthel über einen schmalen Pfad durch das weite Weizenfeld wieder auf die alte Pflasterstraße in Richtung Mihlsdorf. Als er sich noch mal umdrehte, um zu beobachten, wie der Wind zärtlich den Weizen streichelte, vernahm er unvermittelt ein Brüllen. Es kam aus dem Liebethaler Grund. Barthel ging so schnell und so nah er konnte an den Rand einer Klippe, die sich gleich rechts neben der Straße befand. Leider konnte er aber nur ansatzweise nach unten schauen. Bäume und Äste versperrten ihm die Sicht. Barthel hörte jemanden irgendetwas stammeln, das jedoch durch Hustenanfälle unterbrochen wurde. Für Barthel klang das in gewisser Weise nach Hauer. Mit wem sich die Person unterhielt, konnte er zwar nicht verstehen, doch war er sich sicher, eine zweite Stimme gehört zu haben. Ob männlich oder weiblich war nicht klar. Leise war sie auf jeden Fall. Barthel stand mucksmäuschenstill da, suchte mit seinem Blick alles ab und lauschte. Plötzlich schreckte ihn ein Schrei auf – von der tiefen Stimmlage her eindeutig männlich. Irgendetwas musste da unten passiert sein! Das Problem war nur, dass der Schall, bedingt durch Fluss und Tal, von überall hätte kommen können. Und noch näher an die Felskante wagte sich Barthel nicht, von der aus hätte er vielleicht mehr sehen können. Er überlegte angestrengt. Seines Wissens gab es nur wenige steile Pfade und eine lange Treppenanlage, um das Tal zu erreichen. Zwei offizielle Wege, an denen man hinuntergelangte, lagen nicht in unmittelbarer Nähe. Er entschied sich für den Abstieg beim Dorfausgang und rannte los. Die Straße verlief fast parallel zum Fluss, nur der Abgrund trennte beides voneinander. Der Rucksack schlug gegen Barthels Rücken, aber das war jetzt unwichtig. Immer wieder stoppte er, um zu lauschen, doch da war nur das Rauschen des Flusses. Barthel erreichte Mihlsdorf geschwind und kam am kleinen Parkplatz für die Wanderer vorbei. Beiläufig nahm er den großen Geländewagen mit der scheinbar unendlich langen Ladefläche von Hauer wahr. Als er bei der Abzweigung in den kühlen und dunklen Grund ankam, stockte er kurz, denn er war unbewaffnet. Jetzt schon Verstärkung alarmieren? Und am Ende dem Gespött ausgeliefert sein, wenn unten nichts zu finden war? Was, wenn ihm der Fluss einen akustischen Streich gespielt hatte? Doch für Abwägungen war die Zeit zu knapp. Barthel entschied sich, allein nachzuschauen.

2

6 Monate zuvor

Nach einer anstrengenden und langen Frühschicht öffnete Barthel im schwach beleuchteten Hausflur den Briefkasten seiner Berliner Wohnung. Ihm flatterte ein Brief vom Nachlassgericht seiner Heimatgemeinde in die Hände. Da er für eine gewisse Zeit dastand und nur den Brief festhielt, ging das Licht des Bewegungsmelders aus. Kaltes, blaues Regenwetterleuchten drang von draußen durch die schmalen Flurfenster. Sich uneins mit seinen Gefühlen, riss Barthel den Brief auf. Der Sensor registrierte ihn wieder. Umgehend ging das Licht an.

Barthels Vater war gestorben.

Erschöpft schleppte er sich die Treppen in den vierten Stock hoch, schloss seine Wohnungstür auf, machte sich in der Küche einen Kaffee und ließ sich im Wohnzimmer in seinen türkisfarbenen Ohrensessel fallen. Durch das Martinshorn eines vorbeifahrenden Rettungswagens schreckte er auf und stellte erschrocken fest, dass er knapp zwei Stunden geschlafen hatte. Natürlich war der Kaffee mittlerweile kalt geworden, und er stand auf, um sich einen neuen zu machen. Da sah er auch wieder den Brief liegen. Dieses Mal las er weiter. Barthel war laut Testament zwar der alleinige Erbe, doch gebe es ein lebenslanges Wohnrecht für eine gewisse Marlies Michel. Barthel fiel aus allen Wolken. Sicherlich, sie hatten lange keinen Kontakt gehabt und ihr letztes Gespräch war nicht gerade gut verlaufen, aber anscheinend hatte es im Leben seines Vaters eine neue Frau gegeben. Immerhin war er so nett gewesen, das Erbe nicht aufzuteilen. Viel Vermögen besaßen Barthels Eltern eh nie. Alles, was sein Vater verdient hatte, hatte er in Haus und Garten gesteckt. Er pochte immer so auf seine Unabhängigkeit und wollte nie Hilfe annehmen, besonders nach dem Tod seiner Frau.

Im Brief stand auch irgendetwas von einer Frist. Barthel hätte sechs Wochen Zeit, das Erbe auszuschlagen, sonst gelte die Erbschaft als angenommen. Wer war diese Frau? Barthel fasste sich ein Herz, griff zum Telefon und wählte die Nummer seines Vaters. Er hatte sie lange nicht mehr gewählt. Seine Finger fanden trotzdem zielstrebig die richtigen Zahlen. Nervös lief er in der Küche auf und ab. Wenn sie schon bei ihm wohnte, musste sie auch rangehen.

„Hier bei Barthel", antwortete eine volle und kräftige Frauenstimme nach dem vierten Klingeln.

„Guten Tag, spreche ich mit Marlies Michel?", fragte Barthel entschieden.

„Ja, die bin ich. Und mit wem spreche ich, wenn ich fragen darf?"

„Hier ist August Barthel."

„August? Dann musst du Rolands Sohn sein! Er hat so viel von dir erzählt …"

„Das kann ich mir kaum vorstellen … Verzeihung, wer sind sie eigentlich und warum leben sie im Haus meines Vaters?", unterbrach Barthel kühl ihren Satz.

„Aber natürlich, ich war die Haushälterin deines Vaters. Und doch, er hat sehr wohl viel von dir geredet. Er war sehr stolz auf dich. Mein herzliches Beileid!"

Sein Vater und eine Haushälterin? Barthel wollte es kaum glauben.

„Ich wurde durch einen Brief davon in Kenntnis gesetzt! Wann ist es passiert?" Barthel setzte sich auf einen Holzstuhl an den schmalen Küchentisch.

„Als ich das Testament abgegeben habe, sagte man mir, dass sie dich schnellstmöglich kontaktieren werden. Aber dass es so lange gedauert hat, tut mir wirklich leid. Dein Vater starb schon vor einem Monat."

„Vor einem Monat?" Zum Glück saß Barthel schon.

„Eigentlich ging es ihm immer gut. Aber am 22. März kam er einfach nicht zum Frühstück. So ging ich irgendwann nachschauen und fand ihn in seinem Bett", sprach Michel mit sanfter Stimme.

„Ist er schon …?", begann Barthel leise.

„Nein. Oder so halb, er wurde schon eingeäschert. Nur so gab es die Möglichkeit, die Bestattung so lang wie möglich hinauszuzögern. Zum Glück rufst du an! Die Beerdigung ist nächste Woche Samstag um 11 Uhr …" Hörbar gespannt hielt Michel die Luft am Ende des Satzes an.

„Okay. Ich melde mich", beendete Barthel das Gespräch knapp und legte auf.

Nun war er beunruhigt. Fragen überschatteten seine aufkeimende Trauer, auf die er recht bald Antworten haben musste. Und um diese zu finden, würde er wieder in sein Dorf zurückmüssen. Er musste diese Marlies Michel kennenlernen und versuchen, sie einzuschätzen. Hing doch in gewisser Weise seine Entscheidung bezüglich seines Erbes davon ab. Wie alt sie war, das konnte er allein anhand ihrer Stimme am Telefon nicht einschätzen.

Wie sollte er sich nur entscheiden? Er fand sich mit seinen 42 Jahren noch zu jung, um schon wieder in die Heimat zurückzugehen.

Plötzlich übermannte Barthel eine unschöne Erinnerung. Ein handfester Streit mit seinem Vater. Es ging um seine Mutter, die bei einem Autounfall tödlich verunglückt war.

„Wir haben FSV Porschendorf platt gemacht, das musste doch

ordentlich gefeiert werden", hörte Barthel seinen Vater sagen und sah noch ganz genau, wie er seinem Blick auswich und eisern in die Landschaft schaute. Weil sein Vater zu besoffen war, um ihn vom Bahnhof abzuholen, musste seine Mutter fahren. Er gab seinem Vater die Schuld an ihrem Tod und hatte ihn nie wiedersehen wollen. Das war jetzt zehn Jahre her. Gekonnt wich er damals den Fragen seiner Freunde nach seinen Eltern an seinem 40. Geburtstag aus. Nun würde er seinen Vater tatsächlich nie mehr sehen können, und angesichts dieser Endgültigkeit überkam ihn ein Schauer. Vielleicht hätte ein klärendes Gespräch nach dem gebührenden Abstand gutgetan. Dafür war es nun zu spät.

Die Woche verging schleppend, aber Barthel war durch fordernde Polizeidienste gut abgelenkt. Eine Entscheidung zwecks des Erbes hatte er noch immer nicht treffen können. Am Freitagabend rief er Michel an – einen Tag vor der Beerdigung.

„Hier bei Barthel", meldete sie sich freundlich.

„Ja, hier August noch mal. Ich sagte ja, dass ich mich noch melde."

„Schön, von dir zu hören."

„Sei mir nicht böse … Ich werde morgen nicht kommen", sagte er ihr, ohne selbst richtig überzeugt zu sein.

„Ist gut."

Sie war enttäuscht, das hörte Barthel an ihrer Stimme. „Viel Kraft für morgen." Barthel verabschiedete sich und legte auf.

Er brauchte ewig, um einzuschlafen, und wachte auf, ohne sich den Wecker gestellt zu haben. Ein Blick darauf verriet ihm, dass es sieben Uhr war. Barthel wusste plötzlich, was er zu tun hatte.

Nach einem schnellen Frühstück kleidete er sich mit Hemd, Krawatte und feinem Anzug ganz in Schwarz, holte entschlossen sein Auto aus der Tiefgarage und fuhr los. Die Beerdigung war um 11 Uhr, er konnte es noch rechtzeitig schaffen.

Die Strecke war Barthel ebenso lange nicht mehr gefahren, wie er auch seinen Vater nicht mehr gesehen hatte, und schneller als gedacht erreichte er Mihlsdorf. Er fuhr langsam die lange Kirschallee hinunter ins Dorf. Nur noch vereinzelt hingen Ende April ein paar rosafarbene Blüten an den alten, knorpeligen Bäumen, deren Schattenwurf düstere Gestalten auf dem Asphalt hervorzauberte. Barthels Heimat, seine Region, ein Hort der Sagen und Mythen. Als er noch ein Kind war, erzählte ihm seine Mutter viele hiesige Geschichten. Damals suchte er auf den Wanderungen in den Bergen und Wäldern regelrecht die Unholde, oder zumindest Hinweise auf deren Existenz. An ein paar Sagen konnte er sich auch heute noch bruchstückhaft erinnern.

Da war sie wieder, die Dorfstraße mit ihren alten Pflastersteinen. Die Stoßdämpfer hatten tüchtig zu tun – zwangsläufig fuhr Barthel noch langsamer. Mit gemischten Gefühlen schlich er bedächtig die Straße entlang, die auch am Lebensmittelladen von Irmgard Helbig vorbeiführte. Hier gab es in gewisser Weise alles, was das Herz begehrte. Das stilvoll drapierte Schaufenster mit den Gläsern und bunten Verpackungen hatte sich nicht verändert. Selbst das kleine Bäckermännchen streckte tapfer seinen riesigen Laib Brot in die Höhe wie eh und je. Weil er noch etwas Zeit hatte und auch einen kleinen Appetit verspürte, hielt Barthel davor und stieg aus. Er trat auf die breite Sandsteinstufe beim Eingang, öffnete die weiß gestrichene Holztür und hörte dieselbe alte, kleine Glocke wie damals bimmeln. Helbigs Laden war auch der einzige im Dorf, der Kaffee und belegte Brötchen anbot, falls sich dies in der Zwischenzeit nicht geändert hatte. Frau Helbig lugte durch den bunten, aus vielen Streifen bestehenden Fliegenschutz, der das Hinterzimmer von der Ladenfläche trennte, und kam dann geradewegs zur langen Theke, die aus einer Vitrine für Backwaren, dem Kassierbereich und einer Kühltheke mit Wurst bestand. Mittig positionierte sie sich und sagte unvermittelt: „Schön, dich hier wiederzusehen. Mein herzliches Beileid, lieber August."

Barthel war überrascht, dass sie ihn gleich erkannt hatte. „Danke schön, Frau Helbig. Lang ist es her, und viel ist passiert!"

„Was kann ich für dich Gutes tun?", setzte sie nach und glättete mit der linken Hand die weiße Tischdecke unter ihrer Kasse.

„Gerne hätte ich einen Kaffee und ein Hackepeter-Brötchen", entgegnete Barthel, zeigte auf die mit Zwiebeln und Petersilie liebevoll dekorierten belegten Brötchen und fügte hinzu: „Den Kaffee bitte schwarz."

„Sehr gerne doch." Helbig fischte das Brötchen mit einer langen, silbernen Gebäckzange heraus und legte es auf einen kleinen Porzellanteller. Sie schraubte eine bunte Thermoskanne von beachtlicher Größe auf und goss vorsichtig Kaffee in eine mit blauem Zwiebelmuster verzierte Henkeltasse ein, die sie Barthel dann samt passender Untertasse galant reichte.

„Danke! Das gute alte Meissner …" Barthel war sichtlich angetan. Er stellte sich an den einzigen Stehtisch, links neben der Wursttheke, und biss herzhaft in das Brötchen.

Plötzlich hörte er, wie eine Autotür zugeplautzt wurde. Gefühlt einen Wimpernschlag später ging die Ladentür schwungvoll auf. Berufsbedingt sensibilisiert drehte sich Barthel um und blickte einem gutaussehenden, hochgewachsenen Mann in die energischen, waldgrünen Augen. Dieser erwiderte seinen Blick, öffnete den Mund, so als ob er etwas sagen wollte, doch anstelle dessen musste er husten, dem er ein lautes „Mensch" hinterherschickte, ehe er wieder hustete. „Dich gibt es also auch noch!"

Barthel erkannte sein Gegenüber nicht sofort und antwortete arglos: „Hoffe ich doch mal."

„Ich wette, du hast keinen blassen Schimmer, wer ich bin", sprach der blonde, junge Mann selbstsicher, denn er musste diesmal erst am Ende seines Satzes husten. Fast im selben Atemzug drehte er sich zu Helbig und kommandierte: „Kaffee! Zum Mitnehmen. Wie gehabt", um sich dann wieder Barthel zuzuwenden: „Und, schon eine Idee?"

Kurz herrschte nahezu Stille in dem kleinen Lebensmittelladen. Nur jenes Geräusch war zu hören, wie Helbig den dampfenden Kaffee in den Pappbecher goss.

„Diesmal mit einem Deckel, lieber Friedrich?", durchstach sie dieses scheinbare Vakuum, und da fiel es Barthel wie Schuppen von den Augen: Vor ihm konnte nur Friedrich Hauer stehen.

„Breit bist du geworden!", sagte Barthel zu ihm.

„Das macht die Arbeit." Hauer hustete wieder und richtete sich auf. Barthel wusste, dass Hauer zehn Jahre jünger war als er. Ganz früher stand es nicht gut um ihn, er war schmächtig und in sich gekehrt gewesen. Kein Gleichaltriger wollte was mit ihm zu tun haben, mitunter auch wegen seines Hustenticks.

Hauer verzog keine Miene. „Gibt's nicht gleich jemanden zum Beerdigen?"

Barthel war sprachlos, fasste sich aber schnell wieder, schluckte seine aufkeimende Wut hinunter und schaute auf seine Uhr. „Stimmt." Er zahlte, bedankte sich knapp bei Helbig und ging nach draußen. Als Barthel seine Autotür öffnete, stand Hauer mitten im Ladeneingang, schaute ihm beim Einsteigen zu und sagte großspurig: „Ich kauf' dir die Bude ab, wenn du willst."

Barthel erwiderte nichts, sondern schloss die Autotür, startete den Motor und fuhr los in Richtung Dorfkirche. Dabei musste er zwangsläufig auch an „seinem“ Haus vorbei. Er stoppte davor und spähte verstohlen durch das Seitenfenster darauf. Im sanften Gegenlicht kam es ihm schöner vor, als er es in Erinnerung hatte. Sein Vater musste in der Zwischenzeit viel daran gewerkelt haben. Barthel verspürte ein behagliches Gefühl, als er den Rückwärtsgang einlegte und beschloss, hier zu parken. Er hatte seine Entscheidung getroffen, er würde sich schon irgendwie mit Marlies Michel arrangieren.

3

Barthel brauchte seine ganze Konzentration. Der Weg nach unten war durch große, moosüberzogene Sandsteine beschwerlich, die stellenweise auch noch rutschig waren. Er hielt sich immer wieder an dem viel zu niedrigen, verrosteten Handlauf fest und kam langsamer als gedacht unten im Tal an.

Hier drang wenig Licht durch die Bäume. Die Felswände waren mit imposanten Überhängen versehen und steil. Der Fluss donnerte durch das Tal. Barthel fühlte sich auf einmal unheimlich klein. Aber er hatte ein Ziel: Herauszufinden, was hier unten passiert war. Das sollte seiner Einschätzung nach schnell gehen.

Er kam an eine Gabelung. Links ging es zu dem Grundstück der ehemaligen Lochmühle, einer schicksalhaften Mahlmühle, die direkt am Fluss lag und schon Ende des 16. Jahrhunderts urkundlich erwähnt wurde, später als beliebtes Ausflugslokal diente und nun schon lange leer stand und zunehmend verfiel. Barthel sah von fern, dass das Transparent von Hauers Firma am eingerüsteten Dachstuhl prangte. Er entschied sich für den rechten Weg. So ging er aufmerksam den schmalen Wanderpfad entlang und schaute nach Spuren eines Kampfes oder dergleichen. Seine Uhr zeigte an, dass es kurz nach 15 Uhr war, doch hier unten kam es ihm durch das wenige Licht wie abends vor. Wie immer bestens vorbereitet, hatte er eine Taschenlampe im Rucksack; zur Not wäre auch das Handylicht parat gewesen, doch ging er nicht davon aus, beides benutzen zu müssen.

Reichlich Schuhabdrücke gab es auf dem immerfeuchten Weg, der mit vielen großen, matschigen Stellen gespickt war. Bald hatte Barthel den großen Vorplatz des Wagner-Denkmals erreicht, ohne irgendetwas Nennenswertes entdeckt zu haben und hielt vor der überlebensgroßen Plastik inne. Ein Ehepaar saß unmittelbar dem Denkmal gegenüber auf einer Bank, ganz vertieft in die zarten Klänge des Lohengrin-Vorspiels. Der Mann wippte im Takt der Melodie mit seinem freischwingenden Fuß, den er auf dem Knie des anderen Beines abstützte, hingegen war sein Kopf starr auf das Denkmal gerichtet. Seine zarte rechte Hand hielt sanft ihre linke. Sie saß kerzengerade in ihrem dunklen, teuren Wanderoutfit, das noch wie neu aussah, und rührte sich nicht. Nur das gelegentliche Öffnen und Schließen ihrer Lider deutete auf ein Lebenszeichen hin. Barthel hätte wetten können, dass die beiden leidenschaftliche Wagnerianer waren, die sicherlich sämtliche Libretti des Ring-Zyklus' auswendig konnten. Barthel ging zu ihnen hin. „Ungern möchte ich stören, doch muss ich Sie leider etwas fragen. Ich bin von der Polizei, Barthel mein Name. Haben Sie eben einen Streit oder irgendetwas Auffälliges mitbekommen?"

Das Paar starrte weiter wie hypnotisiert auf das Wagner-Denkmal. Barthel räusperte sich laut, weil niemand reagierte. Da stoppte der Mann sein Fußzappeln, hob seine Hand und macht eine halbkreisförmige Armbewegung, als ob er dem Publikum eine ganz besondere Attraktion darbieten wolle. „Hier stand Wagner mal höchstpersönlich und ließ sich inspirieren, dem kann man nicht lang genug frönen."

Barthel hakte nach: „Und da ist Ihnen nichts aufgefallen?"

Die Frau antwortete, ohne sich oder ihren Kopf zu rühren. Es waren einzig ihre Lippen, die sich bewegten: „Herbert, erinnerst du dich an das seltsame Paar?"

Barthel erschrak vor ihrer piepsigen Stimme, die einer Maus glich. „Was war denn so seltsam an den beiden?"

Die Frau holte Luft und piepste weiter: „An einer schwachen Stelle des Präludiums bemerkte ich zufällig eine Frau und einen Mann. Sie ging voraus und er versuchte, ihr zu folgen. Doch ihm schien es irgendwie nicht gut zu gehen. Sie aber ging unbeeindruckt einfach weiter. Ich habe ihnen keine weitere Beachtung geschenkt."

Barthel hörte aufmerksam zu, was nicht wirklich leicht war, denn der Fluss übertönte beinahe ihr Stimmchen, und fragte aufgeregt: „Wohin liefen sie?"

Die Frau zeigte mit dem Zeigefinger ihrer klauenhaften rechten Hand in die Richtung, die tiefer ins Tal führte. Das tat sie allerdings, ohne ihren Körper zu bewegen, und sprach: „Da irgendwo. Plötzlich waren sie weg. Wahrscheinlich sind sie im Gebüsch verschwunden. Haben denn die Menschen keinen Anstand und kein Zuhause mehr, an dem sie solchen Schweinskram ausleben können?"

Knapp bedankte sich Barthel für die Information und beeilte sich, ihrem Hinweis zu folgen. Er suchte den Boden ab und blickte in regelmäßigen Abständen nach oben zur Felskante. So wollte er sich orientieren und den Punkt ausfindig machen, an dem er vorhin gestanden und dem Geschehen gelauscht hatte. Am Boden fand er keine eindeutigen Hinweise, alles sah matschig und zertrampelt aus. Links dröhnte der Fluss, dessen Ufergegend unversehrt war. Rechts waren zerklüftete Felsformationen, mal scheinbar aufgeschichtet, mal glatt gebrochen. Die Natur begann stetig, sich ihr Refugium zurückzuerobern; die Zeiten des hiesigen Steinbruchs waren schon lange vorbei. In fast jeder Fuge wurzelte ein Baum oder Strauch. Unterarmdicker Efeu rankte breitflächig am Felsen hoch. Dieses Gebiet unterlag nun strengstem Naturschutz. So durfte kein umgefallener Baum, selbst wenn er noch so ungünstig lag, geräumt werden.

Hoffnung regte sich in Barthel, als er einen stärkeren Ast entdeckte, der zerteilt mitten auf dem Weg lag. Er kniete sich vorsichtig hin und untersuchte die Bruchstelle auf Spuren von Blut. Aber warum vermutete er hier eigentlich ein Verbrechen? War es nicht auch denkbar, dass er lediglich Zeuge eines gewöhnlichen Streits geworden war? In der Folge es leider zu Handgreiflichkeiten kam, beide stillschweigend weitergegangen waren und sich nun bei Kaffee und Kuchen wieder versöhnt hatten? Möglich! Doch wenn Barthel eins besaß, dann war das ein Gespür für Verbrechen. Und das schlug hier unten eindeutig an.

Barthel fand nichts Verdächtiges an dem Ast, stand enttäuscht wieder auf und schaute nach oben. Er machte ungefähr die Stelle aus, an der er vorhin oben gestanden war. Der Streit musste also hier gewesen sein.

Plötzlich polterte etwas Geröll unweit von Barthel entfernt den Hang hinunter und landete im Gebüsch. Glücklicherweise wurde er nicht getroffen, aber der Schreck saß tief. Barthel versuchte zu erspähen, wo etwas abgebrochen war, und entdeckte auf den ersten Blick nichts Besonderes, nur faltige Felsformationen und Vorsprünge mit gaffenden, dunklen Mäulern. Der Laubfall setzte dieses Jahr recht spät ein. Sonst wäre es etwas schwerer für Barthel gewesen, Spuren ausfindig zu machen. Aber er musste mit seinen Rückschlüssen vorsichtig sein, denn es gab hier unten auch eine Menge Wildtiere.

In einem Spalt unterhalb eines Vorsprungs in drei Metern Höhe, der breit genug für einen Menschen war, meinte Barthel, ein Augenpaar auszumachen, das ihn unnatürlich goldgrün anstarrte – als ob ihn der Teufel höchstpersönlich fixierte. Er ging näher, ließ dabei die Stelle jedoch nie aus den Augen. Nur einmal ganz kurz, als er direkt vor dem Felsen stand, ihn absuchte, um vergeblich einen Weg nach oben zu finden. Als er die Spalte wieder ins Visier nahm, waren die Augen weg. Barthel wollte es genau wissen, setzte seinen Rucksack ab, kramte darin herum und holte eine Taschenlampe heraus. Mit seinem Handy hätte er die Stelle in dieser Höhe nicht ausreichend ausleuchten können. Er richtete die Lampe gezielt auf das Dunkel und wurde augenblicklich enttäuscht. Das, was er für Augen gehalten hatte, war nichts anderes als Leuchtmoos, welches hier im Elbsandsteingebirge reichlich vorhanden war. Ein Teil des Lichtes wurde von den Polstern, ähnlich wie bei einem Katzenauge, zurückgeworfen, so leuchteten die Moose bei bestimmten Lichtverhältnissen goldgrün.

Barthels Blick wanderte wieder durch die Gegend, und er drehte sich langsam einmal um die eigene Achse. Doch obwohl er augenscheinlich ganz allein war, wurde er irgendwie das Gefühl nicht los, beobachtet zu werden. Es erübrigte sich, den Atem anzuhalten oder ganz ruhig stehen zu bleiben, um zu lauschen. Das Rauschen des Flusses übertönte ohnehin alles. Ihn gruselte es allmählich. Er war kein Mann der starken Nerven, eher des guten Gespürs. Aber es war seine Aufgabe und Pflicht, weiterzumachen. Obwohl, streng genommen war er ja gar nicht im Dienst, es war Sonntag und er hatte frei; morgen erst musste er wieder ran. Ebenfalls alleine, das war die Kehrseite seines idyllischen Berufs als Bürgerpolizist auf dem Dorf.

Die Sonne war weitergewandert. Es wurde langsam dunkel hier unten, wenngleich es eigentlich erst später Nachmittag war. Barthel analysierte die Situation: Entweder lief er den Wanderweg weiter bis zum nächstmöglichen Aufstieg und somit auch in die Dunkelheit hinein, oder er würde umkehren und morgen noch mal bei Tageslicht ausgiebig suchen. Nach Regen sah es zumindest nicht aus, sodass keinerlei Spuren vernichtet werden würden.

Barthel entschied sich dafür, umzudrehen. Gedankenversunken ging er denselben Weg zurück. Das Wanderpaar saß noch immer unverändert vor dem Denkmal und schaute gebannt auf Wagner. Beide würdigten ihn keines Blickes. Neu an diesem Stillleben war allerdings, dass sie sich ein Lämpchen aufgestellt hatten, denn das Monument wurde bei Dunkelheit nicht angestrahlt. Sie wirkten in diesem Licht unfreiwillig nur noch gespenstischer.

Als Barthel zu der Weggabelung kam, bemerkte er, infolge der schwachen Lichtverhältnisse, dass durch die Plane auf dem Dachstuhl der Lochmühle Licht nach außen drang. Es schien so, als ob jemand auf der Baustelle zugange wäre. Barthel zückte diesmal sein Handy, das ging jetzt schneller, als erst den Rucksack abzusetzen und darin rumzuwühlen, zumal er nicht ernsthaft davon ausging, Objekte in großer Entfernung erkennen zu müssen. Als er auf den Bildschirm des Handys blickte, nahm er besorgt zur Kenntnis, dass er hier unten keinen Empfang hatte. Barthel stellte die Taschenlampen-Funktion ein und hielt den Lichtstrahl vor sich. Die moosüberzogenen, feuchten Steine strahlten unnatürlich hell. Er musste durch eine Art tropfende, steinerne Unterführung gehen. Je näher er dem Gelände kam, desto erkennbarer wurde das Dudeln eines Radios. Der Lichtstrahl erfasste auch das vom

Schimmel malträtierte alte Mauerwerk. Ein Bauzaun umgab das Gebäude. Reste des ehemaligen Putzes klebten sporadisch auf den feuchten Sandsteinen wie sich ablösende, nass gewordene Pflaster. Ansatzweise war der Schriftzug des ehemaligen Betreibers auf einer Tafel in Höhe des ersten Stocks noch zu erkennen, aber auch hier hatte die Witterung schon ordentlich an den aufgemalten Buchstaben genagt. Barthel suchte den Eingang in das vom Einsturz bedrohte Gebäude und schritt langsam an der Außenwand mit den vielen zugemauerten Fenstern entlang. Er fand einen Zugang an der Stirnseite der Mühle, von wo aus man bei Tageslicht einen herrlichen Blick auf den kleinen angrenzenden Wasserfall haben musste. Er konnte jetzt ganz deutlich die Musik hören und zwängte sich durch den offengelassenen Bauzaun. Sein Kommen kündigte er lautstark an: „Hallo. Jemand hier?" Da keine Reaktion erfolgte, ging er vorsichtig in das Gebäude hinein.

Durch einen Türspalt drang Licht in den Vorraum. Ein plötzlicher Windstoß ließ die Plane auf das Dachskelett schlagen. Barthel zuckte zusammen. Seine Schreckhaftigkeit ließ ihn einen kurzen, mädchenhaften Schrei ausstoßen, wofür er sich im Anschluss schämte und hoffte, dass ihn niemand gehört hatte. Er war alles andere als ein knallharter Großstadtbulle, das wusste er auch, aber das musste nicht jeder wissen.

Barthel öffnete entschlossen die vor ihm sich befindliche Tür, ging hinein und kam in eine Art offene Halle. Vier Baustrahler, jeweils in den Ecken positioniert, leuchteten alles derart grell aus, dass Barthel das Gefühl hatte, die Sonne würde hier scheinen. Er ließ das Handy wieder in seiner aufgesetzten Beintasche verschwinden und bestaunte die Halle, nachdem sich seine Augen an die Helligkeit gewöhnt hatten. Da keine weiteren Zimmer vorhanden zu sein schienen und die Zwischendecke fehlte, konnte man direkt in den Dachstuhl hochschauen. Der vormals vorhandene Holzbohlenbelag war entfernt worden, Überreste konnte Barthel gestapelt in einer Ecke erspähen. Das Fundament in Form von in den Dreck gemauerten Sandsteinen kam zum Vorschein. Das Radio entdeckte Barthel neben einem der Baustrahler und stellte es aus. Er rief noch mal „Hallo", doch er hörte nur den Wind pfeifen und den Fluss rauschen. Mitten in der Halle sah er ein massives Brett, welches von zwei Klappböcken gestützt wurde. Darauf lag etwas. Doch aus der Entfernung konnte er nicht erkennen, was genau es war. Barthel ging näher und fand ein Handy in einer robusten Hülle neben einer geöffneten Brotdose vor. Die aufgeschnittenen Äpfel darin waren schon braun verfärbt und das belegte Brot lediglich angebissen. Ein offenes Bier rundete die Brotzeit ab, nur war auch dieses nicht angerührt worden. Seinem Dafürhalten nach sah es hier so aus, als ob jemand die Baustelle nur kurz verlassen hätte und gleich wiederkäme. Wer sonst würde sein Handy und Essen einfach so liegen lassen? Möglich war jedoch vieles. Jedenfalls, da war sich Barthel ziemlich sicher, war niemand mehr hier.

Quer über dem Brett verteilt lagen auch die gut bestückte Werkzeugtasche und aufgeschlagene Baupläne. Die Neugierde siegte über die Professionalität, Barthel trat näher und schaute sich die Pläne an. Er war kein Architekt oder Fachmann, aber das, was er deuten konnte, ließ ihn staunen. Scheinbar hatte Hauer Großes mit der Mühle vor. Nicht nur sollte das Gebäude saniert, das Gelände sollte sogar massiv erweitert und umstrukturiert werden. Unter den Plänen gab es auch eine Visualisierung des fertigen Projektes. Darauf sah Barthel ein großzügiges Foyer samt einer Wendeltreppe, die in den zweiten Stock führte, der war gespickt mit vielen schmalen Zimmern. Außerdem konnte er eine weit über den Fluss auskragende Terrasse und einige sichtgeschützte Bereiche erkennen. Diesbezüglich waren auch tiefe Einbuchtungen in den umliegenden Felsen vorgesehen. Barthel grübelte – hier unten war doch ein Naturschutzgebiet. Das konnte nicht über den offiziellen Weg verlaufen sein, so viel stand fest. Denn was Barthel wusste, war, dass die Lochmühle zu einem Bauland deklariert hätte werden müssen. So ein Unterfangen war mit sehr viel Zeit und Geduld verbunden. Aber genauso wusste er, dass Hauer sehr gute Beziehungen zur Gemeinde hatte und in Fällen wie diesem auch das nötige „Kleingeld" mitbrachte.

Barthel zögerte nicht lange, zog sein Handy und fotografierte die Dokumente – wer wusste, wozu er diese noch benötigte. Bei dieser Gelegenheit kam ihm in den Sinn, ganz unbefangen beim Bürgermeister und bei Ronja Gräfe, der hiesigen Wildhüterin, beiläufig deren Kenntnis bezüglich des Lochmühlen-Projekts zu prüfen. Den Namen des Architekten hatte er – er war auf der Skizze vermerkt, die er eben fotografiert hatte.

Das Knirschen kleiner Steinchen verriet ihm, dass sich eine Person näherte. Barthel schreckte auf und stieß dabei wieder einen Schrei aus. Ein hünenhafter Mann in einem khakifarbenen Parka kam auf ihn zu. Barthel entfernte sich instinktiv von dem Brett und versuchte, die Situation einzuschätzen. Der Mann war vielleicht Ende 40, seine silbergrauen und akkurat zurückgegelten Haare blendeten in dem Licht annähernd. Von der Aufmachung her sah er wie der ältere Bruder von Hauer aus. Seine Hände hatte er in den Brusttaschen seiner dicken und teuren Jacke vergraben.

„Was schleichen Sie hier so herum?", platzte es aus Barthel heraus.

Der Mann blieb zwei Meter vor ihm stehen und baute sich auf: „Gegenfrage. Was suchen Sie hier?"

Barthel entschied sich dafür, die Wahrheit etwas abzukürzen: „Einerseits finde ich, dass Sie das nichts angeht. Andererseits bin ich auf der Suche nach jemandem. Ich bin von der Polizei. Nun … wer sind Sie, wenn ich fragen darf?"

Den Unbekannten ließ das völlig kalt: „Dann würde ich gerne Ihren Dienstausweis sehen. Das kann jeder von sich behaupten. Da draußen gibt es viele schwarze Schafe, wenn Sie verstehen, was ich meine. Und außerdem ist das hier eine gesicherte Baustelle. Unbefugten ist der Zutritt untersagt."

Barthel zögerte nicht lange, zückte seine Brieftasche und holte die Plastikkarte hervor, die ihn zu dem machte, was er war. Diesbezüglich hatte er nichts zu verbergen und sprach in ernstem Ton: „Dann mal raus mit der Sprache!"

Der Unbekannte lächelte. „Guten Abend, Herr Polizeiobermeister Barthel. Schön, Sie hier empfangen zu dürfen. Mein Name ist Carlo, wenn ich mich kurz vorstellen darf." Er verneigte sich sogar leicht.

„Und gibt es auch noch einen Nachnamen?", hakte Barthel nach.

„Selbstverständlich: Wolf! Nur reden mich nicht sehr viele mit meinem Nachnamen an." Ein eigenartiges Grinsen folgte und ließ einen Blick auf Wolfs mit Gold verblendete Schneidezähne zu, der dann nachsetzte: „Und, was haben Sie hier an einem späten Sonntagnachmittag alleine zu suchen, Herr Polizeiobermeister Barthel?"

Barthel überlegte kurz. „Sicherlich können Sie sich vorstellen, dass ich aus ermittlungstechnischen Gründen nicht näher auf Ihre Frage eingehen kann. Also – was suchen *Sie* hier?"

Wolf zuckte lässig die Achseln: „Nichts Besonderes … Ich bin mit Friedrich Hauer verabredet."

Barthel überkam es: „Das trifft sich, den suche ich nämlich auch. Und was wollen Sie von ihm?“

„Ich werde mich kurzfassen. Ich wollte mich über den Fortschritt unseres gemeinsamen Projektes erkundigen“, antwortete Wolf.

Barthel wurde ungestüm: „So lassen Sie sich doch nicht alles aus der Nase ziehen! Wir können das auch gerne förmlich halten und ich lade Sie vor. Also bitte alles etwas genauer … Was für ein Projekt denn?“

Wolfs Reaktion: „Weswegen sollten Sie mich vorladen? Weil ich leicht verspätet zu einem Treffen mit meinem Geschäftspartner kam? Ich wusste nicht, dass dies schon als Grund ausreicht. Aber gerne doch, laden Sie mich vor. Dann werde ich allerdings meinen Rechtsbeistand mitbringen. Ich kenne sehr wohl meine Rechte, lieber Herr Polizeiobermeister Barthel!“

Die Überheblichkeit und die Art, wie sein Gegenüber seinen Namen an jedes Satzende setzte, ließen Barthel innerlich kochen. Doch Wolf hatte Recht, er hatte tatsächlich nichts gegen ihn in der Hand. Sein Gespür sagte ihm trotzdem, dass etwas nicht stimmte. So schlug er eine andere Strategie ein: „Die Pferde gingen mit mir durch. Natürlich kann ich Sie nicht vorladen. Sagen wir mal so, es ist ein ungewöhnlicher Sonntag. Jedenfalls interessiert es mich brennend, was es mit diesem Projekt auf sich hat. Zumindest sieht es sehr beeindruckend aus, was Sie beide hier unten geplant haben.“

Wolf biss glücklicherweise an: „Ich akzeptiere Ihre Entschuldigung, Herr Polizeiobermeister Barthel. Nun, es ist so: Ich hatte die Idee, und Hauer hat die Fähigkeiten. Finanziell haben wir uns reingeteilt.“

„Verzeihen Sie: Was war Ihre Idee?“, fragte Barthel prompt nach.

„Hier soll ein Ort wie Walhall entstehen, in Anlehnung an Wagner, nur eben lebendig. Wo sich müde Krieger gehen lassen und gepflegt entspannen können, von Walküren nach Strich und Faden verwöhnt werden, bevor sie nach ein paar Stunden oder am nächsten Tag wieder in die Schlacht ziehen", antwortete Wolf und nickte vielsagend.

Barthel verstand das Bild sehr wohl: „Verstehe ich das richtig, dass Sie hier unten einen Puff etablieren wollen?"

„Wenn Sie das so vulgär ausdrücken wollen." Wolf lachte schäbig.

„Wer, bitte schön, hat dieses Unterfangen hier unten, in einem Naturschutzgebiet tief in der Sächsischen Schweiz, genehmigt?", herrschte Barthel ihn an, zunehmend aufgebrachter. Er konnte sich bildhaft vorstellen, wie die Mihlsdorfer reagieren würden, wenn sie erfuhren, was hier im Begriff war zu entstehen. Was, wenn schon jemand davon Wind bekommen hatte und diesen Sündenpfuhl stoppen wollte?

Wolf ergötzte sich an Barthels Reaktion: „Das, lieber Herr Polizeiobermeister Barthel, gehört nicht zu meinem, wie sagt man so schön, Zuständigkeitsbereich. Hauer wollte sich darum kümmern. Das war auch einer der Punkte, die ich heute vorhatte, mit ihm zu besprechen."

Barthel musste das alles erst mal verdauen. „Gut. Ich danke Ihnen fürs Erste. Wie erreiche ich Sie, falls ich noch Fragen habe?" Er straffte sich und war im Begriff, an Wolf in Richtung Ausgang vorbeizugehen.

„Sie sind jederzeit in meinem Wohlfühltempel ‚Haus Berlin' in Dresden herzlich willkommen", antwortete Wolf, nicht ohne noch mal seine Goldzähne blinken zu lassen.

Barthel ließ Wolf in der taghellen Halle zurück, trat durch den

Vorraum und war von der draußen vorherrschenden Schwärze überrascht. Da seine Augen keine Zeit gehabt hatten, sich an die Dunkelheit zu gewöhnen, kam es ihm wie tiefste Nacht vor. Mit geübten Fingern fischte er sein Handy aus der Hose, schaltete das Licht ein und bemerkte, dass Wolf den Bauzaun wohl geschlossen hatte, als er vorhin gekommen war. Er hob unter Anstrengung, mit nur einer Hand, den wackeligen Zaun aus der Verankerung und ging vorsichtig durch die entstandene Lücke. Die Mühe, den Spalt wieder zu schließen, sparte er sich hingegen. Er hielt den Lichtstrahl des Handys vor sich, um nicht auf den glitschigen Steinen auszurutschen, denn das fehlte ihm bei seinem Glück heute noch. Er wollte fürs Erste nur endlich nach Hause und den Rucksack loswerden.

Wieder heil auf der buckligen Pflasterstraße angekommen, schaltete Barthel das Handylicht aus, er brauchte es nicht mehr. Hier setzte erst langsam die Dämmerung ein und er wurde mit einem orangefarben, brennenden Himmel hinter tiefstehenden, rot glühenden Wolken belohnt. Wenigstens etwas.

Hauers Geländewagen stand noch da. Durch die schiere Größe fast verdeckt, parkte dicht daneben ein schwarzes, schweres Auto, vermutlich das von Wolf. Gedankenversunken verspürte Barthel plötzlich mächtigen Hunger. Hoffentlich hatte Marlies Michel zufällig etwas Leckeres gekocht. Wie er hungrig den Heimweg antrat, sah er, dass bei Erika Meyer kein Licht brannte. In ihrem Garten war sie auch nicht, das hätte er sehen müssen. Alles sehr ungewöhnlich für ihre Verhältnisse.

4

Barthels Wecker hatte tüchtig zu tun, ihn um sieben Uhr aus seinem Schlaf zu klingeln. Das Frühstück stand freundlicherweise schon für ihn bereit. Er freute sich heute ungemein über den dampfenden Kaffee, bekam er doch von Marlies Michel immer die Pirnaer Mischung der dort ansässigen Kaffeerösterei serviert.

Kurz reflektierte Barthel die Situation, die richtige Entscheidung bezüglich Haus, Mihlsdorf und ihr getroffen zu haben. Mit Michel verstand er sich blendend, sie erinnerte ihn insgeheim auch ein bisschen an seine verstorbene Mutter. Doch Michel war etwas jünger als sie; Mitte 50, trug einen Bob anstatt langer Haare und war brünett.

Michel brühte die Kaffeemischung nur zu besonderen Anlässen auf. Natürlich nicht, ohne das verwunschene Quellwasser des Erlpeterbrunnens zu verwenden, welcher am Fuße des Pirnaer Schlosses stand. Die Magie basierte auf einer Sage, in welcher ein Hirtenjunge seinen üblen Ausschlag damit kurierte, dass er von dem Brunnenwasser trank, sich darin wusch und dadurch die schönste und reinste Haut weit und breit bekam.

Nach einem entspannten Frühstück beeilte Barthel sich, seine Uniform anzuziehen. Anschließend kämmte er sich das Haar vorm Spiegel und ertappte sich dabei, wie er auch schaute, ob vielleicht das Quellwasser schon Wirkung zeigte. Nachdem er aus der Haustür und ums Haus gegangen war, gelangte er zu einer wenig gepflegten Garage. Er wuchtete die schweren, verzogenen Holztüren auf, an denen längst abgelaufene Kalenderblätter mit nackten Frauen klebten. Der Geruch von ausgelaufenem Benzin schien den Schuppen förmlich durchdrungen zu haben und hielt sich hartnäckig. Der ganze Stolz seines Vaters stand hier, gut vorm

Wetter geschützt: eine rapsgelbe Simson S50. Barthel hatte in seiner Jugend nur unter ganz besonderen Umständen damit zu seinen Freunden in die Nachbardörfer fahren dürfen. Nachdem sein Auto pünktlich nach dem Umzug den Geist aufgegeben hatte, war die Maschine nun so etwas wie sein Einsatzfahrzeug geworden: Stets zuverlässig und souverän, wenn es darum ging, durch die schmalsten Gassen zu passen. Und nicht zu vergessen, er konnte es ganz leicht überall abstellen.

Barthel streichelte die Simson und schob das Moped vorsichtig nach draußen. Der offizielle Einsatzhelm hing griffbereit an einem Nagel über der Werkbank, doch viel lieber nahm er eigentlich den nicht mehr für den Straßenverkehr zugelassenen alten Lederhelm seines Vaters, der sich direkt daneben befand. Wenn er über Land nach Pirna aufs Polizeirevier fuhr, setzte er den massiven Helm auf, in seinem Zuständigkeitsbereich sah man ihn hingegen bloß mit dieser abgenutzten Lederschüssel herumknattern. Das Einzige, was Barthel nachträglich installiert hatte und was den schönen Gesamteindruck der Simson etwas schmälerte, waren Seitenkoffer, in denen unter anderem seine Warnweste verstaut war. Das musste nun mal sein.

Nach dem Verschließen der Garage ging Barthel wieder zum Moped, öffnete den Kraftstoffhahn, schaltete die Zündung ein und trat kräftig den Kickstarter. Die Simson sprang sofort an und schnurrte friedlich, während er sich den Helm aufsetzte. Langsam tuckerte Barthel auf der Dorfstraße in Richtung Pfad, auf dem man zum Wagner-Denkmal gelangte. An diesem Montagmorgen fiel ihm aber nichts Besonderes auf, außer der Tatsache, dass auf dem Wanderparkplatz Hauers monströses Gefährt immer noch unbewegt dastand. Ein Stück neben der Stelle, wo der Weg nach unten führte, bockte Barthel das Moped am Straßenrand auf und ging, vorsichtig den moosigen Steinen folgend, auf direktem Wege hinunter in den Grund. An der Abzweigung schlug er wieder den rechten Weg ein und ging schnurstracks zum gestrigen Ort, an dem die vermeintliche Auseinandersetzung stattgefunden hatte. Barthel hob Farne an, um Fußabdrücke zu finden, untersuchte kritisch die Matschstellen und ging schließlich zum Felsen, wo sich die Spalte unter dem Überhang befand. Doch er konnte, sehr zu seiner Enttäuschung, nichts Neues entdecken. Da half auch der Sonnenstrahl nichts, der ihn just in diesem Moment traf und wärmte. Ihm schien, als hätte das Rauschen des Flusses auf einmal wie ein hämisches Dauerlachen geklungen.

Dann war eben alles nur Einbildung gewesen, obschon ihm sein Gefühl etwas anderes sagte. Er entschied sich fürs Umkehren.

An der Gabelung stoppte Barthel dennoch erneut und wollte nur mal schnell nachschauen, wenn er schon hier unten war, ob sich etwas auf der Baustelle getan hatte. So ging er schnellen Schrittes den Bauzaun entlang zur Stirnseite des Gebäudes, die nicht vom Wanderweg aus sichtbar war, und stellte fest, dass der Zaun vorm Eingang wieder bündig in der Fußplatte steckte. Er hob das hohe Metallgitter vorsichtig an, schlüpfte hindurch und öffnete die vermoderte Gebäudetür. Barthel bekam einen völlig anderen Eindruck von der Baustelle als tags zuvor. Alles wirkte so verlassen, perspektivlos. Die Baustrahler waren ausgeschaltet. Wie er so langsam durch die Halle schritt, auch an der Stelle vorbei, wo Wolf gestern wie angenagelt gestanden hatte, entdeckte er im Boden ein Loch. Daneben lag eine Art Sandsteinplatte. Er kam näher und schaute sie sich genauer an. Der Stauraum im Inneren der Kammer war nicht wirklich groß, bot vielmehr bloß Platz für eine Schatulle oder Ähnliches. Barthel zückte sein Handy und leuchtete hinein. Nichts zu sehen. Er richtete sich wieder auf und trat gegen den Stein, sodass dieser die Kammer verschloss: Unfallverhütung. Er ging weiter zur Mitte des Raums. Auf dem improvisierten Tisch war die Verpflegung noch immer unangetastet, und merkwürdigerweise lag das Handy noch an seiner Position. Die Unterlagen waren jedoch verschwunden. Barthels erster Gedanke war: Zum Glück gab es die Fotos von den Dokumenten auf seinem Handy noch. Möglich wäre doch, dass Hauer leicht verspätet zu seiner Verabredung mit Wolf gekommen war, er im Anschluss die Baustelle aufgeräumt und diesbezüglich auch die wichtigsten Sachen eingesteckt hatte. Oder aber: Die Ordnung war nur vorgetäuscht, Hauer war gar nicht dagewesen und Wolf hatte die Unterlagen einfach an sich genommen und war verschwunden.

In diesem Moment vibrierte das Handy auf dem Brett. Barthel sah auf dem Bildschirm eine schöne junge Frau mit blondem Haar, die ihn glücklich mit strahlend weißen Zähnen anlachte. Es war Rosalie, die Frau von Friedrich Hauer. Definitiv war Hauer hier auf der Baustelle zugange gewesen, aus unerklärlichen Gründen hinausgegangen, in den mysteriösen Vorfall verwickelt worden und nun scheinbar vom Erdboden verschluckt. Demnach hatte er sich also gestern nicht verhört, als jemand beim Sprechen hustete.

Barthel wusste nicht, wie er reagieren sollte, und ließ das Handy einfach vibrieren. Rosalie war hartnäckig, denn es dauerte eine gefühlte Ewigkeit, bis sie aufgelegt hatte. Nun herrschte plötzlich eine erschreckende Stille in der Halle. Barthel blickte auf seine Armbanduhr und erschrak. Wenn er jetzt sofort aufbräche, würde er nur leicht verspätet zu seinem Termin mit Rita Hauswald kommen. Ungern kam er unpünktlich, fand er es selbst doch immer lästig, auf andere warten zu müssen, denn Zeit wurde einem schließlich nicht geschenkt. Er griff unbewusst nach Hauers Handy und sputete sich, hinauszugehen. Oben angelangt, trat er den

Kickstarter seiner Simson und drehte den Gasgriff auf Anschlag. Das Moped jaulte auf.

Barthel knatterte in die entgegengesetzte Richtung ans andere Ende von Mihlsdorf, zur Vorsitzenden des hiesigen Heimatvereins. Sie wohnte in einem stattlichen Dreiseithof. Das Tor war offen, und Barthel sauste mit seinem Moped auf den Hof, wo er es relativ mittig abstellte und sich seinen Lederhelm unter die Achseln klemmte. Hauswald musste ihn schon erwartet haben, denn sie öffnete ihm die Tür, noch bevor er klingeln konnte. Sie war Anfang 50 und arbeitete hauptberuflich als Krankenpflegerin. Wie immer war ihre Kleidung fein abgestimmt, und die dunklen Haare ihres Kurzhaarschnittes lagen perfekt.

„Hallo Rita, verzeih die Verspätung, ich wurde aufgehalten", begrüßte Barthel sie freundlich.

„Hallo August, das macht doch nichts. Komm rein!", winkte sie ab und wies ihm den Weg ins Haus.

Barthel war nicht nur wegen der Sache mit Hauer angespannt, schließlich stand auch noch das erste Dorffest vor der Tür, für dessen Sicherheit er als Bürgerpolizist sorgen sollte. Natürlich hatte er in seiner Jugend viele hier miterlebt, an einigen auch aktiv mitgewirkt, aber nun für den Schutz zuständig zu sein, war eine andere Geschichte.

Sie setzten sich in die Küche und Hauswald bot Barthel einen Kaffee an, den er dankend annahm. Er lächelte und zückte ein kleines Notizbüchlein aus seiner Jackentasche. „Was habt ihr diesmal vor?"

Hauswald holte erst mal Luft, bevor sie anfing, ihn mit Informationen zu überhäufen: „Wir haben für dieses Jahr einen kleinen Umzug geplant, anlässlich unseres 575-jährigen Bestehens. Sonst passiert ja wie jedes Jahr das eigentliche Spektakel auf unserem

Festplatz, da hat sich nicht viel verändert, das kennst du ja noch: Ein Festzelt und das kleine Kettenkarussell werden ab Donnerstag aufgebaut. Natürlich darf auch das Vogelschießen nicht fehlen! Da fällt mir ein, Friedrich Hauer hat sich bisher noch nicht bei mir gemeldet, der installiert das doch immer. Gut, dass du mich erinnerst! Ich werde mich nachher gleich noch mal bei ihm melden."

Barthel lief ein Schauer über den Rücken.

„Rüttig wird wie immer seinen Grillstand mit Wildbratwürsten und Schaschlik aufbauen und auch die Meyer wird wieder ihre leckeren Quarkbällchen mit verschiedenen Füllungen verkaufen." Hauswald sprach ohne Punkt und Komma und konnte auch ihre Hände nicht ruhen lassen, ständig nahmen diese eine andere Position ein. Barthel schrieb fleißig mit und erfreute sich an dem Wort ‚Quarkbällchen'. Denn Meyers Quarkbällchen waren wirklich legendär. Es geschah regelmäßig, dass beim Dorffest ihr Stand förmlich überrannt wurde.

Barthels Blick ruhte auf dem Notizbuch, als er sagte: „Nur kurz zum Verständnis, du meintest, Hauer hat sich noch nicht bei dir gemeldet?"

Hauswald antwortete aufgeregt: „Ja, genau. Am Samstag hatte ich ihm eine Nachricht geschrieben, ob das mit dem Baum fürs Vogelschießen klappt. Doch bisher hat er mir nicht geantwortet. So ist er leider, zu fein zum Antworten, hält sich für was Besseres. Wenn ich manchmal könnte, wie ich wollte, dann würde ich Hauer auf den Mond schießen. Ehrlich! Aber die Zeit sitzt mir im Nacken. Hoffentlich wird alles gut werden. Unser Dorffest ohne Vogelschießen, daran will ich gar nicht denken!"

Barthel hörte aufmerksam zu und sagte: „Mach dir keine Sorgen, es wird alles gut! Gibst du mir bitte sofort Bescheid, wenn er sich bei dir gemeldet hat?"

Hauswald nickte: „Versprochen. Ist irgendwas mit ihm? Du wirkst so angespannt.“

Barthel hielt den Atem an. In dieser Sekunde brummte es in seiner Jackentasche. Die Vibration durchströmte seinen ganzen Körper. Hauers Handy rieb sich an seinem Schlüsselbund und erzeugte deshalb ein metallisches, unangenehmes Surren. Barthel wusste nicht, wie er reagieren sollte, und tat erst mal so, als ob er es nicht bemerken würde.

„Willst du nicht mal rangehen?“, fragte ihn Hauswald schließlich.

Barthel stellte sich weiterhin dumm: „Was meinst du?“

„Na, dein Handy vibriert schon die ganze Zeit! Es scheint wichtig zu sein“, antwortete sie irritiert.

Barthel fingerte in seiner Tasche herum und suchte erfolglos eine Taste, die dafür sorgte, dass das Vibrieren aufhörte. Er sprang auf. „Ich geh dann besser mal. Wir können uns ja noch mal kurzschließen. Ich meld' mich bei dir!“, während es immer noch in seiner Tasche surrte.

„Okay. Aber wir haben doch noch gar nicht über den Umzug gesprochen …“, fasste Hauswald nach, die ihm hinterherlief. Barthel trat bereits schwungvoll den Kickstarter der Simson und setzte sich den Lederhelm auf, als sie noch immer an seinem Rockzipfel hing. Das Knattern des Mopeds übertönte das Vibrieren des Handys, und langsam beruhigte Barthel sich wieder. Nachdem er den Gang eingelegt hatte, rief er Hauswald noch zu: „Danke für den Kaffee!“, und fuhr los. Bei nächster Gelegenheit wollte Barthel sich das Handy genauer anschauen, auch mit der klaren Absicht, Ton oder Vibration auszustellen. So ein Fiasko wollte und konnte er sich nicht noch mal erlauben.

Barthel fuhr in Richtung Liebethal, aber er nahm einen anderen Weg als gewöhnlich. So ratterte er den leichten Anstieg der Kirschallee hinauf. Ein windgeschützter Unterstand aus Holz markierte die Waldkante und lud mit einem herrlichen Panorama förmlich zum Verweilen ein. Barthel hielt hier an und setzte sich auf die Holzbank. Nachdem er das Handy aus seiner Jackentasche gekramt hatte, bestaunte er die massive Hülle, die schon arg ramponiert war. Das Ding war sicherlich mal schwarz gewesen. Das Display war zerkratzt, einzig die Kamera wirkte unversehrt. Dieses Handy stand in hartem Kontrast zu Hauers sonstiger Ästhetik, da durfte es ja nicht protzig genug sein. Was Barthel hier tat, war freilich höchst zweifelhaft, denn es gab keinen konkreten Beweis, dass Hauer entführt oder ihm gar Schlimmeres angetan worden war. Er wurde bisher noch nicht mal als vermisst gemeldet. Auch hatte Barthel keine Erklärung dafür, warum er das Gerät nicht einfach Hauers Frau vorbeibrachte. Ihm war bewusst, dass er schlicht und ergreifend ein wichtiges Beweisstück zurückhielt, vom Zerstören von Fingerabdrücken mal komplett abgesehen. Aber Barthel hatte sich entschieden, das Handy vorerst zu behalten. Freilich konnte er sich gut ausmalen, was für Konsequenzen ihn schlimmstenfalls erwarteten. Doch auf sein Gespür zu hören, war ihm entschieden wichtiger. Also machte er weiter.

Barthel suchte das Handy ab und fand die Taste, um das Gerät aus seinem Schlummermodus aufzuwecken. Der schwarze Bildschirm verschwand, anstelle dessen sah Barthel nun ein saniertes Gebäude, welches von einer Vielzahl unterschiedlichster Meldungen überblendet wurde. Stattliche 15 verpasste Anrufe in Abwesenheit und gemischte Nachrichten in einem Messenger-Programm konnte er erkennen. Da die Nachrichten unvollständig angezeigt wurden, Barthel es aber genauer wissen wollte, klickte er auf eine verheißungsvolle Botschaft: „Ich Antwort brauch auf …“, und wurde umgehend enttäuscht. Eine Aufforderung nach dem Fingerabdruck hinderte ihn daran, weiterzulesen. Barthel fluchte laut, hier konnte ihn ja keiner hören. Er legte seinen Daumen an die betreffende Stelle, aber erwartungsgemäß funktionierte das nicht. So nahm er den nächsten Finger, erfolglos, bis er beide Hände durchprobiert hatte. Er dachte sich, in Fernsehfilmen funktionierte das doch immer irgendwie, aber nun wusste er nicht weiter. Barthel machte nichts, und das Handy ging wieder in den Standby-Betrieb. Er drückte die Taste, um es gleich wieder zu wecken, so konnte er wenigstens halbwegs die verkürzten Nachrichten überfliegen. Bei der ominösen Botschaft konnte er zwar den Absender lesen, jedoch ergab er für Barthel keinen Sinn. Lieber wäre ihm eine konkrete Nummer gewesen, die hätte zurückgerufen werden können. Nun musste er sich vorerst mit einem „B-B-Handy" als Absender begnügen. Noch mehr Rätsel!

Barthel brauchte Hilfe, und sogleich fiel ihm sogar jemand ein. Am Abend würde er einem IT-versierten Freund einen Besuch abstatten. Wie er so intensiv auf das Handy stierte, als ob es dadurch die ihm innewohnenden Rätsel preisgäbe, fing es just in der Sekunde wieder an zu vibrieren: „B-B-Handy" rief an.

Barthel war wie elektrisiert. Was sollte er nun machen? Wieder schnell in die Tasche stecken? Und da hatte er auch schon den grünen Punkt zur Seite geschoben und hielt das Handy an sein Ohr, ohne ein Wort zu sagen. Auf der anderen Seite der Leitung war es still. Barthel hörte vorerst nur laute Außengeräusche.

„Ausschlaf?", raunte plötzlich jemand in die Stille hinein. Barthel schwieg.

„Sag was!", folgte recht energisch nach einer kurzen Pause. Barthel versuchte, sich auf die Stimme zu konzentrieren.

„Liefere Bestellung endlich!" So sehr er sich auch anstrengte, die

Stimme zu identifizieren, das Telefonat war viel zu schnell vorbei, der Anrufer hatte aufgelegt. Barthel überlegte, ob er gemerkt haben könnte, dass nicht Hauer ans Telefon gegangen war. Doch ungeachtet dessen schien es ihm, dass der umtriebige Zimmermann wirklich in Schwierigkeiten steckte.

5

Barthel war unkonzentriert, als er die Schulwegsicherung und Radfahrausbildung bei den Grundschülern in Liebethal praktizierte. Aber er riss sich zusammen, denn ihm war wichtig, dass die Knirpse gut auf den Straßenverkehr vorbereitet waren. Zwar war es hier im ländlichen Raum nicht so gefährlich wie auf den Straßen Berlins, aber dafür lauerten hier andere Gefahren. Die Verkehrsüberwachung war aufgrund von Personalabbau nicht gut gewährleistet. Da war es durchaus möglich, dass jemand ungeschoren volltrunken am helllichten Tag durch die kurvenreiche Gegend fuhr und dadurch einen schweren Verkehrsunfall verursachte. Barthel war als Bürgerpolizist auch vertrauensvoller Ansprechpartner für die Kinder. Direkt vor dem Schulweg zeigte er sich mindestens einmal wöchentlich an den beiden Grundschulen in Mihlsdorf und Liebethal.

Als er nach getaner Arbeit alles auf dem Übungsplatz zusammengebaut und wieder verstaut hatte, ging er zu seinem Moped, packte die Warnweste in einen Seitenkoffer und zog sich seine Polizeijacke an. Ihm fiel ein, dass er zu Ronja Gräfe wollte, die praktischerweise hier im Dorf wohnte, etwas abseits gelegen in einem ehemaligen Forsthaus. Sie arbeitete als Wildhüterin im „Nationalpark Sächsische Schweiz“ und bezeichnete sich selbst als

„Rangerin". Bei ihren Gebietskontrollen achtete sie auf die Einhaltung der gesetzlichen Bestimmungen. Sie war aber auch dafür zuständig, Gruppen durch die einzigartige Natur des Nationalparks zu führen und dabei speziell auf die gefährdeten Spezies in Flora und Fauna aufmerksam zu machen. Sie hatte das Gefühl, auf diese Weise aktiv den Naturschutz zu leben und mitzugestalten, und war dabei nicht einfach nur eine „hübsche Ökobraut, die mit ihrem knackigen Hintern durch die Natur hüpfte", wie viele Männer meinten. Sie war befugt, im Rahmen ihrer hoheitlichen Aufgaben Ordnungswidrigkeiten zu unterbinden und zu ahnden. Und notfalls – und wirklich nur im Notfall, wie sie unterstrich – konnte sie von ihrer Schusswaffe Gebrauch machen, die immer in einem Halfter seitlich am Hüftbund ihres zierlichen Körpers schlackerte.

Nun war es so, dass der Liebethaler Grund, der auch an Ronja Gräfes Grundstück vorbeiführte, nicht zum eigentlichen Nationalpark gehörte. Doch sie setzte sich stark dafür ein, dass dieses Gebiet aufgenommen und somit ein neues Schutzgebiet geschaffen würde, dessen Pflege und Unterhalt sie leicht überprüfen konnte. Ihr Unterfangen war durchaus wichtig, denn hier lebten viele seltene Tiere. Gräfe tat es im Herzen weh, mit ansehen zu müssen, dass diese nicht wirklich geschützt wurden, trotz des Status' eines Naturschutzgebietes, weil die Behörden nicht in der Lage waren, die Verbote und Auflagen in Naturschutzgebieten ordentlich durchzusetzen oder zu kontrollieren. So blieb die gelbe Plakette mit dem großen schwarzen Uhu in ihren Augen nur eine reine Formalie, wie eine Hülle ohne Inhalt. Sie wusste aus eigener täglicher Erfahrung, dass sich der Zustand zahlreicher Naturschutzgebiete nachweisbar verschlechtert hatte, trotz Statusanerkennung. Und sie war alles andere als glücklich über die Situation im Liebethaler Grund.

Barthel hielt mit seinem Moped direkt neben dem geschlossenen Eingangstor von Gräfes Grundstück und stellte es ab. Er blickte auf das imposante, fast quadratische Gebäude aus Postaer Sandstein, der durch die hier vorherrschende Feuchtigkeit nach all der Zeit von einer schwarzen Patina überzogen war und bestens mit den braunen Fensterläden und grünen Fenstern harmonierte. Ein schmaler Schotterweg führte zu einem überdachten Eingang, über dem, zwischen vielen Fenstern verteilt, drei mächtige Geweihe prangten. Insgeheim bewunderte Barthel diese Frau, wie sie das Haus und den Garten instandzuhalten verstand; es sah von außen immer alles ordentlich aus.

Barthel brauchte nicht zu klingeln. Gräfes Weimaraner brauste um die Ecke und kam lautstark bellend in Richtung Tor angeschossen, baute sich unmittelbar vor Barthel auf und stützte sich dabei kläffend mit den Vorderpfoten auf dem Tor ab. Barthel ging einen Schritt zurück. Der Zaun war zum Glück hoch genug, doch meinte der Polizist, völlig vereinnahmt vom Dauerfeuer des geifernden Bellens, deutlich sehen zu können, dass die Pfähle zunehmend wackelten. Ein Schauer lief ihm den Rücken hinunter. Er wollte sich gar nicht erst vorstellen, was wäre, wenn der Zaun einfach der Impulsivität nachgeben und brechen würde.

Da ging das Fenster im ersten Stock auf und Ronja Gräfe pfiff einmal laut. Der wildgewordene Hund beruhigte sich schlagartig, machte seelenruhig Platz und hechelte friedlich, sich nach seinem Frauchen umschauend. Barthel war von diesem Schauspiel sehr beeindruckt. Ihm war natürlich vollkommen klar, dass Gräfe einen wachsamen Hund für ihre Arbeit als Wildhüterin brauchte, er bei gewissen Aufgaben sogar unerlässlich war.

Nun kam sie aus der Haustür mit einer Fleece-Jacke bekleidet in seine Richtung gelaufen. Sein Besuch kam überraschend, denn sie musste gerade ein Gespräch beendet haben. Sie nahm während des Gehens ihr Handy vom Ohr und steckte es in die Hosentasche. Barthel stach ein Detail ins Auge: Ihre eigenwillige Handyhülle, die komplett schwarz und mit einer goldenen, stilisierten Fledermaus bedruckt war. Und wieder aufs Neue war er von Gräfes natürlicher Schönheit angetan, wie sich ihre roten, langen Locken auf ihren Schultern wogen und durch ihre grüne Arbeitskleidung förmlich zum Glühen gebracht wurden. Ihr Gang war trotz schwerer Wanderschuhe federleicht, die Hüften schaukelten rhythmisch. Ihr Lächeln darüber, Barthel zu sehen, so hoffte er ein wenig, wuchs mit jedem Schritt. Er schmolz dahin.

Als Gräfe vorne beim Tor war, kniete sie sich hin, fuhr dem Hund durch das Haar, knuffte ihn in seine Lefzen und sagte dabei: „Vielen Dank, mein Großer, dass du mich immer so beschützen willst, aber es ist doch nur August." Sie stand wieder auf und öffnete Barthel fortwährend lächelnd das Tor. Bedächtig betrat er das Gelände, der Hund rührte sich nicht.

„Da hast du aber echt Glück. Ich habe gleich noch eine Führung und wollte jetzt los. Was verschafft mir die Ehre?", sprach Gräfe mit ihrer unverkennbaren hellen Stimme.

Barthel wollte nicht gleich mit der Tür ins Haus fallen: „Wie läuft's mit dem Unterfangen, den Nationalpark zu erweitern?"

„Gut. Lange hat es gedauert. Endlich habe ich alle Daten zusammengetragen und auch schon ein Konzept verfasst, das vorzeigbar ist. Ich soll es der Nationalparkverwaltung präsentieren, und wenn es überzeugt, sogar dem Staatsbetrieb Sachsenforst, der darüber entscheiden wird", trällerte sie sichtlich stolz.

„Das klingt toll. Ich drücke Dir die Daumen, dass dein Herzensprojekt verwirklicht wird. Du hättest es mehr als verdient!", meinte Barthel offen und ehrlich.

„Nicht ich hätte es verdient!", erwiderte sie entschieden und sprach energisch weiter: „Die Tiere und Pflanzen da unten, die unseren gezielten Schutz brauchen und ihn gerade nicht erhalten, die hätten es verdient. August, wir haben Verantwortung für sie!"

„Da gebe ich dir voll und ganz recht." Barthel nickte zustimmend. Ein kurzer Moment der Stille trat ein.

„August, versteh mich bitte nicht falsch, und ich möchte nicht unhöflich sein, aber gibt es noch irgendwas Dringendes zu besprechen? Ich muss wirklich gleich los." Gräfe zog sich mit den Händen die Jacke vor ihrer wohlgeformten Brust zusammen.

„Ja, da gibt es noch etwas. Was weißt du über die Lochmühle?" Barthel kratzte sich am Hinterkopf.

„Die Lochmühle? Wusstest du, dass die ‚Kleine Hufeisennase' dort Schutz sucht und auch gerne in dem alten Dachstuhl überwintert? Die Population blieb bisher recht stabil. Bei meiner letzten Zählung im Frühjahr konnte ich sogar Zuwachs verzeichnen. Du glaubst gar nicht, wie sehr es mich glücklich macht, dass sich diese wirklich seltene Spezies hier so gut vermehrt! In der Sächsischen Schweiz ist es das einzige Gebiet, wo sie vorkommt. Ich bin mehrfach in meinem Konzept darauf eingegangen." Gräfe wirkte sehr stolz.

„Das ist schön! Aber wie findest du dann die Tatsache, dass Hauer dort unten baut?", fragte Barthel ganz unschuldig.

„Das habe ich natürlich mitbekommen. Eine Katastrophe für die Fledermaus! Ich werde wieder richtig wütend, wenn ich daran denke. Jemand muss ihn stoppen! Meine ganze Arbeit wäre mit einem Schlag hinüber …" Ihre engelsgleiche Stimme wurde von einem ungewöhnlichen, aggressiven Unterton verzerrt. Das klang für Barthel nach einem möglichen Motiv, über das er noch nachdenken wollte. Doch dann zuckte er zusammen. In seiner Jacke begann es wieder zu vibrieren. Er fluchte: „Ist das denn die Möglichkeit!“

Gräfe deutete auf ihre Armbanduhr, drehte sich um und war im Begriff, nach hinten zu gehen. Barthel ärgerte sich und ließ es demonstrativ vibrieren. Wortlos folgte er Gräfe auf dem Schotterweg nach hinten. Sie ging kurz ins Haus und kam mit einer olivgrünen Umhängetasche mit dem Logo vom Nationalpark wieder heraus, schloss die Haustür ab und drehte sich zu Barthel. „Scheint wichtig zu sein. Geh ran!“ Sie meinte offensichtlich das Telefon, denn das vibrierte unentwegt. Die Wildhüterin ging zu ihrem Geländewagen und öffnete die Kofferraumklappe.

Barthel ignorierte ihre Worte.

Sie rief kurz: „Bruno!“ Da kam ihr Jagdhund auch schon angerannt und hüpfte aufgeregt in den Wagen hinein.

Da raffte sich Barthel auf: „Bevor ich es vergesse, wann hast du eigentlich das letzte Mal Hauer gesehen oder gesprochen?“

Gräfe hielt inne, dachte nach und sprach: „Ich habe ihn vorige Woche unten bei der Lochmühle mal gesehen. Er war aber nicht allein. So ein Typ mit silbergrauen Haaren stand neben ihm.“ Sie setzte sich hinters Lenkrad.

Blitzschnell hakte Barthel nach: „Wann genau war das?“

Gräfe wollte schon die Tür zuschmeißen. „August, ich muss dringend los. Ich denke, es war Montag. Lass das Tor einfach offen.“

Barthel ging einen Schritt zurück, da hatte sie auch schon den Motor gestartet und brauste los. Er wusste, wie sie sich fühlen musste, verspätete er sich doch genauso ungern.

Er schaute ihr nach, der Anrufer hatte mittlerweile endlich aufgegeben. Langsam ging er nach vorne zu seinem Moped und kramte das Handy aus der Jackentasche, um nachzuschauen, wer diesmal angerufen hatte. Es war wieder Hauers Frau Rosalie.

Wie Barthel das Handy nun schon mal in den Händen hielt, war er fest entschlossen, es endlich mundtot zu machen. Am Gehäuse fand er dafür jedoch nichts und ins Menü kam er ja durch die Bildschirmsperre auch nicht. Also musste er sich eingestehen, dass er es nicht brachte, und würde, hoffentlich nur bis zum Abend, mit den peinlichen Unterbrechungen leben müssen. Er steckte das Gerät wieder ein.

Barthel fuhr die Straße dorfauswärts, ein Abschnitt, der für Pkws gesperrt war. Er wollte zum Bürgermeister aufs Gemeindeamt nach Lohmen, da dieser auch für Mihlsdorf zuständig war.

Auf der Fahrt durch die herrliche Herbstlandschaft verspürte er plötzlich Hunger. Normalerweise nahm Barthel sich auch etwas von zu Hause mit. Aber wenn er wie heute, von den Ereignissen der letzten Tage gebeutelt, in den Dienst startete, vergaß er leicht, sich etwas vorzubereiten.

Barthel wollte auch jetzt möglichst wenig Zeit verlieren und beschloss, bei der Helbig etwas Kleines zu holen, hoffte er doch auf die legendären Hackepeter-Brötchen. Er hielt vor ihrem Laden und betrat mit Lederhelm das Geschäft.

Helbig musste schmunzeln, als sie ihn so sah. „Ach, August, hast du wieder dein Mittagessen vergessen?“

Barthel atmete die Brötchen förmlich ein, zahlte, bedankte sich und machte sein Gefährt wieder startklar. Er ließ das Dorfausgangsschild hinter sich, fuhr ein kurzes Stück bergab, legte sich heftig in eine steile Rechtskurve, überquerte die alte, steinerne Brücke über die Wesenitz mit dem Kreuzstein auf der Brüstung und schaltete anschließend in den ersten Gang, um mit Vollgas den Anstieg nach Lohmen zu meistern. Oben angelangt, bog er in einer U-förmigen Kurve nach links ab, um auf die Straße zu kommen, welche direkt zum alten Schloss führte, das imposant auf einer steilen Felskante stand und in dem sich das Gemeindeamt befand.

Barthel knatterte durch einen hohen Torbogen mitten auf den großzügigen Innenhof und bockte sein Moped seitlich auf, gleich neben dem Auto vom Bürgermeister. Mit dem Lederhelm unterm Arm lief er über den Hof. Eine automatische Tür gewährte ihm Zugang zum mächtigen Treppenhaus des Schlossgebäudes. Unter knarzenden Schritten ging er in den ersten Stock, drückte eine überraschend leichtgängige, große Messing-Türklinke nach unten und betrat das Vorzimmer hinter der schweren Holztür. Die Sekretärin Gerlinde Krubner begrüßte ihn freundlich, aber reserviert und fragte nach seinem Befinden und Anliegen. Barthel kam an diesem frühen Nachmittag unangemeldet zu Besuch. Er sagte: „Hallo Gerlinde. Gut geht's, danke der Nachfrage. Ist Stefan kurz zu sprechen?"

Sie verzog leicht das Gesicht. „Oh, das tut mir leid. Der Bürgermeister ist momentan verhindert."

Barthel zog skeptisch die Augenbraue hoch. „Verstehe. Aber könntest du ihm bitte mitteilen, dass ich ihn in einer dringenden Angelegenheit sprechen möchte? Jetzt."

Die Sekretärin schüttelte den Kopf: „Bedauerlicherweise kann ich das nicht machen. Aber wir können gerne einen Termin vereinbaren?"

„Im Ernst?", echauffierte sich Barthel. Ohne ein weiteres Wort drehte er sich um, schritt hinaus und knallte die schwere Tür dermaßen zu, dass es im ganzen Trakt wackelte. Sauer ging er zu seinem Moped zurück, setzte den Helm auf und trat energiegeladen den Kickstarter.

Abrupt endete die Fahrt vorm Torbogen, denn Barthel war gezwungen, anzuhalten. Eine schwarze Limousine mit Dresdner Kennzeichen versperrte ihm den Weg, fuhr langsam an ihm vorbei und hielt mitten auf dem Innenhof. Barthel wartete gespannt ab, was passierte, und hatte plötzlich eine Vorahnung. Irgendwie kam ihm dieses Auto bekannt vor.

Gefühlt dauerte es eine halbe Ewigkeit, bis die Fahrertür aufging. Ein Arm war zu sehen. Barthel konnte sich ein Lächeln nicht verkneifen, als ein kleiner, niedlicher Shih Tzu mit Nietenhalsband vorsichtig auf das Steinpflaster abgesetzt wurde. Und dann hatte Barthel seine Bestätigung: Es war Carlo Wolf, der aus der Limousine stieg. Er sah Barthel direkt in die Augen und grüßte ihn verlogen lächelnd mit einer Geste, als ob er einen nicht vorhandenen Hut vor ihm zöge. Wolf verriegelte per Knopfdruck sein Auto und ging langsam zum Hauptgebäude, sein Hündchen folgte ihm brav. Barthel beschloss, wieder umzudrehen. Der Bürgermeister wies ihn zurück wegen eines Rotlichtprinzen, der zufällig ein vermeintliches Bauprojekt mitten in einem Naturschutzgebiet plante? Dieses Treffen würde er stören!

Gerade als Barthel sein Moped erneut aufbocken wollte, klingelte sein Diensthandy. Er ignorierte es, dachte er doch, es wäre wieder das nervige Handy von Hauer. Es dauerte einen kurzen Moment, bis er begriff, dass es eine Melodie war und keine Vibration, die aus seiner Beintasche kam. Da holte er das Ding doch hervor, sah eine ihm unbekannte Handynummer und nahm ab. Es war Rosalie Hauer.

6

Barthel solle so schnell wie möglich zu den Hauers nach Mihlsdorf kommen. Es gehe um Friedrich, aber mehr wollte Rosalie Hauer am Telefon nicht sagen.

Gedankenverloren fuhr Barthel durchs Dorf. Es wurmte ihn, die Verhandlung nun doch nicht gestört zu haben. Doch wenn man ihn brauchte, musste er da sein, und das zügig.

Unter einer gewaltigen Kastanie neben der Hofeinfahrt der Hauers stellte Barthel sein Moped ab. Ein altes Tor aus gemauertem Sandstein mit einem schweren Holztor und einer kleineren Holztür hinderte ungebetene Gäste daran, das Grundstück zu betreten oder auch nur einen Blick darauf erhaschen zu können. Die Kastanie war wohl vor langer Zeit viel zu nah am Eingang gepflanzt worden. Die Wurzeln hatten die Mauer verzogen, welche das Grundstück umfasste.

Barthel ging zur Klingel am Steintor. Eine ihm wohlvertraute Stimme sprach in die Gegensprechanlage, dass er einfach reinkommen solle. Bewusst hatte er noch nie dieses Tor durchschritten, auch in seiner Jugend nicht.

Barthel rechnete mit allem, als er an die Haustür klopfte. Rosalie Hauer öffnete ihm. Sie war zufällig genauso gekleidet wie auf dem Hintergrundbild, welches stets auf Friedrich Hauers Handy auftauchte. Dunkle Augenringe zeichneten jedoch ihr Gesicht, das auf dem Foto so glücklich gewirkt hatte. Sie musste geweint haben, der Mascara war noch leicht verschmiert.

Barthel fragte vorsichtig: „Hallo Rosalie, was ist los?"

„Hallo August. Schön, dass du so schnell kommen konntest. Es ist wegen Friedrich." Da stiegen ihr wieder Tränen in die Augen.

„Was ist mit ihm", fragte Barthel naiv.

„Er kam gestern nicht heim und ich erreiche ihn einfach nicht", antwortete Rosalie aufgelöst.

„Verzeih die Frage, aber ist das was Besonderes? Er ist ein vielbeschäftigter Mann", sagte Barthel berechnend.

„Nein … Doch … Hin und wieder bleibt er über Nacht weg. Aber diesmal spüre ich, dass ihm etwas zugestoßen ist." Rosalie Hauer schluchzte.

„Wollen wir nicht reingehen?", fragte Barthel und berührte dabei sanft ihre Schulter.

„Natürlich. Entschuldigung. Wie unhöflich von mir."

Durch einen durchdesignten, großzügigen Flurbereich gelangten sie in das nicht minder großzügige Wohnzimmer, wo sie sich auf der Couch niederließen.

Barthel ergriff die Initiative: „Wie kommst du darauf, dass ihm etwas passiert sei?", fragte er.

„Ich kann es schlecht erklären. Eine Frau fühlt so etwas. Eigentlich verhielt er sich gestern wie immer. Wir hatten zusammen Mittag gegessen, dann schnappte er sich den Autoschlüssel und fuhr los. Er gab mir noch einen Abschiedskuss und sagte, ich solle nicht auf ihn warten, es könnte spät werden. Was, wenn es der letzte Kuss gewesen sein soll?" Ihre Augen füllten sich wieder mit Tränen.

„Weißt du, wohin er wollte?", fragte Barthel beherrscht.

„Ja, zu seiner neuen Baustelle unten in der Lochmühle."

„An einem Sonntag? Hast du irgendetwas mitbekommen, ob er mit jemandem verabredet war?"

Sie schaute reserviert auf ihre glänzenden Fingernägel. „Sicherlich hast du schon mitbekommen, dass Friedrich ungewöhnliche Arbeitszeiten hat. Von einem Treffen weiß ich nichts. Mir hat er zumindest nichts gesagt, aber auch das ist ja nichts Ungewöhnliches. Ich bin meistens die, die Dinge zuletzt erfährt." Sie zuckte resigniert mit den Achseln.

„Was hatte er an?"

„Natürlich sein Zimmermannsoutfit. Also schwarze Zunftjacke

und -hose mit Schlag, das war ihm wichtig. Ein weißes Hemd und seine Arbeitsschuhe."

Barthel notierte fleißig in seinem Block, schaute dann auf und fragte: „Irgendein Detail?"

„Alles wie immer. Oder warte. Wenn ich genau nachdenke, fällt mir ein, seine Halskette darf nie fehlen. Er trägt sie immer, sogar wenn er arbeiten geht."

„Was war das für eine Kette?"

„Ein dunkles Lederband mit einer geschliffenen, dreieckigen Glasscherbe dran. Ein Andenken an sein erstes Richtfest. Sein Glücksbringer." Ein leichtes Lächeln huschte Rosalie über das von Kummer gezeichnete Gesicht.

„Was für eine Farbe hat die Glasscherbe?", hakte Barthel nach.

„Sie ist smaragdgrün." Hauers Frau sagte es mit leiser Stimme, und ihr Blick fokussierte etwas weit Entferntes.

„Rosalie, unter uns, es ist eigentlich nicht üblich, dass die Polizei bei einem gesunden Erwachsenen so schnell eine Anzeige aufnimmt. Es sind ja gerade erst knapp 24 Stunden vergangen, dass er fort ist. Aber wir werden eine machen, denn auch ich habe das Gefühl, dass mit ihm irgendetwas passiert ist." Barthel war sich nicht sicher, warum er ihr davon erzählte, und auch nicht, ob das psychologisch gut oder schlecht war, aber es war ehrlich, und das zählte für ihn in der Situation.

„Was weißt du? Sag es mir bitte, August." Die Angetraute erwachte aus ihrer Starre.

„Du weißt doch, dass ich dir nichts sagen darf …", antwortete Barthel.

Rosalie Hauer schüttelte nur ungläubig ihren Kopf, fuhr sich mehrfach durch ihr langes blondes Haar, schaute hoch zur Decke und murmelte vor sich hin: „Das darf doch alles nicht wahr sein!"

„Wir finden ihn! Sicherlich gibt es eine Erklärung für das alles", sprach Barthel sanftmütig.

„Warte. Ich probiere es noch mal, ihn anzurufen, vielleicht nimmt er ja diesmal ab." Sie zog ihr Handy und wählte schon seine Nummer. Barthel wurde vor Schreck kreidebleich. Dieses verdammte Handy! Er verfluchte es. Wie konnte ein so kleiner Gegenstand ihn so dermaßen plagen und immer wieder in Verlegenheit bringen? Er wollte sich noch eine passende Ablenkung ausdenken, da vibrierte es auch schon in seiner Jacke. In Barthels Gesicht schoss die Schamesröte. Rosalie Hauer nahm zögernd ihr Handy vom Ohr und legte auf. Erschüttert schaute sie Barthel an und sagte langsam und deutlich: „Ich bin sehr gespannt, was du zu sagen hast! Ansonsten rufe ich gleich deine Kollegen an!"

Barthel rieb sich den Nacken und überlegte. Dann schaute er ihr tief in die Augen: „Rosalie, ich hatte es gestern unten in der Lochmühle auf einem Brett gleich neben seiner Brotzeit gesehen. Und heute früh lag es noch unberührt da. Ich habe es vorsichtshalber mitgenommen und wollte es in der Spurensicherung abgeben, doch ich kam noch nicht dazu."

„Aber warum hast du nichts gesagt?", fragte sie aufgelöst.

„Entschuldige!", war Barthels Reaktion und nach einer kleinen Pause fügte er hinzu: „Aber vergiss bitte nicht, dass ich als Polizist in einer Sache ermittle, da muss ich nicht für alles eine Rechtfertigung liefern."

„Kann ich das Handy bitte mal haben?", fragte Hauers Frau vorsichtig, aber bestimmt.

„So merkwürdig es klingt, aber das kann ich leider nicht machen. Es dient möglicherweise als ein Beweisstück." Barthel war im Recht, fühlte sich aber schlecht.

„Bitte nur ganz kurz. Ich muss etwas nachschauen." Sie rückte ein wenig in seine Richtung und warf ihre Haare nach hinten.

Barthel blieb standhaft: „Das geht wirklich nicht."

Nachdem er die Formalitäten erfragt und in seinem Bericht vermerkt hatte, sagte er: „Rosalie, es ist wichtig und notwendig, dass ich mich mal bei euch umschaue. Okay?"

Manchmal erlebte Barthel Wunderliches, wenn er beispielsweise die vermisste Person plötzlich im Haus fand, weil sie sich lediglich versteckt hatte.

Doch im Haus war keine Spur von Hauer zu finden. Barthel hatte es auch nicht wirklich erwartet und ließ sich von Rosalie das Büro ihres Ehemanns genauer zeigen. In dem hellen, modern weiß eingerichteten Zimmer herrschte eine penible Ordnung. Mitten zwischen zwei Fenstern stand auf einem hüfthohen Sockel eine Büste von Wagner, die auch noch mit dezentem Spot angestrahlt wurde. Barthel war sichtlich irritiert. Er hatte mit allem gerechnet und Hauer auch alles zugetraut, doch eine Wagner-Büste hatte er ganz sicher hier nicht erwartet, und so fragte er Rosalie Hauer direkt: „Was hat es damit auf sich?"

Sie antwortete ungeniert: „Ja, man traut es Friedrich nicht zu, aber er ist ein sehr großer Wagner-Anhänger. Und bei diesem Kunstwerk – ich glaube, es ist von Lorenz Gedon – findet Friedrich, dass der Gesichtsausdruck von Wagner so tiefgründig wie bei keiner anderen Darstellung ist. Der Blick sei so intensiv."

Barthel war noch immer geplättet und ging näher an die Plastik heran. Die Höhe der Büste war so eingerichtet, dass, wenn man direkt vor ihr stand, man direkt Auge in Auge mit Wagner war. Der Zimmermann hatte sich viel Mühe bei der Einrichtung dieser Installation gegeben. Barthel spürte annähernd den Drang, sie zu berühren, doch er widerstand und notierte sich stattdessen den Namen des Bildhauers. Den wollte er später recherchieren.

Barthel stammelte: „Blöde Frage! Aber ist das ein Original?"

Rosalie Hauer antwortete geradeheraus: „Ja, ist es."

„Wer weiß alles davon?", bohrte Barthel nach.

Rosalie rieb sich den Arm. „Praktisch jeder, der dieses Büro betritt. Also seine Mitarbeiter, Freunde und Bekannten." Sie schien zu ahnen, worauf Barthel hinauswollte, und er nickte mit betroffener Miene. Dann drehte er sich um und entdeckte neben der Zimmertür einen schönen, verzierten Goldrahmen. Darin war in ein Passepartout ein Aquarell gefasst, das ihn wie automatisch näher zog. „Und was hat es hiermit auf sich?"

Auch Rosalie drehte sich nun zu dem Aquarell und hauchte: „Das ist von Clementine Stockar-Escher aus Wagners Züricher Zeit um 1853, also kurz, nachdem er mit der Arbeit am Lohengrin fertig war und das Stück seine Uraufführung in Weimar erlebte."

Barthel raunte: „Faszinierend!", und kratzte sich am Kinn, dann fragte er weiter: „Wie kommt es eigentlich, dass du so viel darüber weißt?"

„Ist das etwa so sonderbar? Das dumme Blondinchen?" Sie verschränkte ihre Arme vor der Brust in einer Art, als hätte sie so etwas nicht zum ersten Mal gehört. „Friedrich hat mir alles sehr oft erzählt … Wieder und wieder. Er ist versessen in Wagner", lächelte sie und verdrehte dabei ihre Augen. Für Barthel passte das alles irgendwie nicht zusammen: Friedrich Hauer, ein Dorfgroßkotz und leidenschaftlicher Wagnerianer. Warum nur hatte davon niemand etwas gewusst? Und hatte er wirklich so viel Geld – schließlich besaß er quasi für jedermann zugänglich einige bedeutende Kunstgegenstände, die sicherlich eine Menge Geld wert waren. Woher?

Barthel durchsuchte den Raum weiter. Auf dem Schreibtisch fand er nichts. Er ging zu den hohen, weißen Schränken und öffnete den ersten von vieren. Viele weiße Ordner kamen zum Vorschein, auch hier alle feinsäuberlich mit dem jeweiligen Etikett beschriftet. Steuerunterlagen in diesem Fall. Der zweite Schrank enthielt von oben bis unten Aufzeichnungen von erledigten Objekten. Barthel hielt den Kopf schräg und wanderte mit seinen Augen die Namen der Ordner ab. Viele kamen ihm bekannt vor. Im dritten Schrank sah es ähnlich aus, nur dass hier die aktuellen Projekte verortet waren. Umso gespannter war Barthel, als er den vierten Schrank öffnete, der als einziger nicht bis zum Rand ausgelastet war. Wie Barthel richtig vermutet hatte, waren hier die aktuell geplanten Projekte versammelt. „Lochmühle", las er. Er holte den Ordner raus, öffnete ihn und stellte fest, dass er so gut wie leer war. Sicherlich hatte Hauer die Dokumente mit in die Lochmühle genommen, die nun verschwunden waren. Glücklicherweise gab es ja noch die Fotos davon, nur hatte Barthel bisher keine Zeit gehabt, diese eingehender zu studieren. Er stellte den Ordner zurück. Neugierig warf er noch einen Blick auf das Schild vom Schuber daneben und las „Villa Loherangrin". Gespannt zog er auch diesen Ordner heraus, öffnete ihn und blickte auf die Visualisierung einer protzigen, langgezogenen Villa, dicht an einem Abhang gelegen. Bauherr war diesmal Hauer selbst. Barthel schaute auf die Adresse und stellte mit Erschrecken fest, dass es das Grundstück war, auf dem Erika Meyer ihren Garten hatte; jenes, welches unmittelbar über dem Wagner-Denkmal lag. Wahrscheinlich war das auch der Grund, warum das Projekt „Loherangrin" hieß. Barthel konnte sich nur zusammenreimen, dass damit Wagners Oper Lohengrin gemeint und somit eine Art Reminiszenz an die Zeit Wagners in der Lochmühle beabsichtigt war. Er schrieb sich den Namen genau ab.

Dieser Bau, dieses Unterfangen war sicherlich nicht genehmigt oder zumindest noch nicht – alles bei dem umtriebigen Zimmermann bloß eine Frage der Zeit. Ganz sicher hatten auch hier viele Behörden mitzureden. Direkt am und auf Felsen durfte niemand bauen, denn viele Tiere lebten dort.

Barthel sah auf dem Bild einen in sich verdrehten Grundriss, ähnlich einer Doppelhelix, mit vielen zur Talseite hin geplanten Glasflächen. Und auch hier gab es eine Terrasse, die auskragend war, die es ihm ermöglichte, einen freien Blick auf das darunterliegende Monument zu haben. Lochmühle und Villa waren von demselben Architekten entworfen worden, was die gleiche architektonische Sprache erklärte. Einen übereinstimmenden Verweis auf den Baumeister entdeckte Barthel auch auf dieser Skizze: Richard Lang. In dem Ordner war bis auf die Visualisierungen nichts weiter vorhanden, zumindest kein Hinweis auf einen konkreten Baustart. Wie Hauer einzuschätzen war, hieß das nicht viel. Doch nun war er plötzlich zufällig verschollen.

Barthel hatte erst mal genug gesehen und bedankte sich bei Rosalie Hauer für die Zeit. Sobald er etwas in Erfahrung bringen sollte, versprach er, werde er sich umgehend bei ihr melden. Auch bat er sie freundlich darum, für eventuelle Rückfragen bereitzustehen. Sie begleitete ihn nach draußen zur Holztür, hielt sich dabei die Arme vor die Brust und beobachtete ihn dabei, wie er sich seinen Lederhelm aufsetzte und sein Moped startete. Sie winkte ihm nach, als er losfuhr, aber ihre Augen waren abwesend.

7

Mittlerweile war es später Nachmittag, und Barthel fuhr mit seinem Moped nach Hause, den Helm zu wechseln. Schließlich musste er noch aufs Polizeirevier nach Pirna fahren, um die Anzeige abzuliefern. Eine unliebsame Angelegenheit, nicht die Fahrt, sondern der Gang aufs Revier. Seine Kollegen hielten nicht viel von ihm. Barthel fragte sich stets aufs Neue, woran das lag. Er hatte sich in seiner relativ kurzen Zeit als Bürgerpolizist nie wirklich etwas zu Schulden kommen lassen. Er arbeitete gewissenhaft und hielt einen guten und kurzen Draht zu seinem direkten Vorgesetzten Andreas Kotte. Doch er vermutete, dass Neid seiner anderen Kollegen hinter der Sache steckte. Neid darauf, dass er als relativ junger Polizeibeamter diesen Posten bekleidete und ihn somit altgedienten Kollegen „vor der Nase weggeschnappt" hatte. Diese Stelle versprach immerhin keine Schichtdienste und immer freie Wochenenden. Barthel war kinderlos und ungebunden. Da gab es viele Fragezeichen, warum er die Stelle erhalten hatte, auch für ihn selbst. Ständig musste er sich Kommentare von seinen Kollegen anhören: „Achtung, der Großstadtbulle ermittelt", oder: „Die Hauptstädter wissen wie immer alles besser", dabei war das überhaupt nicht so. Er wusste, dass er nicht fehlerfrei war. Aber mit Worten kam er dagegen nicht an, er wollte es ihnen durch Verhalten und Leistung beweisen. Nur wurde Barthel ausgebremst, indem er bei fallbezogenen Nachfragen keine weiterführenden Hinweise erhielt, sondern nur Oberflächlichkeiten, serviert mit einem höhnischen Lächeln. Dagegen war er machtlos. Und das ging ihm auf Dauer irgendwie auf den Zeiger.

Als Barthel damals mit Marlies Michel nach der Beerdigung

die Aussprache gehabt hatte, sich beide auf Anhieb sehr sympathisch gewesen waren, war sie es, die ihn zufällig auf diese Stelle aufmerksam gemacht hatte. Sie kenne da jemanden. Barthel war durch die Streifenarbeit in den Straßen der Millionen-Metropole tatsächlich gut abgehärtet, aber auf die Schikane hier durch seine Kollegen, dagegen war er nicht gewappnet. Sicherlich würden sie sich wieder auf ihn stürzen, wenn er mit dieser Vermisstenanzeige ankam, die freilich etwas zu früh aufgenommen wurde. Aber er konnte es ja erklären, sein Gefühl schildern. Das müssten sie ernst nehmen – oder auch nicht, Gefühle hatten leider offiziell wenig Daseinsberechtigung.

Barthel wollte die ganze Sache so schnell wie möglich abwickeln und wieder zurück nach Hause. So bog er in der Elbestadt von der Hauptstraße ab und stellte sein Moped vor dem Haupteingang ab. Er nahm schnell die Stufen, grüßte überfreundlich den Kollegen beim Empfang und ging zu seinem Wachleiter ins Büro, dem er wenigstens vertrauen konnte.

Polizeihauptmeister Andreas Kotte, Anfang 60, Halbglatze, bei der die verbliebenen grauen Härchen in alle Himmelsrichtungen abstanden, saß wie verkrüppelt an seinem Schreibtisch vor dem Computerbildschirm. Er drehte sich zur Tür, lugte dabei über seine Brille und strahlte, als er Barthel erkannte. „Grüß dich, August. Lang nicht mehr gesehen. Wie geht's?"

„Danke. Gut geht's. Und selbst?"

„Wo drückt der Schuh?", fragte Kotte.

„Ich hoffe, ein offenes Ohr bei dir zu finden. Es geht um eine Vermisstensache. Knapp 24 Stunden sind es noch nicht. Doch die Person wird sich ganz sicher nichts selbst antun, von daher habe ich entschlossen, die Vermisstenanzeige seiner Frau aufzunehmen."

„Du weißt schon, dass du dich damit sehr weit aus dem Fenster lehnst", reagierte Kotte erwartungsgemäß.

„Dann ist das halt so. Ich bin Polizist, ich mache nur meine Arbeit. Und das gewissenhaft!", sprach sich Barthel ungewollt in Rage.

„Komm runter. Ich will dich doch nur aus der Schusslinie holen. Wenn die anderen das spitzbekommen, ist der Affe wieder los. Dann erzähl mal, und mach es nicht so spannend. Das muss sich ja lohnen, wenn du dich schon so aufregst. Um wen handelt es sich denn bei der vermissten Person?" Kotte tippte zart mit seinem gekrümmten Zeigefinger auf den Tisch.

„Um Friedrich Hauer", platzte es aus Barthel heraus.

„Das ist ja ein Ding. Puhh!" Der Wachleiter ließ sich in seinen Stuhl zurückfallen, verschränkte die Arme hinter seinem Kopf. „Das glaub' ich jetzt nicht. Und du bist dir ganz sicher?" Er schaute zu Barthel, nahm mit beiden Händen seine Brille von der Nase ab und hielt sie an den breiten Bügeln fest.

„Zur Aussage seiner Frau kann ich eine Reihe von Ungereimtheiten beisteuern. Gestern habe ich im Liebethaler Grund sein Husten eindeutig erkannt, gefolgt von einem Schrei, doch konnte ich keine Spur am vermeintlichen Tatort ausfindig machen. Auch wirkt seine frische Baustelle in der Lochmühle urplötzlich verlassen; sogar das Radio lief noch und sein Handy lag da. Seine Frau bestätigt, dass er dorthin wollte und seitdem nicht mehr wiederkam."

„Okaaay …" Kotte zog die Antwort wie einen Kaugummifaden in die Länge. „Tja, wenn das so ist, steht der Anzeige ja eigentlich nichts im Wege. Merkwürdig trotzdem, dass ausgerechnet der Hauer nicht wieder auftauchen sollte." Er schüttelte dabei bedächtig seinen Kopf. „Wiederum hat er aber auch genügend Feinde bei euch im Dorf. Von daher hast du alles richtig gemacht. Machen wir, August!“ Sein Vorgesetzter ließ sich die Informationen von Barthel geben, die er bei Rosalie Hauer notiert hatte, klickte mit der Computermaus irgendwas auf seinem Rechner herum und fing gemächlich an, mit seinem Zweifinger-Suchsystem die Anzeige zu erstellen. Und dann geschah das Unvermeidliche: In Barthels Jackentasche fing es wieder an zu vibrieren. Barthels Gedanken waren leicht zu erraten: ‚Alles, bitte nur nicht das! Fast wäre es geschafft gewesen!‘ Am liebsten hätte er das Handy einfach klitzeklein geschlagen. Wie oft es ihn heute schon in Bedrängnis gebracht hatte, war für ihn einfach nicht zu fassen. Kotte nahm es anfänglich wohl nicht wahr. Erst als Barthel unauffällig versuchte, seine Hand langsam in die Jacke gleiten zu lassen, mit dem Ziel, das Vibrieren zu unterbinden, und Kotte dabei ganz unschuldig anschaute, schien der misstrauisch zu werden. Er ließ von seiner Tastatur ab und fragte Barthel herausfordernd ins Gesicht: „Was ist los, August? Warum gehst du nicht an dein Handy?“ Wie oft hatte Barthel diesen Satz in den letzten zwölf Stunden schon gehört? Nun musste er wieder abwägen: Wahrheit oder Lüge? Nur saß ihm jetzt sein Chef gegenüber. Barthel versuchte, nicht zu schwitzen, was leider nicht möglich war. Zum Glück war das Licht im Zimmer leicht gedämmt, sodass Kotte nicht sehen konnte, wie er errötete.

„Wird schon nicht wichtig sein!“ Barthel grinste und winkte leicht mit der Hand ab, die er in der Jackentasche hatte vergraben wollen, aber nun wieder herausgeholt hatte.

„Na dann …“ Kotte drehte sich wieder zu seinem Computer und fing an, Worte in die Tastatur einzuhacken.

‚Glück gehabt!‘, dachte sich Barthel. Aber das Handy vibrierte tapfer weiter. Kotte drehte sich nicht noch einmal um, sondern murrte förmlich in den Bildschirm hinein: „Es nervt! Stell es ab. Jetzt!"

Barthel war das alles zutiefst unangenehm. Er würde nur zu gerne, doch konnte er es nicht. Er schloss die Augen und vertraute darauf, das Richtige zu sagen: „Ich ..." Da hörte es auf und hinterließ eine wohltuende Stille.

„Danke! Geht doch ...", sagte Kotte.

Barthel öffnete die Augen wieder und hütete sich massiv davor, noch irgendein weiteres Wort zu verlieren.

„Du wolltest was sagen?", bemerkte Kotte.

„Alles bestens!", antwortete Barthel vermeintlich gelassen.

Entspannt verging der Rest der Zeit. Nur hin und wieder fragte Kotte bei Unklarheiten bei Barthel nach. Doch die Unterbrechungen ließen den nach der eben durchgestandenen Achterbahnfahrt völlig kalt.

Kotte legte Barthel schließlich ein Papier vor, was er prüfte und gegenzeichnete. Anschließend blickte sein Chef ihm unerwartet tief in die Augen: „Was sitzt du hier noch so blöd rum! An die Arbeit, Barthel!"

Barthel sprang wie von der Tarantel gestochen auf und schritt zur Tür hinaus. Wirklich besser fühlte er sich nun nicht. Die Sache war jetzt offiziell und die Anzeige raus. Die eindringlichen Abschlussworte von Kotte erwischten ihn wie ein Faustschlag. Barthel fühlte den Druck steigen, die Sache aufzuklären.

Auf der Fahrt nach Mihlsdorf überlegte er, was er wohl nun gedachte, als Erstes zu tun. Doch das zu entscheiden war zum Glück nicht schwer. Ganz oben auf der Liste stand, dass er sich um das nervige Hauer-Handy kümmern musste. Da fiel ihm wieder ein, dass er schon die ganze Zeit seinen Computerspezialisten-Freund zurate hatte ziehen wollen, der hoffentlich das Handy entsperren konnte: Maik Köhler. Kein technisches Gerät war vor ihm sicher. Für Barthel war er einer der schlauesten Menschen, die er kannte, nur hatte dieser nicht viel daraus gemacht. Köhler wurde durch eine Zeitarbeitsfirma von Arbeitgeber zu Arbeitgeber gereicht. Keiner hielt es auf Dauer mit ihm aus. Wenn er auf deiner Seite war, war er ein wahrer Segen als Mitarbeiter. Falls nicht, gab es Probleme. Er ließ sich nichts gefallen und war schon für die ein oder andere Sabotage verantwortlich gewesen. Für Barthel ein klarer Fall dessen, dass zu viel Intelligenz auch hinderlich sein konnte.

Vor dem Eingang eines schwarzen, hüfthohen Metalltors parkte er sein Moped, ging den schmalen gepflasterten Weg zu Köhlers Haus hinauf und klingelte. Es dauerte eine Weile, aber dann sah er Umrisse hinter der verglasten Haustür. Als sich die Tür öffnete, blickte er unmittelbar Köhlers Mutter ins Gesicht. Es wunderte Barthel nicht im Geringsten, dass er sie hier antraf, wohnte Köhler schließlich noch bei ihr.

„Hallo, August! Schön, dich mal wieder zu sehen. Wenn du zu Maik willst, der ist nicht da. Er wollte im ‚Mühlstein' ein Bier trinken." Als Ines Köhler fertig war, schaute sie Barthel fragend an.

„Tausend Dank, Frau Köhler!", verabschiedete er sich, ohne weitere Zeit zu verlieren, und wollte nun kurz nach Hause, sich umziehen, bevor es weiter zur hiesigen Gaststätte ging. Ganz sicher wollte er nicht in Uniform dort erscheinen.

Auf dem Weg in die heimische Wohnstube begegnete Barthel Marlies Michel und entschuldigte sich, dass er ihr heute Abend keine Gesellschaft leisten konnte, da er noch mal ‚dringend beruflich fortmusste'.

„Und deswegen willst du dich jetzt extra umziehen?", bohrte sie nach.

„Auch ich will mal privat rumlaufen und nicht immer in dieser

Kluft. Das darf doch nicht zu viel verlangt sein", gab Barthel salopp als Antwort. Insgeheim war ihm sehr wohl bewusst, dass ihn eh jeder schon als den Dorfbullen kannte.

„Du bist heut' früher als sonst zurück! Ich wollte gerade die Wildknacker vom Rüttig warmmachen. Die sind ganz frisch", versuchte die Haushälterin ihn umzustimmen.

„Morgen gerne", antwortete Barthel, dem das Ablehnen nicht leichtfiel.

„Dann viel Spaß und trink nicht so viel. Du musst morgen wieder arbeiten!"

Barthel beeilte sich, etwas Annehmbares aus dem alten, von Holzwürmern gegängelten Kleiderschrank – ein Andenken an seinen Vater – zu fischen. Er wählte ein kariertes Hemd und eine ausgewaschene Jeans. Auf dem Weg nach draußen ging er schnell an der Wohnstube vorbei.

8

Barthel riss etwas zu schwungvoll die schwere Holztür zur Gaststätte auf, zu sehr hing er seinen Gedanken nach, und die kurze Strecke hierher hatte nicht viel Ablenkung geboten. Das nadelgrün gestrichene Haus beherbergte neben der Kneipe im Erdgeschoss zugleich im ersten Stock Wohnraum für das Wirtspaar und zwei Zimmer für Gäste. Der Tabakqualm jeglicher Couleur hatte genug Zeit und Möglichkeit gehabt, sorgsam in die dunkle Holzverkleidung einzudringen. Spät am Abend, wenn keiner mehr etwas an Speisen zu sich nahm, wurde hier kräftig geraucht. Für Barthel war das sehr befremdlich. In Berlin hatte er es mit der Zeit als etwas sehr Angenehmes empfunden, nicht wie ein wandelnder

Aschenbecher riechen zu müssen. Aber hier in der Provinz gab es weder Kläger noch Richter, so musste Barthel auch diese Unsitte eisern schlucken.

Der Gastraum war nicht sehr groß, er bot nur Platz für drei Tische mit jeweils sechs Plätzen und einen Stammtisch. Der Laden war jeden Abend bis spät in die Nacht rappelvoll, wahrscheinlich auch aufgrund der geringen Größe. Der kleine Ausschank, wohlgemerkt mit einem Zapfhahn und reichlich Regalen mit diversen Spirituosen, lag direkt gegenüber vom Eingang. Rechts daneben befand sich ein Kachelofen, der in früheren Zeiten mal weiß gewesen sein musste, nun aber eine gelbe Patina aufwies.

Barthel blickte sich um. Noch gab es freie Plätze, ein paar aßen schon etwas zum Abendbrot. Doch Köhler war nicht darunter. Die Enttäuschung musste in Barthels Gesicht geschrieben stehen, denn Steffen Edel rief vom runden Stammtisch zu ihm hin: „Haste 'ne scharfe Braut hier erwartet?“, und winkte ihn heran. Am Tisch saß auch Ludwig Klotzsche. Barthel duckte sich beim Hinsetzen vor dem etwas zu tief hängenden Stammtisch-Schild, setzte sich neben Klotzsche und zog erst dann etwas ungelenk seine Jeansjacke aus. Da war auch schon der Wirt zur Stelle und sah ihn erwartungsvoll an. Barthels Antwort auf die ungestellte Frage lautete schlicht: „Wie immer.“ Auch das Bier stand prompt auf dem Tisch. Carl Mürbe hatte das wohlwissend schon organisiert. Die drei Männer hoben die Gläser, stießen an und tranken. Barthel musste den Schwatz über sich ergehen lassen, doch hörte nur mit einem Ohr hin – nichts Weltbewegendes – bis Friedrich Hauer zum Thema der Runde wurde. Die beiden anderen fragten ihn, ob etwas an den Gerüchten dran sei.

„Welche Gerüchte?“, fragte Barthel unschuldig.

„Na, dass der Hauer abgehauen ist, weil er pleite war und die

Schuldner ihm an den Kragen wollten. Aber das müsstest du doch genauer wissen, Barthel!", krakeelte Klotzsche mit leicht feuchter Aussprache in Barthels Richtung.

Der zuckte mit den Schultern. „Tja, wenn das so ist, dann weißt du mehr als ich. Dann mach doch am besten gleich meine Arbeit. Was hältst du davon?"

Klotzsche wurde still.

Barthel aber hielt für sich fest, dass er dem Gerücht nachgehen sollte. Denn seinem Dafürhalten nach lag in jedem Gerücht ein Funken Wahrheit verborgen. Kurz entschlossen entschied sich Barthel, bei Klotzsche nachzubohren, trotz der Gefahr, wie ein Fisch zu wirken, der angebissen hatte: „Was weißt du denn darüber?"

Klotzsche schaute sich verstohlen um. „Das, was man halt so hört."

Wie Barthel immer diese Maulfaulheit hasste! „Und was hört man so?"

Klotzsche trank noch mal einen kräftigen Schluck. „Gut ... Weil du es bist." Er grinste und drehte sein Bierglas auf dem durchfeuchteten Untersetzer. „Dass er nur auf Pump lebt und mit den Tschechen unter einer Decke steckt, inklusive Geldwäsche und Drogenhandel im großen Maßstab."

Barthel war ungerührt.

Klotzsche legte nach: „Ich meine, ist schon merkwürdig, dass er so plötzlich nicht mehr auftaucht. Und seine Karre steht immer noch auf dem Parkplatz hinten beim Ortsausgang. Also wenn du mich fragst, sind die hinter ihm her. Entweder haben die den schon in der Wesenitz versenkt oder der ist denen entwischt und abgehauen." Klotzsche trank einen großen Schluck und bestellte vorausschauend ein neues Bier bei Mürbe.

Barthel trank auch, doch er war weit davon entfernt, die Hälfte seines Glases erreicht zu haben.

Klotzsche schaute ihm in die Augen und lächelte eigenartig. „Ganz ehrlich! Es wäre kein großer Verlust für mich."

Edel nickte zustimmend und sagte: „Für mich auch nicht! Ein Arsch weniger!"

Barthel juckte es in den Fingern, weiter nachzubohren. Doch mit steigendem Alkoholpegel erhöhte sich die Wahrscheinlichkeit, sich zu verplappern. Noch sollte keiner wissen, dass Friedrich Hauer jetzt offiziell als vermisst galt und er eigentlich schon mitten in den Ermittlungen steckte – obgleich er gerade nicht im Dienst war. Wie Barthel so dem Gedanken nachsann, ging plötzlich links vom Ausschank die Toilettentür für Männer auf. Ein Mann in seinem Alter kam heraus und Barthel erkannte ihn sofort: Es war Maik Köhler.

Der erste Impuls war Erleichterung. Köhler begab sich an die Ecke eines Sechser-Tisches, der sich schräg gegenüber vom Stammtisch befand. Barthel wartete, bis sich sein Freund hingesetzt hatte und ihre Blicke sich trafen. Mit einem Kopfnicken grüßte er ihn. Köhler erwiderte es lächelnd.

Die weiteren Unterhaltungen am Stammtisch perlten an Barthel ab und verschwammen zu einem Lärmbrei. Er überlegte, wann er zu Köhler rübergehen und was er ihm sagen sollte. Dass er auf einmal solche Hemmungen hatte, ihn anzusprechen, lag vielleicht daran, dass er etwas Grenzwertiges im Schilde führte. Denn eigentlich trafen sich die beiden hier sporadisch auf ein Bier und führten so etwas wie ein Gespräch – wobei die meiste Zeit Barthel redete.

Der gab sich einen Ruck. Er trank schnell sein Bier aus, stand vom Stammtisch auf und verabschiedete sich von den Herren. Bei

Mürbe bestellte er noch mal zwei Bier und ging mit diesen zu Köhler in die Ecke.

„Noch frei und Durst?“ Barthel nickte in Richtung des linken Platzes von Köhler.

„Ähm. Ja“, war seine Antwort.

„Danke! Hier. Wohl bekomm's.“ Barthel stellte das Glas ab und setzte sich. Beide ließen wortlos die Gläser klingen. Nach einer gewissen Zeit, in der kein Wort gefallen war, war es wie gewohnt Barthel, der die Initiative ergriff: „Gibt's was Neues?“

„Nicht wirklich“, erhielt er als knappe Antwort. Das Gespräch verlief in gewohnten Bahnen.

„Maik, ich habe Hunger! Willst du auch was bestellen?“ Barthel gab dem Wirt ein Zeichen. Die Spezialität des Hauses, warmes Bratenbrot, gab es leider erst ab 22 Uhr. Barthel fand das immer sehr schade. Aber dafür wurden die Klassiker angeboten. Heute würde er Steak au four mit Bratkartoffeln nehmen. Aber im Prinzip schmeckte hier alles. Das Fleisch kam von jener Fleischerei aus dem Nachbardorf, die auch seine Freitagswürste herstellte. Damit war für Barthel schon mal die halbe Miete gewonnen.

Köhler nahm das Hamburger Schnitzel, und während sie auf das Essen warteten, nutzte Barthel die Gelegenheit: „Maik, mal angenommen, ich hätte das Handy von meinem Vater gefunden und angeschaltet und käme bei der Entsperrung nicht weiter, gäbe es eine Möglichkeit, wie ich diese als Laie umgehen könnte?“ Barthel hatte sich mit seinen Ellenbogen aufgestützt und wartete verheißungsvoll auf eine etwas großzügigere Antwort als zuletzt.

„Mhmm. Pin, Muster oder Fingerabdruck?“, fragte Köhler trocken. Ohne jede Form von Misstrauen.

„Fingerabdruck“, antwortete Barthel wie aus der Pistole geschossen.

„Du bist doch Polizist. Gib es doch einfach einem Kollegen, der sich damit auskennt“, bügelte Köhler ihn ab.

„Könnte ich machen. Aber das würde nur mit einem entsprechenden Grund gehen. Dass es sich um das Handy meines Vaters handelt, der schon über ein halbes Jahr tot ist, zählt nicht wirklich“, hielt Barthel gegen.

„Dann lass dir einen Grund einfallen.“ Köhler nahm gleichgültig einen Schluck Bier.

Barthel wusste, wie schwierig es manchmal sein konnte, seinen Freund zu etwas zu motivieren, und er durfte es ja auch nicht übertreiben, denn sonst würde er doch noch Verdacht schöpfen.

„Maik, kennst du eine Möglichkeit? Wenn es jemanden gibt, der sich damit auskennt und dem ich vertraue, dann bist du das! Es wäre echt wichtig!“, versuchte es Barthel noch mal.

Es herrschte kurz Stille.

„Fingerabdruck sagtest du, richtig?“, suchte Köhler wieder das Gespräch, als sich Barthel schon abfinden wollte.

„Korrekt.“ Er war froh, dass Köhler nicht hinterfragte, warum ein alter Mann solch eine Absicherung auf seinem Gerät nutzte. Aber möglich waren ja die tollsten Sachen, das kannte er aus seinem Beruf und erlebte es tagtäglich.

„Ja, da gibt es was. Ist eigentlich kein großes Ding, nur etwas umständlich und dauert halt eine Weile. Ich würde das nur für dich und der guten alten Zeiten wegen machen.“ Köhler blickte Barthel verstohlen von der Seite an.

„Grandios! Ich wusste, dass ich auf dich zählen kann!“ Barthel fiel ein Stein vom Herzen.

„Alles gut“, sagte Köhler in einem recht lässigen Ton daher.

„Was brauchst du von mir?“, fragte Barthel nach.

„Also, neben dem Handy bräuchte ich noch etwas, was dein

Vater öfter benutzt hat, damit ich einen ordentlichen Fingerabdruck bekomme", antwortete Köhler.

Barthel musste schmunzeln: „Nichts leichter als das! Aber nur so für mich, und bitte kein Stress: Wie lange, denkst du, wird das dauern? Du hast ja gesagt, es braucht eine Weile? So einen Tag?"

Köhler lachte kurz auf. „Nee, mein Lieber, das dauert alles in allem – natürlich nur, wenn gutes Ausgangsmaterial vorliegt und wir es im ersten Anlauf hinbekommen – ungefähr eine halbe Stunde. Falls etwas korrigiert werden muss, eben eine Stunde."

Just in dieser Sekunde ging die Küchentür auf und Mürbe kam mit dem Essen zu ihnen, stellte es elegant ab. „Guten Hunger, Männer! Noch was zum Trinken?"

Barthel schaute Köhler an und antwortete für beide: „Unbedingt!"

Als Mürbe wieder hinterm Tresen war und mit dem Zapfen begann, sprach Barthel aufgeregt: „Super! Wann können wir loslegen?" Er bohrte mit der Gabel ein Loch in den überbackenen Käse seines Würzfleisches und kippte etwas Worcestersauce hinein.

Köhler schnitt sich ein großes Stück Schnitzel ab. „Sachte sachte. Eilig hat es ja dein Vater nicht mehr, sein Handy wieder zu entsperren", und stopfte das Fleisch in seinen weit geöffneten Mund.

Barthel reagierte sofort: „Da hast du recht. Nur wann, wenn nicht jetzt. Ich kenne mich, wenn ich das Ding wieder weglege, wer weiß, ob ich es noch mal anfasse."

Köhler schöpfte offensichtlich immer noch keinen Verdacht und sprach, als er fertig mit Kauen war: „Verstehe. Dann geh mal in die Spur und such ‚nen guten Fingerabdruck, und dann sehen wir weiter!"

Barthel nickte widerwillig und überlegte schon jetzt krampfhaft, wie er an ein brauchbares Stück aus Hauers Privatsachen kam.

Still mampften beide vor sich hin, bis Barthel einwarf: „Und hast du gleich morgen Vormittag Zeit?"

„Klar. Komm vorbei. Bin da", versicherte Köhler ihm recht fix.

Mürbe räumte die Teller und die leeren Gläser ab. Er hielt sie in die Höhe und wollte wissen, ob es noch etwas sein dürfe. Barthel wollte wieder für beide sprechen, doch Köhler schnitt ihm das Wort ab: „Danke. Für mich nicht. Ich muss nach Hause und ‚darf' meiner Mutter eine App installieren. Machst du mir die Rechnung fertig?"

Mürbe war im Begriff, sich umzudrehen.

„Das kommt überhaupt nicht infrage! Carl, schreib es bei mir mit drauf", platzte Barthel heraus. „Aber mir kannst du bitte noch ein Bier bringen. Hast du auch ein Lohmener Zwickel da?"

„Klar. Für meine treuen Gäste habe ich doch immer eins auf Lager." Mürbe zwinkerte Barthel zu, ehe er zum Tresen marschierte. Köhler bedankte sich knapp bei Barthel und verließ den Tisch mit den Worten: „Dann bis morgen!"

Barthel verweilte kurzzeitig ganz gelassen, es würde schon alles gut ausgehen. Mürbe stellte Glas und Flasche bei ihm ab. Beim Bier war Barthel nicht wählerisch, trank er doch gerne, was da war. Besonders freute er sich aber, wenn es mal wieder Abfüllungen von der kleinen Brauerei aus Lohmen gab. Er schenkte sich ein und ließ den Blick schweifen, um zu erfassen, wer noch alles da war. Mittlerweile war es gegen neunzehn Uhr und die Gaststätte war sehr gut gefüllt. Neben dem eben von Köhler geräumten Platz war nur noch ein weiterer im Raum frei, der allerdings eingedeckt war.

Barthel deutete Mürbe an, dass er zahlen wollte, nachdem er kurz verschnauft und sein Bier geleert hatte. Der umtriebige Wirt kam mit einem Block zu ihm und erstellte handschriftlich den

Betrag. Barthel zuckte kurz angesichts der hohen Summe zusammen, aber heute zahlte er ja auch für zwei. Er fragte Mürbe arglos, während er das Restgeld zusammensuchte, was es mit dem eingedeckten, noch immer leeren Platz auf sich hatte.

„Ach … das ist nur für unsern neuen Gast. Ich muss halt den Platz für ihn freihalten. Demnächst werde ich aber einführen, dass es 'ne konkrete Zeit gibt, wann die Leute zum Essen antanzen müssen“, war Mürbes mürrische Antwort.

„Wie, euer Gast?“, hakte Barthel nach.

„Seit Samstag haben wir einen Schlafgast. Aber den siehste nur sehr selten. Ist wie'n Geist. Komischer Kauz. Aber mir egal, Hauptsache er zahlt, und das hat er für die ganze Woche im Voraus. Nur schade um den leeren Platz.“ Mürbe wirkte nun etwas unter Strom, denn der Laden war voll von durstigen Kehlen.

Barthel war allerdings hellhörig geworden. „Was macht er hier?“ Er versuchte zu fragen, ohne wie ein Polizist zu klingen.

„Keine Ahnung. Hab' ihn nur am Samstag kurz bei der Schlüsselübergabe gesehen. Hatte viel Gepäck dabei. Darunter ewig viele kleinere Koffer. Er meinte, das wären alles Instrumente. Doch wofür hat er mir nicht verraten. Und dann brauste er mit seinem schwarzen Kleinbus davon. Seitdem habe ich ihn nur gehört, wenn er sich mal bewegt hat. Unsre Dielen knarzen doch so. Zum Frühstück ist er heut' auch wieder nicht erschienen. Wenn du mich fragst, der hat Dreck am Stecken. Du … ich muss langsam wieder ran. Lass uns doch später noch mal plaudern.“

„Okay“, schluckte Barthel die Abfuhr. „Nur ganz, ganz kurz. Wann hast du ihn gestern gesehen?“ Sein Gespür hatte sich eingeschaltet.

„Nicht gesehen, nur gehört. Ich würde mal sagen, so gegen zwölf Uhr.“ Mürbe drehte sich um und nahm prompt die nächsten Bestellungen auf. Barthels Kopfkino war in vollem Gange, und er machte eine Notiz in sein Büchlein, dass er sich Informationen über diesen Gast einholen wollte. Dringend, bevor er unerwartet wieder abreisen würde. Er hatte wieder viel zu tun am nächsten Tag, das Problem des Fingerabdrucks war ebenfalls noch nicht gelöst.

Barthel stand auf, verabschiedete sich – auch beim Stammtisch – und ging leicht wankend hinaus.

9

Barthel wusste selbst nicht so genau, warum er bei Rosalie Hauer noch mal klingelte. Auf dem Weg nach Hause fiel ihm spontan ein, woher er einen erstklassigen Fingerabdruck bekommen könnte. Noch war es nicht spät und sie sicherlich noch auf. Wer schlief schon gegen zwanzig Uhr, falls Berufliches ihn nicht dazu zwang?

Es dauerte wieder etwas, bis Hauers Gattin sich an der Gegensprechanlage meldete, und nachdem Barthel ihr erklärt hatte, dass er Neuigkeiten hätte, betätigte sie sofort den Türöffner.

Die Haustür stand bereits offen, und nachdem Barthel sich kurz laut geräuspert hatte, trat er in den Flur hinein. Hinter einer angelehnten Tür konnte er ein Flackerlicht erkennen und er ging darauf zu. Es war das Wohnzimmer, das sich hinter der Tür verbarg. Im Kamin brannte es lichterloh.

Rosalie Hauer saß auf dem Sofa. Eine fast geleerte Flasche Rotwein stand vor ihr. Sie trank noch schnell einen Schluck. Geräuschvoll stellte sie das Glas auf dem Glastisch ab, bevor sie aufstand und Barthel mit einer Umarmung begrüßte, die er vor Überraschung kaum erwiderte. Sie bot ihm hastig und mit etwas verwaschener Aussprache auch ein Glas Wein an, was Barthel bereitwillig annahm. Zugegeben, für diesen Moment hatte er die Biere vergessen, die er schon intus hatte. Aber er war ja nicht im Dienst, oder nur halb.

Barthel setzte sich. Nachdem Rosalie ihm eingeschenkt hatte, stießen sie kurz schweigend an. Ihm schmeckte der Wein ausgezeichnet. Er griff nach der Flasche und studierte das Etikett. Eine Marke, von der er bis dato nichts gehört hatte. Noch nicht einmal das Logo konnte er deuten. Doch dann traf es ihn eiskalt: Es war ein tschechischer Wein, den er da trank. Der Verdacht, dass an den Gerüchten über die tschechischen Verwicklungen Hauers doch etwas dran sein könnte, drängte sich auf und verhärtete sich. Vielleicht wusste Klotzsche doch mehr, als er zugab …

Barthel wollte Hauers Ehefrau diesbezüglich eigentlich vorerst nicht behelligen. Doch entschied er sich in letzter Sekunde anders. „Sehr lecker! Wo hast du den her?“, bekundete er sein Interesse.

„Friedrich erhält öfter mal von seinen Geschäftspartnern Weine als Dankeschön. Es freut mich, dass er dir schmeckt.“ Rosalie lächelte. Ob sie ahnte, dass Barthel von den Gerüchten wusste, konnte er nicht einschätzen. Ihm blieb nichts anderes übrig, als zu hoffen. Hieße es doch schlimmstenfalls, dass beide gerade ein Geschenk von den potenziellen Entführern ihres Mannes genossen, was der ganzen Sache etwas Makabres verleihen würde.

„Du hast Neuigkeiten für mich?“ Rosalie schenkte sich und Barthel noch etwas ein.

„Ja und nein, ich war vorhin auf dem Revier, und die Anzeige ist raus“, antwortete Barthel.

„Das ist schön. Dann wird er hoffentlich bald gefunden werden. Ich danke dir sehr für deine Mühen.“

Beide blickten zum Kaminfeuer, dessen mollige Wärme Barthel unerwartet zusetzte. Die Wärme verstärkte die Wirkung des Alkohols, er fühlte sich auf einmal recht angetrunken, aber noch nicht *be*trunken. Als er aufblickte, sah er im Gegenlicht auf Rosalie Hauers Gesicht überraschenderweise eine Träne funkeln, die sich langsam ihren Weg nach unten bahnte. Sie schaute ihm direkt in die Augen. Wahrscheinlich war sie sogar nähergerutscht. Hatte Barthel etwas nicht mitbekommen? War er weggetreten? Die Energie im Raum war zum Bersten.

Er sprang über seinen Schatten, beugte sich zu Rosalie und wollte sie trösten, indem er sie umarmte, was sie zuließ. Und es kam, wie es kommen musste: Ihre Lippen berührten sich leidenschaftlich. Barthel spürte ihre tränennasse Wange. Aber er war es, der nicht weitermachen wollte, obwohl die Gelegenheit für mehr da war. Der Polizist war keiner, der so eine Situation schamlos ausnutzte. Um sich abzukühlen, versuchte er zu überlegen, wie er im Haus nach dem geeigneten Gegenstand suchen konnte, was ja der eigentliche Grund seines Besuches war. Barthel sagte das Naheliegende, er müsse sich mal kurz frischmachen. Rosalie erklärte ihm bereitwillig, wo er das Gästebad finden konnte. Auf dem Weg dorthin schaute sich Barthel dezent um, ob er das, was er sich ausgedacht hatte, irgendwo herumliegen sah, doch er war berauschter als gedacht und wenig aufnahmefähig.

Auf seiner Suche öffnete Barthel im Bad die Schubladen vom Badschränkchen und fand nur Handtücher in diversen Farben. Leise schloss er die Badtür wieder und schlich den Gang entlang. Dadurch, dass Rosalie Hauer ihn erst am Nachmittag durch das Haus geführt hatte, war er noch einigermaßen gut damit vertraut. Barthel wusste, dass sich zwei Türen weiter auf der rechten Seite das Büro vom Zimmermann befand. Licht anschalten wollte Barthel nicht, aber zum Glück wurde der Raum durch den noch immer angeleuchteten Wagner leicht erhellt. Und da war er, der perfekte Gegenstand mit einer Unzahl an Fingerabdrücken: Eine weiße Computermaus, glatt und platzbietend für fast alle relevanten Finger der Benutzerhand. Doch kurz bevor er nach dem Prachtstück greifen konnte, hörte er plötzlich Rosalie sagen: „Was machst du hier?"

Barthel zuckte zusammen, obwohl er ganz tief drinnen mit so etwas gerechnet hatte, riss die Augen auf und drehte sich um: „Ich hatte Licht durch den Türspalt brennen sehen und wollte nachsehen, ob hier jemand ist", nuschelte er. Sie stand in der Tür, eine kuschelige Decke nachlässig um die Schultern gehüllt. Im Halbdunkel des Zimmers wirkte sie auf einmal wie eine Frau voller Geheimnisse und gleichsam wunderschön. Ihre Augen funkelten in Barthels Richtung. „Ach, August. Immer im Dienst, was? Wen hast du denn erwartet?" Hauers Ehefrau kam betont langsam auf ihn zu.

„Berufskrankheit. Wahrscheinlich alles und jeden …" Barthel wuschelte sich durchs Haar. „Doch dann wurde ich wieder von der Büste angezogen."

„Ja, sie ist etwas ganz Besonderes, nicht ohne Grund hat Friedrich …", begann Rosalie, und in dem Moment schüttelte sie leicht ihren Kopf, als ob sie aus einem Traum erwachte. „Das eben war ein Fehler. Ich war nicht ganz bei mir. Du solltest nicht hier sein und erst recht nicht in diesem Raum. Ich möchte jetzt allein sein." Rosalie Hauer wendete sich ab. Das traf Barthel jedoch kälter als gedacht.

Auch wenn die Situation äußerst ungünstig war, musste er trotzdem fragen: „Rosalie! Bevor ich es vergesse, wäre es möglich, dass ich die Computermaus mitnehme?"

„Das ist jetzt ein Scherz, oder?", reagierte sie impulsiv. Da beschlich Barthel ganz leise das Gefühl, dass sie gar nicht hatte gehen wollen – vielmehr hätte er ihre Signale richtig deuten und sie insgeheim daran hindern sollen.

„Für eine polizeiliche Handlung wäre genau dieses Ding absolut perfekt. Ich brauche seine Fingerabdrücke!“, war aber das Einzige, was ihm zu sagen einfiel.

Es beschwichtigte Rosalie natürlich überhaupt nicht. „Idiot. Nimm das blöde Ding und hau ab!“, knurrte sie.

Entschuldigend hob Barthel die Schultern. Auf dem Schreibtisch lag auch eine Klarsichthülle. Kurzerhand verwendete er diese, um damit die Maus einzutüten, und ging aus dem Büro, mit einem zerknirschten Gefühl an der schönen Rosalie vorbei. Im Flur griff er hastig nach seiner Jacke. Kurz vor der Haustür drehte er sich aber noch mal um und sah Hauer in gebührendem Abstand hinter sich stehen. Zum Abschied schaute sie ihn nur an, ohne ein Wort zu sagen, und ging ins Wohnzimmer, ehe er das Haus verlassen hatte. Eine letzte Aufforderung, dass Barthel ihr folgen sollte? Nein. Er machte sachte die Haustür hinter sich zu, schritt die paar Meter zur Hoftür und danach hinaus in die Dunkelheit. Er lief die schwach beleuchtete Straße nach Hause. In einer dunklen Ecke hinter der Kastanie unweit des großen Hoftores sah er aus dem Augenwinkel einen Schatten an der Mauer, der da eigentlich nicht hinzugehört hatte. Als er sich hingedreht hatte, war dieser jedoch verschwunden. Er dachte sich nichts dabei und ging weiter.

10

Als Barthel zu Hause ankam, brannte kein Licht mehr. Marlies Michel war schon im Bett. Er betrachtete noch schnell hoffnungsvoll die eingetütete Maus und ging anschließend zu Bett. Am nächsten Morgen kurz nach sieben Uhr, als sich ihm beim Frühstück die gestrigen Vorgänge nochmals aufdrängten, war er über sich selbst mehr als verwundert, dass er sofort eingeschlafen war. Ein schlechtes Gewissen müsste ihn regelrecht zerfressen. Er hatte im Rausch eine verheiratete Frau geküsst, der er auch noch im Suff eine Computermaus ihres vermissten Mannes abschwatzte, um das Handy der betreffenden Person durch die Hilfe eines Freundes zu knacken, der von den Hintergründen nichts ahnte. Wenn Barthel über alles noch vor dem Schlafengehen nachgedacht hätte, hätte er sicherlich kein Auge zugemacht. So hatte dankenswerterweise der Alkohol sein Übriges getan.

Barthel wechselte ein paar liebenswerte Worte mit Michel, die ihm Eier zubereitete, und entschuldigte sich für den gestrigen Auftritt.

„Übrigens: In deiner Jacke hat ein Handy sehr oft vibriert", sagte sie beiläufig, während sie seinen Teller abräumte. Barthel nahm es stillschweigend zur Kenntnis.

Nach dem Frühstück und etwas bürokratischem Kram, den er von zu Hause aus erledigen konnte, hatte Barthel nur noch ein Ziel: Er wollte so schnell wie möglich zu Köhler und mit ihm zusammen versuchen, das Handy zu entsperren. Als es kurz nach neun Uhr war, konnte er nicht länger warten und brach auf, auch wenn er sich gut vorstellen konnte, dass es für Köhler noch zu früh war. Doch je eher der IT-Crack das Handy entsperren und Barthel es durchforsten konnte, desto besser.

Auch wenn es fadenscheinig eine private Angelegenheit war, zog Barthel sich die Dienstkleidung an, so hatte er ein besseres Gefühl. Erst recht, wenn etwas schieflaufen und er enttarnt werden würde. Die eingetütete Computermaus passte noch in die Jackentasche, wo sich Hauers Handy befand. Ein kurzer Blick darauf verriet Barthel, dass der Akkustand sich allmählich dem Ende neigte. Vielleicht hatte Köhler ja zufällig ein Ladekabel, sonst müsste er sich unter Umständen im Anschluss an das Treffen schnell eins kaufen.

Langsam knatterte Barthel mit seinem Moped die Straße entlang zum Haus der Köhlers, wollte er seinem Freund doch noch ein paar Minuten Schlaf gönnen. Schließlich war Barthel trotzdem schon nach fünf Minuten da und versuchte, sich dafür beim Aufbocken des Mopeds direkt neben der Einfahrt ein wenig Zeit zu lassen. Endlich klingelte er und wartete aufgeregt am Gartentor wie ein Schuljunge auf seinen ersten Schultag. Köhlers Mutter öffnete die Tür, und Barthel begrüßte sie überfreundlich: „Einen recht schönen guten Morgen, Frau Köhler. Ist Maik schon zu sprechen? Es ist leider dringend und wir waren eigentlich verabredet."

„Guten Morgen, August! Da muss ich erst mal nachschauen gehen. Bisher war es bei ihm recht ruhig. Einen kurzen Augenblick, bitte", sagte sie und entfernte sich von der Haustür. Sie ließ diese angelehnt, sodass Barthel Innengeräusche vernehmen, sie allerdings nicht deuten konnte. Es wurde still, und nach gefühlt einer halben Ewigkeit erst tauchte Frau Köhler wieder auf. Ein Stein fiel von Barthels Herzen, als sie ihm signalisierte, einzutreten: „Er ist jetzt wach, und du sollst reinkommen. Er will nur noch schnell duschen und sich einen Kaffee machen. Du kannst aber schon in seinem Zimmer auf ihn warten."

Barthel nahm die Offerte an und folgte ihr durch das Haus, obschon er den Weg kannte. Ganz dem Klischee nach, dass die Nerds immer in Garagen hausten, öffnete Ines Köhler die Kellertür, sie suchte gezielt an der Wand nach dem Lichtschalter und stieg die nicht genormten Stufen hinab. Zu folgen verlangte Barthel trotz all der Jahre, in denen er diese Treppe schon hinabstieg, einiges an Konzentration ab. Unten angekommen zeigte Frau Köhler auf eine Holztür mit verglasten Elementen.

„Er wird gleich da sein.“ Schon machte sie kehrt und stapfte geräuschvoll die Stufen hinauf.

Schmunzelnd fragte sich Barthel, warum sie ihm nach all den Jahren immer noch den Weg zeigte und konnte sich das nur durch eine Form von Höflichkeit erklären, und er öffnete die Tür. Arg abgestandene Luft umfing ihn. Computerlüfter surrten und ständig blinkte irgendwo ein Lichtlein zwischen dem ganzen Technikkram, von dem es reichlich gab. Das Bett war nicht gemacht und sah tatsächlich noch danach aus, als ob eben erst jemand daraus entstiegen wäre.

Barthel setzte sich auf die Couch und wartete darauf, dass Köhler kam. Und da stand er auch schon mit nassen Haaren und einer großen Tasse voll Kaffee in der Tür, nur mit einem schwarzen Shirt und einer sehr locker sitzenden Jogginghose bekleidet.

„Moin auch! War nicht die Rede von Vormittag?“, und er nahm einen großen Schluck Kaffee. „Wir hätten konkret eine Zeit vereinbaren sollen. Aber schadet auch nicht, mal wieder etwas früher aufzustehen.“ Köhler kratzte sich am Bauch.

„Ja, ich habe geahnt, dass die Uhrzeit für dich zu früh ist. Entschuldige.“ Barthel trommelte mit den Fingern leicht auf seine Schenkel.

„Ziehen wir’s schnell durch! Du scheinst es ja sehr eilig zu haben. Ich hoffe, du hast alles dabei?“, erwiderte Köhler und zog seinen Schreibtischstuhl zurück.

„Danke schön! Ja, habe ich!“ Barthel stand auf, kramte in seiner Jackentasche nach dem Handy und der eingetüteten Maus und holte beides raus.

„Hervorragend. Willst du auch noch einen Kaffee, bevor wir loslegen?“ Köhler leerte seinen Pott mit wenigen Zügen.

„Ja, gerne.“ Barthel nickte.

„Du kannst dir ja schon mal eine Farbe raussuchen.“ Köhler deutete mit dem Kopf auf seinen Schreibtisch. „Bin gleich wieder da.“ Er verschwand wieder in der Dunkelheit des Kellers.

Barthel ging zum Schreibtisch und bestaunte die kleinen Farbtüten, die darauf parat lagen. Für ihn sah der Inhalt mehr oder weniger nach Designerdrogen aus. Was es damit auf sich hatte, konnte er sich nicht erklären.

Köhler kam umgehend mit zwei Tassen wieder, stellte sie zu den Farben auf den Tisch und hockte sich auf einen drehbaren Stuhl. „Und? Für welche hast du dich entschieden?“, fragte er grinsend.

„Ich weiß zwar nicht, wofür das ist, aber ich mag Orange sehr“, antwortete Barthel unsicher.

„Fein! Dann wollen wir mal.“ Köhler knipste eine grelle Stehlampe neben dem Schreibtisch an und zog sich einen Gummihandschuh über. Anschließend ließ er sich die Klarsichthülle mit der Computermaus geben, holte sie behutsam heraus und begutachte sie im Licht auf der Suche nach potenziellen Fingerabdrücken. Wobei er sich freilich einen Kommentar nicht verkneifen konnte: „Dein Vater war ja sehr am Nabel der Zeit, wenn er mit so einem Modell arbeitete“, und schielte zu Barthel hinüber.

„Ja, ich war auch sehr überrascht, hätte ich ihm nicht zugetraut. Aber Menschen sind ja manchmal unergründlich …“ Er hoffte, damit weitere Fragen umschifft zu haben.

Köhlers Gesicht strahlte: „Das sieht sehr vielsprechend aus. Dann reich mir mal das orangefarbene Pulver.“

Barthel tat, wie ihm geheißen, aber fragte: „Was ist das eigentlich?“

Köhler kramte aus einer Schublade einen sehr feinen Pinsel, ließ die Maus aus der Hülle auf den Tisch fallen und betupfte sie anschließend vorsichtig. „Reste von meinem letzten Holi-Fest. Auch bestens geeignet, um Fingerabdrücke sichtbar zu machen." Er grinste. In der Tat kamen zahlreiche gut erhaltene Abdrücke zum Vorschein, während Barthel noch rätselte, ob das ernst gemeint gewesen war.

„Na also! Herzlich willkommen", murmelte Köhler vor sich hin und schaltete die Stehlampe aus. Schlagartig war es finster! Die Rollläden waren noch geschlossen gewesen. Barthel sah es im Raum nur noch in den unterschiedlichsten Farben aufblinken. Nach einem kurzen Klickgeräusch leuchtete es im ganzen Zimmer wieder, diesmal violett. ‚Schwarzlicht', dachte sich Barthel.

Köhlers Gesichtsfarbe sah verschoben aus. Seine Zähne strahlten unnatürlich blauweiß, als er sprach: „So wird der Abdruck noch deutlicher. Ich schlage vor, wir nehmen erst mal den Daumen."

Barthel konnte zwar nicht sehen woher, aber Köhler hatte plötzlich eine schwere Digitalkamera mit einem Makro-Objektiv in der Hand, mit der er sich dem Abdruck näherte und mehrfach auslöste. Nachdem er die Kamera abgelegt hatte, schaltete er das Schwarzlicht aus und die Schreibtischlampe wieder an. Mit einem Mal war Barthel aus seiner sphärischen Stimmung geholt. Er blinzelte, während Köhler mit einem Tippen auf die Tastatur seinen Rechner aus dem Schlaf weckte. Flink wurden die Bilder von der Speicherkarte darauf übertragen. Köhler entfernte mit ein paar geübten Klicks Verunreinigungen auf dem Foto, erhöhte den Kontrast und verstärkte schwache Linien behutsam. Für Barthel war das alles einfach nur faszinierend. Mit geöffnetem Mund schaute er gebannt zu.

Als Köhler fertig war, lehnte er sich auf dem Stuhl zurück und raunte: „Voilà." Auf dem Bildschirm sah Barthel nun einen perfekten Fingerabdruck. Nach ein paar weiteren Klicks war er schwarzweiß und dreidimensional.

„Nun ist die Termite dran!" Köhler drehte den Kopf zu Barthel und grinste frech. Doch als er ‚Drucken' wählte, folgte nicht das gewohnte Rumpeln eines Tintenstrahl- oder Laserdruckers, sondern ein Glaskasten in der Ecke des Raums begann zu leuchten. Im roten LED-Licht sauste ein kleiner Druckkopf wild umher. Barthel stand auf und ging hin. Tief beeindruckt stellte er fest, dass mit der Zeit etwas wie ein Zylinder entstand.

Köhler stand auf einmal neben ihm: „Weißt du jetzt, warum ich ihn Termite nenne?", und beugte sich vor den transparenten Kasten.

„So was habe ich noch nie gesehen!", stammelte Barthel fasziniert.

„Echt nicht? Du als Metropolen-Bulle? Ein 3-D-Drucker." Maik Köhler rieb sich grinsend die Hände. „Aber gerade habe ich als Farbe vom Filament nur blau da", ergänzte er.

„Filawas?", versuchte Barthel das Wort erfolglos zu wiederholen.

„Vom Kunststoff", erklärte das IT-Ass schmunzelnd.

Barthel nahm das nichtssagend so hin und traute seinen Augen kaum, als das Gerät plötzlich aufhörte zu arbeiten. Eine kleine blaue Fingerimitation war entstanden. Oben sah man ganz deutlich die Papillarlinien, der Rest dieses Gebildes war glatt wie ein Rohr.

„Die Stunde der Wahrheit", kommentierte Köhler das Öffnen des Kastens und holte das Gebilde heraus. Bei Barthel stieg die Anspannung.

„Gibst du mir mal bitte das Handy?" Köhler hielt den Kunstfinger ganz nah vor sein Gesicht, betrachtete ihn genau mit kritischem Blick. Er konnte die Sorgenfalten auf Barthels Stirn gewiss nicht sehen, als sich dieser anschickte, das Handy vom Schreibtisch zu holen. Barthel hoffte inständig, dass der Schwindel nicht doch noch aufflog, und überlegte, wie er seinen Kopf dann aus der Schlinge ziehen könnte. Was sollte er Köhler denn sagen, wenn dieser den wahren Eigentümer des Handys herausfand? Was unmittelbar der Fall sein würde, war es erst einmal entsperrt!

Barthels Hand verkrampfte sich um das Gerät. „Ich glaube, es ist besser, wenn ich das probiere. Du schaust mir über die Schulter, ob ich es richtig mache. Okay? Später bist du ja auch nicht dabei. Ich kann ja nicht immer zu dir kommen …"

„Irrtum. Wenn es funktioniert, schalten wir die Sperre aus. Dann hast du Ruhe." Köhler blickte Barthel in die Augen und hoffte offenbar, dort eine positive Reaktion anstelle der vorhandenen angespannten Grimasse zu sehen. Zum Glück war seine Empathie nicht ansatzweise so ausgeprägt wie sein technisches Verständnis. „Jetzt reich das Ding schon rüber." Beschwingt fuchtelte Köhler mit der Hand.

Barthel gab nicht auf: „Ich weiß gar nicht, was uns erwartet. Was, wenn irgendetwas Intimes zum Vorschein kommt? Ich finde … mein Vater hätte sicher nicht gewollt, also …"

Köhler hielt inne. „Ernsthaft? Wir machen hier etwas Halblegales und du kommst mir mit Privatsphäre?" Er schaute Barthel skeptisch an, presste nach einer Weile die Lippen zusammen und verengte die Augen zu Schlitzen. „Oder hast du was zu verbergen?"

Barthel lief ein Schauer den Rücken hinunter. Köhler begann zu spekulieren: „Alter! Das ist gar nicht das Handy deines Vaters. Deswegen auch die kabellose Maus. Los, raus damit! Der Finger kann auch ganz schnell kaputtgehen, aus Versehen." Flink umschloss Köhler mit seiner Hand die Nachbildung.

Barthel fühlte, dass er keine andere Wahl hatte: „Okay ..."

In dieser Sekunde vibrierte das Telefon in seiner Hand. Köhler schaute ihn erwartungsvoll an. Barthel prüfte betreten, wer anrief. Es war „B-B-Handy". Und wieder überkam ihn ein Schauer. Dabei hatte der Tag doch eigentlich ganz gut begonnen. Nun kam ein Schwinger nach dem anderen.

Barthel fiel wieder ein, dieser „B-B" hatte gestern angekündigt, sich heute Vormittag zu melden, um eine Antwort zu bekommen. Nur hatte Barthel nicht so früh damit gerechnet. ‚Hätte der Typ nicht noch eine halbe Stunde warten können?', dachte er resigniert. ‚Dann wäre ich allein gewesen.'

„Warum gehst du denn nicht ran?", fragte Köhler neugierig und etwas bissig.

„Schwierig zu erklären", wich Barthel aus.

„Kann ich mir gut vorstellen. Ich freue mich auf deine Ausrede." Statt weiter zu schmollen, tauchte auf einmal ein Grinsen auf Köhlers Gesicht auf.

Barthel fluchte laut, um sich abzureagieren. Wenigstens lachte Köhler jetzt, und so entschied sich Barthel dafür, den Anruf anzunehmen. Entschieden schob er auf dem Handy den grünen Punkt nach oben und hielt das Telefon leise ans Ohr.

„Und? Nachgedenkt?", fragte die gleiche Stimme wie gestern. Die Sekunden verstrichen.

Die Lautstärke des Sprechers auf der anderen Seite war in der Stille des Zimmers so klar und deutlich, dass Köhler das Gespräch mithören konnte, ohne dass Barthel das Telefon auf Laut stellen musste.

„Hallo?! Hey!", schrie die Stimme am Telefon.

Barthel räusperte sich.

„Hauer! Ich weiß, du mich hören. Wir verflucht wollen, was zusteht. Wenn nicht bis Freitag da, dann ein grooosßes Problem du bekommst!“ Der Anrufer legte auf. Barthel nahm das Handy vom Ohr.

Köhler schaute ihn fragend an und wiederholte: „Wie gesagt, ich bin sehr gespannt.“

Barthel atmete tief ein. Es half alles nichts mehr. „Maik. Was soll ich noch groß drumherum reden? Das ist nicht das Handy von meinem Vater, sondern von Friedrich Hauer, der seit Sonntag spurlos verschwunden ist. Es lag gestern früh immer noch unberührt auf seiner Baustelle unten in der Lochmühle. Da habe ich es kurzerhand mitgenommen. Mein Gefühl sagt mir, dass etwas Schlimmes passiert ist, und ich will die Sache aufdecken. Und da ich die Sperre nicht alleine knacken konnte, habe ich an dich gedacht. Ich wäre dir sehr verbunden, wenn du das alles nicht an die große Glocke hängst und mir freundlicherweise hilfst.“ Barthel bangte kraftlos einer milden Reaktion entgegen.

Köhler schaute ernst drein und sagte nach einer Weile: „Mhmm …“ Dann schürzte er die Lippen und blies langsam die Luft aus. Das war selbst für seine Verhältnisse eine kurze Antwort auf so ein Geständnis. Barthel war ratlos. Doch dann machte Köhler plötzlich etwas, das ihn unmittelbar an seine Kindheit erinnerte. Er formte mit Daumen und Zeigefinger ein „O“ und hielt es in Barthels Augenhöhe, der in der Situation nicht anders konnte, als reinzuschauen.

„Ätsch“, machte Köhler und schlug ihn mit der Faust auf den Oberarm: „Reingeschaut!“

Barthel war perplex, doch nach einer kurzen Reaktionszeit fing er heftig an zu lachen. Es war schwer zu beschreiben, wie groß die

Last war, die auf ihm lag und die in diesem Moment etwas leichter wurde. „Meine Güte, dieses dämliche Spiel hat schon sehr lange keiner mehr mit mir gespielt!“

Köhler hielt sich vor Lachen den Bauch. „Du weißt schon, bedank dich, sonst gibt es noch ’nen Schlag.“ Er richtete sich auf. „Warum hast du gestern die Karten nicht gleich auf den Tisch gelegt? Dann hättest du diesen ganzen Zirkus nicht machen müssen. Gut darin warst du ja auch nicht. Lass das einfach beim nächsten Mal!“ Köhler öffnete seine Faust und schaute auf das Fingerimitat: „Und was die Sache mit Hauer angeht, da will ich gar nicht mehr wissen. Wenn du weitere Hilfe brauchst, sag’s einfach.“ Und dann drückte er Barthel das blaue Gebilde in die Hand.

„Vielen Dank, Maik! Ehrlich.“ Die Last wurde noch ein bisschen leichter. Barthel war froh, dass die ganze Sache so glimpflich ausging.

„Platzt du nicht vor Neugier?“, drängte Köhler, den künstlichen Finger auszuprobieren.

Barthel hielt die Luft an, während er ihn auf die passende Stelle am Handy legte. Ohne Murren akzeptierte der Sensor das falsche Spiel und gewährte Barthel Zugriff. „Wir haben es geschafft!“, entfuhr es ihm überschwänglich. Köhler freute sich mit ihm. Und bevor Barthel sich irgendetwas anschauen konnte, hatte ihm sein Komplize entschlossen das Handy abgeluchst. Köhler stellte ‚lautlos‘ ein und erinnerte Barthel auch daran, dass jetzt der geeignete Zeitpunkt sei, die Sperre aufzuheben. Anschließend gab er ihm das Handy zurück. „Und jetzt versuche ich, weiterzuschlafen!“

Köhler schaltete den Rechner auf Stand-by und schlurfte ohne ein weiteres Wort in Richtung Bett. Barthel musste allein den Weg hinausgehen.

11

Als Barthel wieder vorm Eingangstor der Köhlers stand, überlegte er, wo ein passender Ort wäre, sich in Ruhe mit dem Handy zu befassen. Er entschied sich für das Holzhüttchen, ganz oben am Beginn der Kirschallee. Doch kaum war der Helm aufgesetzt, klingelte sein Handy. Durch die ganzen Mobiltelefone, die Barthel seit gestern mit sich trug, war er immer aufs Neue verwirrt. Aber Hauers Telefon konnte ja nun keinen Muckser mehr von sich geben, und so suchte er sein eigenes.

Barthel ließ vom Moped ab und nahm den Anruf entgegen. Er hörte Rosalie Hauers Stimme: „Es wäre für dich besser, wenn du jetzt herkommst." Sie legte auf.

Barthel war irritiert. Keine Begrüßung oder Verabschiedung. Wahrscheinlich wollte sie nun wegen gestern eine Aussprache.

Er startete das Moped mit einem mulmigen Gefühl, suchte aber trotzdem zielstrebig das Gehöft der Hauers auf. Das Tor stand offen, und so fuhr er direkt auf den Hof. Rosalie stand schon in der Haustür, ihre Hände stemmte sie in die Hüften. Sie sah wütend aus, und Barthel spürte einen Kloß im Hals. Er würgte ungeschickt das Moped ab und fummelte aufgeregt am Lederriemen seines Helms, der nicht aufgehen wollte. Rosalies strenger Blick verfolgte jede seiner Handlungen.

Als er schließlich direkt vor ihr stand, sagte er hastig: „Rosalie, wenn es wegen gestern ist ..."

Sie hatte ihre Arme inzwischen vor der Brust verschränkt. „Komm rein. Das soll nicht gleich das halbe Dorf wissen", und sie drehte sich so weit zur Seite, dass Barthel an ihr vorbeigehen konnte. „Ins Büro! Du kennst ja den Weg." Sie folgte ihm dorthin.

Als beide im Zimmer standen, drehte sich Barthel eingeschüchtert um. Rosalie Hauer hatte noch immer die Arme verschränkt. „Hast du mir nicht was zu sagen?“, fragte sie herausfordernd.

Barthel mochte die Art der weiblich-taktilen Befragung überhaupt nicht, da man eigentlich immer nur etwas Falsches darauf antworten konnte.

„Wie geht's dir?“, versuchte er, sie zu besänftigen und Zeit zu schinden, aber auch herauszufinden, was der eigentliche Grund für ihre Entrüstung war.

„Wie es mir geht? Dein Ernst?“ Sie tippte mit dem Fuß auf den Boden.

„Was soll ich sagen? Ich fand es schön.“ Barthel hatte keinen blassen Schimmer, worauf sie hinauswollte.

„Gut! Wenn du es so willst. Ich wollte dir erst noch die Chance einer Erklärung geben, bevor ich die Polizei rufe. Aber da du ja nicht willst, bitte schön!“ Sie holte ihr Handy raus und war dabei, die Nummer zu wählen.

„Warte! Bitte! Ich nehme an, du meinst nicht die Sache mit uns, oder? Falls doch: Tut mir leid! Und wenn es wegen der Computermaus ist, da habe ich dich vorher extra gefragt.“ Barthel blickte ihr suchend in die Augen.

„Oh nein, mein Lieber! So leicht kommst du mir nicht davon! Und was ist mit der anderen Sache?“ Rosalie redete sich komplett in Rage.

„Was? Wie? Welche andere Sache?“ Barthel war vollends verwirrt, noch etwas fiel ihm partout nicht ein.

„Dann erklär mir mal bitte, warum sämtliche Unterlagen über das Lochmühlen-Projekt fehlen!“, fauchte Rosalie endlich.

Erst jetzt sah Barthel, dass der weiße Aktenschrank offenstand und Leere den Platz prägte, an dem der Ordner gestern Nachmittag noch gestanden hatte. Auch hing das Bild vom jungen Wagner nicht mehr an der Wand, sondern stand unten am Boden. Ein dahinterliegendes Schließfach war zum Vorschein gekommen, welches aber auch geöffnet und leer war.

„Rosalie! Damit habe ich nichts zu tun. Ehrlich! Glaub mir bitte! Wer war das? Und überhaupt: Warum sollte ich bei dir einbrechen?“ Barthel ahnte nun, warum sie so aufgebracht war.

„Das würde ich gerne von dir wissen.“ Sie schien ihm aber zu glauben und steckte zögerlich das Handy wieder ein.

Zwar kein Waffenstillstand, aber offenbar ein Zeichen für Barthel, dass er mit ihr fortan vernünftig reden konnte.

Er ging zuerst zum Aktenschrank und schaute ihn sich genauer an. Nichts. Dann nahm er sich den kleinen Tresor vor. Für Barthel stand fest: Wer ihn geöffnet hatte, hatte dies sorgfältig und ohne Zeitdruck getan. Es wirkte sogar so, als ob er mit einem dazugehörigen Schlüssel geöffnet worden war. Barthel zählte eins und eins zusammen. Da er sich als Letzter hier in diesem Büro aufgehalten hatte – zumindest als letzter offizieller Gast –, war Rosalies Gedankengang überaus nachvollziehbar. Doch berücksichtigte sie dabei nicht, dass er so gut wie nie allein hier drinnen gewesen war, allenfalls kurz. Es musste also noch jemand gekommen sein, und zwar nach ihm. Jemand, den Rosalie Hauer nicht gesehen oder bemerkt hatte – es musste in der Nacht geschehen sein.

Der Inhalt des Schließfachs war sicherlich von Wert, aber warum gerade die Unterlagen über die Lochmühle? Barthel hatte sich doch selbst einen schnellen Überblick über den Inhalt des Ordners verschafft, und nichts hatte darauf hingedeutet, dass die vorhandenen Unterlagen wichtig wären. Er zweifelte an sich, ob er etwas übersehen hatte, zu schnell darüber gehuscht war. Fragen tauchten bei ihm auf: Wer hätte ein Interesse an diesen Unterlagen? Sicherlich einer von Hauers Geschäftspartnern. Wie stünde es da um Wolf? Oder den ominösen Anrufer? Barthel fragte Rosalie prompt, ob sie irgendetwas in der Nacht bemerkt hatte. Sie verneinte dies – und fügte schnippisch hinzu, dass sie ihn ja sonst auch nicht verdächtigt hätte. Sie habe selbst nichts weiter angefasst und Barthel sofort, nachdem sie die Unordnung bemerkt hatte, angerufen. Barthel ging wortlos im Raum umher und tippte sich mit dem Finger auf die Lippen.

Es war Dienstag, Friedrich Hauer war bald 48 Stunden verschollen und Barthel hatte praktisch keine konkreten Hinweise auf sein Verbleiben. Höchstens vage Ansätze. Wobei das auch nicht ganz richtig war. Er konnte sich ein mögliches Entführungsmotiv vorstellen und hatte bisher bloß keine Beweise. Was dabei so gut wie feststand, war, dass alles im direkten Zusammenhang mit der Lochmühle stand. Doch warum sollte Hauer sich mit seinen dubiosen tschechischen Kompagnons gerade jetzt überworfen haben? Seine Machenschaften hatte er vermutlich auch schon vorher intensiv betrieben. Oder hatte seine Frau etwas damit zu tun und gab nur die Unschuldige vor? Oder aber, auch wenn das der abwegigste aller Gedanken war, war Hauer selbst bei sich eingebrochen, um die Dinge und Dokumente unbemerkt fortzuschaffen? Alles nur Thesen, die Barthel hatte, während er den Raum nach weiteren Spuren oder Hinweisen absuchte.

Er nahm sich den Safe noch mal genauer vor und fragte Rosalie Hauer, ob sie von der Existenz des kleinen Tresors gewusst hatte und was sich darin befunden haben könnte. Sie hob die Schultern und meinte, dass sie diesen Kasten in der Wand zum ersten Mal gesehen habe und somit erst recht nicht wissen könne, was darin verwahrt worden sei. Während sie sprach, leuchtete Barthel mit seiner kleinen Taschenlampe in den Tresor und entdeckte ein paar braune Krümel. Sofort dachte er an Haschisch und nahm behutsam einen heraus. Rosalie kam näher heran. Barthel roch an dem Krümel, lächelte und hatte keinen Zweifel: Es war bloß gewöhnliche Erde, die noch nicht komplett durchgetrocknet war. Er konnte das kleine Klümpchen sogar noch kneten. Seine Intuition riet ihm, dass er den Krümel mit einer Bodenprobe aus der Gegend um die Lochmühle herum vergleichen sollte. Schließlich war das Hauers letztes Projekt gewesen. Vielleicht hatte er eine Entdeckung dort unten gemacht und diese hier aufbewahrt.

Für seinen Teil war Barthel fertig mit diesem Schauplatz. Eventuell würde die Spurensicherung noch mehr finden. Doch für ihn sah es eindeutig danach aus, dass der Einbrecher ganz genau gewusst hatte, wonach er suchte und wo er es finden würde, sogar wie er sich Zugang zum Haus und dem Safe verschaffen konnte. Also offensichtlich jemand aus dem näheren Umfeld Hauers.

Mit dem eigenen Handy in der Hand, die Nummer der Zentrale wählend, sagte Barthel zu Rosalie: „Ich denke, dass du hier trotzdem sicher bist. Der oder die Täter werden nicht noch mal zurückkommen. Dazu wirkt das hier alles zu geplant. Ich verständige das Revier, die werden dann herkommen und alles aufnehmen. Vielleicht finden die noch etwas. Was auch immer im Schließfach war, wir finden es raus."

„Danke! August …" Sie stockte kurz beim Reden. „Entschuldige bitte wegen vorhin. Mein Leben entgleitet mir gerade."

„Das verstehe ich absolut", antwortete Barthel verständnisvoll, in dem Moment meldete sich jemand auf der anderen Seite am Telefon.

12

Barthel war auf direktem Wege zur Lochmühle. Der Erdkrümel würde ihm keine Ruhe lassen, hatte er doch einen Verdacht, den er unbedingt überprüfen wollte. Und gleich danach nahm er sich felsenfest vor, würde er endlich Friedrich Hauers Handy durchsuchen. Die Zeit saß ihm im Nacken.

Barthel hielt beim Pfad, der in den Grund führte, und ging rasch nach unten. Bei dem Gebäude und der Baustelle schien alles unverändert zu sein, auch der Bauzaun war unberührt. Barthel verschaffte sich Zugang und ging zielgerichtet zu der Stelle am Boden, wo er das Versteck entdeckt hatte. Fatalerweise hatte er erst gestern den Sandstein draufgeschupst. Das ging leichter als Öffnen, musste Barthel leider feststellen, denn es war keine Einbuchtung oder dergleichen vorhanden. Er brauchte Werkzeug, um die Platte anheben zu können. Vielleicht gab es geeignete Hilfsmittel auf der Baustelle? Er schaute sich danach um. Wenn Hauer hier gearbeitet hatte und nichts davon seit Sonntag entwendet wurde, so müsste sich doch auch irgendwo ein Werkzeugkasten oder dergleichen finden lassen. Lag nicht am Sonntag Hauers Werkzeugtasche noch auf dem Holzbrett? Tatsächlich, da war sie. Barthel brauchte ein Brecheisen, eigentlich ein übliches Werkzeug für einen Zimmermann. Doch er musste feststellen, dass die Werkzeugtasche nichts Geeignetes für seine Zwecke bereithielt. Nachdem er die Ruine erfolglos weiter abgesucht hatte, musste er also improvisieren. Er hatte keine Lust, wieder nach oben zu stapfen und von zu Hause etwas zu holen. Barthel besah sich die Halle, grübelte und verzweifelte. Hier war rein gar nichts zu finden. Das hieß, dass er doch wieder hoch musste. Das kostete alles wertvolle Zeit! Vor Wut trat er gegen einen Stein, der umgehend durch die Halle flog und dumpf gegen eine Wand prallte. An der Stelle bröckelte der Putz ab und ein kurzes Stück eines toten Heizungsrohrs kam zum Vorschein. ‚Das könnte funktionieren', dachte sich Barthel. Er ging hin, zerrte und ruckelte mit aller Kraft an dem Stummel, trat gegen die Wand, sodass noch mehr Putz abbröckelte. Aber das Rohr steckte zu fest. Barthel ließ seinem Frust freien Lauf, brüllte los und verfluchte diesen Ort. Als er sich beruhigt hatte, kam er auf die Idee, einfach mal auf der anderen Seite der Wand nachzuschauen. Den Eingangsbereich hatte er nämlich bisher sträflich vernachlässigt, und so war er hellauf begeistert, als er ein intaktes Stück Heizungsrohr entdeckte, das an der Wand entlangführte, statt in ihr zu stecken. Er fackelte nicht lange und zog mit aller Kraft an dem Rohr. Tatsächlich lockerte es sich allmählich. Barthel gab alles, wischte sich den Schweiß von der Stirn und zerrte siegesgewiss weiter. Mit einem Mal quietschte es und er wurde nach hinten geschleudert. Er landete mit dem Hintern auf dem dreckigen Boden und musste plötzlich herzhaft über sich lachen. Aber er hatte es geschafft. Zufrieden hielt Barthel ein Stück Heizungsrohr in der Hand.

Nachdem er sich abgeklopft hatte, ging Barthel festentschlossen zu dem Stein und rammte das Metallstück direkt davor tief in eine Fuge des Sandsteinfundaments. So hebelte er den Stein hoch und verkantete ihn schlussendlich. Er war stolz auf sich.

Flink holte Barthel die Taschenlampe aus seiner Beintasche, leuchtete in das Loch und kniete sich hin. Scheinbar alles genauso wie gestern. Doch diesmal richtete sich seine Aufmerksamkeit auf den Grund. Und tatsächlich entdeckte er in der Erde vier zarte, kleine Abdrücke. Er kombinierte, dass das mit großer Sicherheit Spuren einer Schatulle oder einer kleinen Truhe waren, die hier versteckt worden war. Er holte etwas Erde, zwischen Zeigefinger und Daumen geklemmt; nach oben, um sie besser begutachten zu können. Mit der anderen Hand fummelte er das Plastiktütchen mit dem Erdkrümel aus dem Tresor aus der Innentasche seiner Jacke und hielt es daneben. Zweifellos, beides sah gleich aus. Also könnte das, was hier im Verborgenen gelegen hatte, später bei Hauer im Safe gelandet sein. Und das war jetzt spurlos verschwunden.

Der Inhalt war die eine Sache, nur stellte sich Barthel auch die Frage, woher Hauer überhaupt von der Existenz dieses Geheimverstecks in der Lochmühle gewusst hatte. Wer konnte ihm einen Hinweis gegeben haben? Sicherlich war es in keinem Plan verzeichnet. Wofür war es ursprünglich gewesen? Barthel ließ die Atmosphäre des Gebäudes auf sich wirken und stand eine Weile einfach nur still da. Da hörte er leise entfernt die Klänge der Lohengrin-Ouvertüre spielen, die sich harmonisch mit dem Wasserrauschen des Flusses vereinten. Und da kam ihm plötzlich eine Idee – kühn, aber doch möglich. Barthel erinnerte sich, dass Wagner um 1846 hier, in diesem abgeschiedenen Ausflugslokal, so manches Glas geleert und, inspiriert von der Umgebung, fleißig an seiner Oper geschrieben haben soll. Mit an Sicherheit grenzender Wahrscheinlichkeit nächtigte er auch das ein oder andere Mal hier. Barthel spann seinen Gedankengang unverblümt weiter. Was, wenn dieses kleine Versteck schon zu Wagners Lebzeiten existiert und er selbst etwas hier deponiert hatte? Oder aber etwas Persönliches über Wagner zur sicheren Aufbewahrung darin gelagert worden war? Und wenn Hauer dieses Versteck erst jetzt zufällig bei der Sanierungsarbeit gefunden hatte? Nun schwante Barthel wahrlich nichts Gutes, obgleich das sehr viele „Wenns“ waren. Manch fanatisch-stinkreicher Wagnerianer, vielleicht auch noch von Übersee, würde sicher einiges für einen geschichtlichen Gegenstand von diesem Ort auf den Tisch legen. Und wäre es nun so, dass Hauers dubioser Geschäftspartner Wolf mit all seinen fraglichen Kontakten Wind davon bekommen und insgeheim den Inhalt schon verhökert hatte? Friedrich Hauer den aber nicht rausrücken wollte, was Wolf überhaupt nicht erfreute? Ein klares Motiv für eine Straftat. Dass das merkwürdige Ehepaar, welches gebannt vor dem Wagner-Denkmal gesessen und Barthel spärlich Auskunft gegeben hatte, auch eine Rolle spielen könnte, dämmerte ihm leicht verspätet. Doch bevor er den Teufel an die Wand malte und um auf Nummer sicher zu gehen, wollte er schnell bei der Leiterin des Wagner-Museums in Graupa anrufen, um sich zu erkundigen, wie realistisch so ein Fund war. Das Museum erinnerte an den Aufenthalt Wagners im dortigen Schloss und war nur zwei Dörfer entfernt. Nur hatte Barthel hier unten keinen Empfang. Also musste er jetzt doch wieder hoch zur Straße, was kein Problem mehr war, denn hier war alles getan. Bevor Barthel ging, trat er den Stein um, stieß ihn mit der Schuhspitze an die richtige Stelle und legte das Heizungsrohr an die Wand. Er hinterließ somit alles ordnungsgemäß und machte sich auf.

Auf dem Weg nach oben starrte Barthel unablässig sein Diensthandy an, sodass er manchmal über unebene Steine stolperte. Ungeduldig wartete er darauf, dass sich endlich ein Balken bei der Empfangsleiste zeigte. Das geschah tatsächlich erst kurz, bevor er wieder oben auf der Straße angelangt war.

Barthel fand die Nummer vom Museum im Internet, wählte sie und ließ sich zu Frau Doktor Astrid Schüler, der Leiterin des Museums, durchstellen.

„Ich grüße Sie, Herr Polizeiobermeister Barthel. Der Richie ist doch aber schon lange tot, oder was verschafft mir die Ehre Ihres Anrufs?“, waren ihre ersten Worte. Richie musste ihr Kosename für Richard Wagner sein, was Barthel zum Schmunzeln brachte.

„Nichts dergleichen, Frau Doktor Schüler. Ich brauche eine

Information und Ihre Einschätzung als Fachfrau", antwortete er grinsend.

„Dann schießen Sie mal los", erwiderte sie.

Ihre Antworten gefielen Barthel. Er erzählte ihr, was er über Wagners Aufenthalt in der Lochmühle wusste, und fragte, ob sie auf die Schnelle diesbezüglich etwas zu ergänzen hatte.

„Alles absolut richtig. Sie sind ja fast so gut über Richie informiert wie ich", kokettierte sie am Telefon. „Natürlich ranken sich auch viele Mythen um diesen Ort."

„Sehen Sie es mir bitte nach. Welche wären das?", fasste Barthel direkt nach.

„Richie hätte eine Ur-Fassung vom Lohengrin im Alkoholrausch wutentbrannt angezündet. In letzter Sekunde wurde das Feuer in der Lochmühle verhindert.

Eine andere Geschichte lautet, Wagner, der ja einen recht verschwenderischen Lebensstil pflegte, dem das Geld dafür allerdings meist fehlte, musste Hals über Kopf aus der Gegend fliehen, weil er die vielen Übernachtungen und die hohe offene Zeche durch die unzähligen Trinkgelage in der Lochmühle nicht zahlen konnte. Da wollte der Wirt ihm an den Kragen. Angeblich hatte er 18.000 Taler Schulden angehäuft, als er sich Ende Mai 1849 wegen seiner Teilnahme am Dresdner Aufstand ins Schweizer Exil absetzte. Das sind so die gebräuchlichsten Legenden, neben den üblichen Tamtam, dass er die und die geschwängert haben soll."

„Danke für die neuen Erkenntnisse. Wieder etwas dazugelernt! Wäre es möglich, dass man noch etwas Unentdecktes aus der Zeit findet?", fragte Barthel naiv.

„Möglich ist alles. Er ließ ja sein ganzes Hab und Gut in der Gaststätte zurück, darunter unzählige Entwürfe und persönliche Gegenstände", antwortete Frau Schüler.

„Was würde so etwas wert sein?“

„Sehr viel! Nehmen Sie doch nur mal die Ur-Fassung als Beispiel. Das wäre eine Sensation. Eine wahre Goldgrube für den, der sie in Umlauf bringt. Unvorstellbar, wie die Welt darauf reagieren würde. In Bayreuth würden sie die Türen stürmen. Noch mehr als jetzt schon. Aber wissen Sie was, Herr Barthel: Mit diesen Gedanken will ich mir den Kopf nicht zerbrechen. Am Ende ist es doch alles nur Gerede. So ein Fund gehört leider ins Reich der Fantasie“, sagte Frau Schüler schon fast resigniert.

Während des ganzen Telefonats stupste und schob Barthel mit der Schuhspitze kleine Steinchen umher, ging dabei unbewusst immer mehr in Richtung Straße und überlegte, wie viel er von seiner These, dass die Ur-Fassung gefunden worden war, preisgeben sollte.

„Wieso eigentlich?“, fragte er zwanglos.

„Weil die Lochmühle natürlich bereits umfassend untersucht worden ist.“

„Vielen Dank für Ihre Einschätzung. Ach, verzeihen Sie, woher wissen Sie eigentlich von all den Mythen?“, wollte Barthel noch wissen, um vielleicht eine nächste Anlaufstelle zu diesem Thema zu bekommen.

„Lieber Herr Barthel, Mythen sind eben Mythen. Da gibt es keine richtige Quelle. Das sollten Sie doch besser wissen. Aber konkret gibt es jemanden, der an der These über die Existenz der Ur-Fassung festhält. Professor Doktor Ernst Schrantz von der Technischen Universität Dresden forscht seit einiger Zeit darüber“, gab Frau Schüler preis.

„Das ist doch schon mal ein Ansatz. Herzlichen Dank für Ihre Zeit und Geduld“, erwiderte Barthel erfreut.

„Warum wollen Sie das eigentlich alles wissen?“, fragte Frau Schüler neugierig.

„Ich habe eine Entdeckung in der Lochmühle gemacht. Eine Art Geheimversteck, aber dieses ist leider leer. Aus ermittlungstechnischen Gründen kann ich leider nicht weiter darauf eingehen“, erzählte Barthel.

„Das grenzt fast ans Unmögliche! Das muss ich mit eigenen Augen sehen, um es zu glauben. Halten Sie mich bitte unbedingt auf dem Laufenden, wenn die Ermittlungen abgeschlossen sind“, sprach Frau Schüler ganz aufgeregt.

„Ach, ein solches Fach war also zuvor nicht bekannt? Aber ich verspreche Ihnen, ich werde Sie informieren, sobald das Gebäude wieder freigegeben ist“, sicherte er der Museumsleiterin zu.

Barthel beendete das Gespräch und tippte sich mit der Ecke seines Handys auf den Mund, während er sich seine nächsten Anknüpfungspunkte überlegte: „B-B“-Anrufer, Wolf, Hauers Handy oder der Professor. Er googelte flüchtig nach dem Professor, fand ihn und las auf seiner Institutsseite, dass er momentan ein Forschungssemester einlegte. Aber Barthel konnte sich schon einmal einen schnellen Überblick über seine Publikationsliste verschaffen. Ihm stach ein Titel besonders ins Auge: „Wahn und Vision. Idee und Entstehung der Ur-Fassung von Wagners Lohengrin. Kontextualisierung innerhalb der Musikgeschichte“. Eher erwartungslos suchte Barthel im Katalog der Stadtbücherei Pirna nach diesem Titel. Tatsächlich gab es einen Treffer. Zwar lag das Buch im Magazin, doch das ließ sich ja durch eine Vormerkung schnell beheben, die er auch umgehend vornahm. Vielleicht fand er im Buch schon weitere Hinweise.

Während Barthel konzentriert seine Daten für die Buchbestellung eintrug, rollte ein silbernes Kleinauto langsam heran und hielt direkt vor ihm auf der Straße an, an deren Rand er inzwischen zum Stehen gekommen war. Die Scheibe der Fahrerseite wurde heruntergelassen. Barthel erkannte Fritz Mielte dahinter, der eigentlich nur zwei Höfe entfernt wohnte.

„Guten Tag, Herr Polizeiobermeister Barthel. Verzeihen Sie die Störung. Gut, dass ich Sie hier treffe“, begrüßte er Barthel.

„Guten Tag, Herr Mielte. Wie kann ich Ihnen helfen?“, reagierte Barthel freundlich wie immer und steckte sein Handy in die Hosentasche.

„Als ich Sie so hier hab stehen sehen, dachte ich mir doch, dass es für Sie von größtem Interesse sein könnte, was ich am Sonntagnachmittag beobachtet habe.“ Mielte schob sich seine rahmenlose Brille mit dem Zeigefinger nach oben, nicht ohne anschließend ermahnend den Finger in der Luft zu lassen. Barthel nervte die Art, wie Mielte sprach und sich verhielt. Vom Hörensagen wusste Barthel, dass er ein hohes Tier bei der Stasi gewesen sein musste. Was eindeutig für seine Art und Weise sprach. Immer wie ein Schatten und dabei alles mitbekommend. Ihm grauste vor einem Gespräch mit Mielte samt seinem unangenehmen Verhalten. Er konnte einen stundenlang vollquatschen, wobei man sich am Ende stets fragte, was er eigentlich erzählt hatte.

„Was meinen Sie genau?“, fragte Barthel trotzdem, statt sich gleich zu entziehen.

„Gerne möchte ich mich an der Suche nach Friedrich Hauer beteiligen, der ja bekanntermaßen vermisst wird“, sagte Mielte.

„Woher wissen Sie davon?“ Barthel war skeptisch.

„Das geht mittlerweile im Dorf rum. Da denk ich mir doch, als ich das höre: ‚Du musst zu Polizeiobermeister Barthel gehen und ihm das erzählen, was du gesehen hast'", erwiderte Mielte wichtigtuerisch.

„Und was haben Sie gesehen?" Barthels Neugier war zumindest entfacht. Aber es nervte ihn, dass Mielte so lange um den heißen Brei herumredete.

„Nicht hier, nicht jetzt! Die Augen und Ohren sind überall", raunte der ehemalige Stasi-Spion und nickte seitlich in Richtung des Hauses von Erika Meyer, ohne seinen Kopf dabei zu drehen. Barthel schaute rüber und sah, dass eine Gardine bei ihr wackelte.

„Wann dann? Sind Sie sich darüber im Klaren, dass Sie mir sagen müssen, was Sie wissen? Und das eigentlich möglichst jetzt und sofort", sagte Barthel genervt.

„Nicht ganz richtig. Sie haben mich noch nicht über meine Rechte belehrt! Kommen Sie heute Abend zu mir und ich werde Ihnen alles sagen, was ich weiß. Sagen wir 20 Uhr in meiner Garage!", flüsterte er. Mielte schloss das Autofenster, blickte nach vorn und fuhr langsam los. Barthel schaute ihm verblüfft nach und war perplex von dessen Dreistigkeit. Mielte musste die Wendeschleife beim Wanderparkplatz nutzen, da die Straße eine Sackgasse war, und er kam abermals an Barthel vorbeigeschlichen. Konzentriert blickte er geradeaus, so als ob es das Gespräch nicht gegeben hätte.

Barthel fing ungewollt an zu hoffen. Wie er sich so seinen Gedanken hingab, klingelte sein Handy. Andreas Kotte, sein Vorgesetzter, war am Telefon: „Wo steckst du schon wieder? Du wirst in Liebethal verlangt."

Da fiel ihm augenblicklich ein, dass er doch schon seit einer halben Stunde Sprechstunde für die Sorgen und Probleme der Liebethaler Einwohner hatte! Barthel stand nicht der Sinn danach, aber die Pflicht rief. Hauers Fall nahm ihn immer mehr in Beschlag, realisierte er.

Kotte fasste bei der Gelegenheit nach: „Schon was Neues im Fall Hauer?“ Was Barthel leider verneinen musste.

13

Ein älterer Herr wollte sich darüber informieren, was er gegen seinen Nachbarn unternehmen könne, da dieser tagsüber immer zu laut Musik höre und stets nackt in seinem Garten umherlaufe. Barthel riet ihm, das Gespräch zu suchen und nötigenfalls das Ordnungsamt zu rufen, sonst könne diesbezüglich nicht viel unternommen werden. Abgesehen davon verlief Barthels Sprechstunde ruhig. So stand er schnell wieder allein an seinem Stand und wartete. Jetzt wäre doch eine passende Gelegenheit, Hauers Handy zu beäugen, dachte er. Bisher hatte er es zeitlich einfach nicht geschafft.

Barthel holte das Gerät verstohlen aus seiner Jackentasche. Dabei berührte er auch den künstlichen Finger und musste abermals über die Aktion bei Köhler schmunzeln. Er drückte einen runden Knopf und augenblicklich tauchten ein Dutzend Anrufe in Abwesenheit und Mailbox-Mitteilungen auf dem Bildschirm auf. Barthel überflog sie. Es waren überwiegend Namen, die er mehr oder weniger kannte, da sie aus dem Dorf oder Umland stammten, aber auch ein paar unbekannte. Ihm war bewusst, dass er diese Liste getrost vernachlässigen konnte – die Leute hatten sich erst nach dem Verschwinden von Hauer gemeldet. Interessant waren primär Sachen wie Anrufer, SMS oder E-Mails. Jedoch nur aus dem Zeitraum bis zu Hauers Verschwinden am Sonntagnachmittag.

Barthel suchte unter den Kontakten nach „B-B-Handy“ und fand ihn. Er sah, wie oft es Telefonkontakt gegeben hatte, und dass „B-B-Handy“ auch eine Messenger-App benutzte. Logischerweise tippte Barthel beim Startbildschirm auf das entsprechende Symbol. Er suchte in der App nach dem Kontakt, fand ihn und fing an, den Verlauf zu lesen. Am Ende war er mehr als verblüfft. Es war alles ganz anders als vermutet: „B-B“ stand für „Boris Beran“. Dieser war Mitglied eines kleinen tschechischen Marionettentheaters, das gerade hart an einer neuen Inszenierung arbeitete. Es stellte sich heraus, dass Hauer die Figuren dafür hatte fertigen sollen. Die letzten Proben standen an, einen Vorschuss hatte er schon erhalten, doch er lieferte nicht. Barthel konnte den Frust gut nachvollziehen, standen die Puppenspieler doch mächtig unter Druck. Barthel sah auch die überraschend liebevollen Entwürfe und fand sie gut. Wer hätte gedacht, dass Hauer auch so etwas machte? Für Barthel war klar, dass diese multikulturelle Zusammenarbeit Grund für die Gerüchte um die Tschechen-Mafia war. Der Regisseur des Stücks Pavel Dvorak schien Hauer anfänglich des Öfteren besucht zu haben. Eine Entführung gehörte für die Mitglieder des Theaters sicherlich nur ins Reich der Dramen. Doch mit dem Verschwinden von Hauer hatte Boris Beran ganz sicher nichts zu tun.

Als Barthel den Chatverlauf verließ, aber weiterhin in der App blieb, stolperte er über einen ihm sehr vertrauten Namen. Nie und nimmer hätte er diesen hier erwartet: „Götzinger“. Barthel wurde stutzig. Den Namen kannte er zweifellos, doch in einem anderen Zusammenhang. Durch die Erzählungen seines Vaters in der Jugend und unzählige Wanderungen verband Barthel damit keinen Geringeren als Wilhelm Götzinger, der Ende des 18. Jahrhunderts gelebt und viel für die Erschließung der Sächsischen Schweiz getan hatte. Dieser schrieb ein Buch, „Schandau und seine Umgebungen oder Beschreibung der sogenannten Sächsischen Schweiz", welches zugleich als einer der ersten Reiseführer angesehen werden konnte. Nur: Dieser Götzinger war 1818 gestorben. Unmöglich konnte er gemeint sein.

Das kleine Profilfoto zeigte die Basteibrücke im Abendrot. Barthel klickte auf den Chat, um sich Klarheit zu verschaffen. Der ganze Verlauf war geprägt von Herzchen, küssenden Smileys und Uhrzeiten mit Fragezeichen. Barthel war sehr irritiert, und ein dumpfer Verdacht keimte in ihm auf. Erst recht, als er gespannt auf ein Foto klickte, das nackte Haut versprach. Hatte er schon mit seinen Vermutungen um Boris Beran falschgelegen, so war er absolut nicht darauf gefasst, was er nun zu sehen bekam. Und er stellte sich zwangsläufig die Frage, ob Friedrich Hauer eine Affäre mit einer anderen Frau hatte.

Gewissenhaft betrachtete er das Foto. Darauf war eine Frau in knapper, transparent-grüner Unterwäsche zu sehen. Barthel war über die Gelenkigkeit der Dame sehr überrascht. Technisch gesehen war es kein gutes Foto: Ihr Kopf war durch das Handy verdeckt. Die Frau musste es selbst aufgenommen haben, wahrscheinlich unter Hinzunahme eines Spiegels. Breitbeinig saß sie auf einem Flokati-Teppich und lehnte sich an ein weißes Bettgestell mit dünnen Metallstreben. Sonst fiel Barthel auf den ersten Blick nichts Besonderes auf. Der Text dazu war unmissverständlich: „Ich brauch sofort deine Hilfe. Hier ist ein wildes Tier."

Barthel schloss das Bild und suchte weiter nach Hinweisen, um das Rätsel zu lösen. Er fand auch ein Foto, das wohl Hauer verschickt hatte; sicher war sich Barthel da aber nicht, denn er sah vielmehr nur ein erigiertes männliches Glied samt einer Bildunterschrift: „Die Säge ist geschärft und will ans Werk gehen."

Barthel schüttelte es. Für ihn stand mehr als eindeutig fest, dass

Hauer eine Affäre gehabt hatte. Nur war noch nicht klar, mit wem. Mit Götzinger jedenfalls ganz sicher nicht.

Barthel fand weitere, belanglose Fotos mit scheinbar denkwürdigen oder schlauen Sprüchen, die er selbst zuhauf erhielt. Er scrollte im Verlauf zum Anfang der Unterhaltung und schaute auf das Datum. Den Kontakt gab es erst seit Anfang des Jahres. Also war alles noch verhältnismäßig frisch. ‚Wusste Rosalie davon?', fragte sich Barthel. Dann würde sie schlagartig in den Fokus als Tatverdächtige geraten, hätte sie doch ein erstklassiges und nachvollziehbares Motiv. Doch Barthel wollte zuerst herausfinden, wer diese Frau war.

Ihn ließ das Foto mit der extravaganten Darstellung nicht los, und er schaute es noch mal an. Er blendete professionell die weiblichen Reize aus und konzentrierte sich ganz auf die Nebensächlichkeiten. Besonders hell ausgeleuchtet war das Foto nicht, die Lichtquelle musste ein normales Fenster gewesen sein. Barthel sah zwar einen Kronleuchter, doch der war aus. Die Frau saß am Fußende des Bettes auf dem Teppich, sodass Barthel zwangsläufig nur ein Stück von der Wand hinter ihr sehen konnte. Keine Tür, kein Schrank, keine Kleidung: Nichts Verwertbares. Moment, über dem Bett konnte Barthel etwas von einem vergoldeten Stuckrahmen ausmachen. Ein Landschaftsgemälde war angeschnitten. Außer Felsen und umgefallenen Bäumen konnte Barthel darauf nichts erkennen. Dass das Bild mittels eines Spiegels entstanden war, stand inzwischen fest, denn ein Bein war angeschnitten und Barthel konnte sogar ein Stück vom Rahmen erkennen. Mit seinen beiden Daumen vergrößerte er das Bild stark und suchte detektivisch den Hintergrund nach irgendetwas ab, was ihm Auskunft über die Identität der Frau gab. Aber da war nichts weiter.

Wie Barthel da so stand, auf das vor ihm liegende Handy starrte und verkrampft das Bild betrachtete, verstrich die Zeit. Da er das Handy lange nicht mehr berührt hatte, verdunkelte sich der Bildschirm plötzlich und Barthel starrte seinem eigenen Spiegelbild ins Gesicht. Da fiel es ihm wie Schuppen von den Augen.

Blitzschnell reaktivierte er das Handy. Er hatte das Offensichtlichste übersehen. Die Frau hielt ihr Handy vors Gesicht, dadurch sah er zwangsläufig die Rückseite dessen. Und dabei handelte es sich um eine Handyhülle mit einem markanten Detail. Ebenfalls erst jetzt entdeckte Barthel doch den Hauch einer roten Strähne in der Tiefe des Fotos. Hier hatte er endlich die entscheidenden Hinweise gefunden. Doch er konnte es kaum glauben. Bei der Person musste es sich um Ronja Gräfe handeln.

Die Sprechstunde war so gut wie vorbei. Die Wildhüterin anzurufen, lohnte in Barthels Augen nicht, er wusste ja, wo sie wohnte. Vielmehr wollte er sie persönlich konfrontieren. Er brannte darauf, ihre Beweggründe zu erfahren. Schnell rief er noch bei Marlies Michel zu Hause an, um ihr mitzuteilen, dass er sich ein klein wenig zum Mittagessen verspäten würde, und fuhr auch schon mit seinem Moped los, in Richtung Dorfausgang. Er bog in eine Gasse ein und sah schon Gräfes Auto in der Hofeinfahrt stehen. Glück gehabt, sie war zu Hause, eine Erleichterung.

Ronjas Hund saß kerzengerade wie eine Statue vor der Haustür. Wie auf Knopfdruck drehte dieser den Kopf in die Richtung, aus der Barthel angeknattert kam. Doch davon ließ der sich nicht aus der Ruhe bringen, war er sich schließlich sicher, dass Ronja Gräfe ihren Hund im Zaum halten würde. So hielt er zum zweiten Mal in so kurzer Zeit neben der Hofeinfahrt und schnallte sich seinen Lederhelm ab. Zu klingeln brauchte er nicht, da der Hund lautstark bellend angerannt kam. Und wie gestern schaute die Wildhüterin aus dem Fenster im ersten Stock, pfiff Bruno zurück und rief: „Komme.“

Barthel überlegte noch angestrengt, wie er Ronja schonend beibringen sollte, dass er von der Affäre mit Hauer wusste, da kam sie auch schon aus der Haustür und hüftenschwingend zum Tor gelaufen. Wie sie so auf ihn zu stolzierte, konnte er es kaum glauben, dass sie an dem Zimmermann Gefallen gefunden hatte. Friedrich Hauer und Ronja Gräfe: Das passte irgendwie überhaupt nicht zusammen.

Jetzt stand sie vor Barthel beim Tor, lächelte ihn an, strich sich mit der einen Hand eine Strähne hinters Ohr und kraulte mit der anderen den Kopf des Hundes. „Hallo August, schön, dich so schnell wiederzusehen.“ Dann blickte sie zu ihrem Hund hinunter.

„Hallo Ronja. Ja, unverhofft kommt oft!“ Barthel spottete und fragte: „Wie geht's den Fledermäusen?“

„Ich denke doch mal gut. Besonders schätzen sie die Ungestörtheit. Aber ich glaube nicht, dass du dich mit mir über Fledermäuse unterhalten willst.“

„Was, wenn doch? Bitte erzähl mir mehr. Und Ruhe hat ja deine seltene Tierart jetzt wieder unten, oder?“

Sie hörte auf, den Hund zu kraulen, hielt ihren Kopf aber nach unten gerichtet. „Was willst du mir damit sagen?“

Barthel schaute auch zum Hund hinunter. „Hat sich Hauer in der Zwischenzeit schon bei dir gemeldet?“

„Nein. Und ich kann dir nicht ganz folgen. Es geht das Gerücht um, dass er entführt wurde.“

„Alles rein zufällig?“ Barthel fand immer mehr in seine Rolle.

„Ich habe mit der ganzen Sache nichts zu tun. Wie kommst du nur darauf?" Gräfe schaute nun auf und ihre Blicke trafen sich.

„Weißt du, was ich dich schon immer mal fragen wollte? Wie du es eigentlich ganz alleine schaffst, das große Haus und den Garten so gut in Schuss zu halten? Ich habe jetzt eine Antwort", sagte Barthel erstaunlich sicher. Jetzt war der Zeitpunkt gekommen, an dem er Hauers Handy aus der Tasche holte – unter erst neugierigen, dann zunehmend angespannteren Blicken der Wildhüterin.

„Hauer hat dir geholfen, stimmt's? Hast du ihn bezahlt oder anderweitig entlohnt? Oder sollte ich dich lieber ‚Götzinger' nennen?" Barthel schaltete das Handy an und öffnete vor Ronjas Augen das Foto aus dem Chat.

„Wer soll das sein?" Sie stellte sich also dumm.

„Das habe ich mich auch sehr lange gefragt. Doch hol mal bitte dein Handy raus", forderte Barthel sie auf.

Gräfe folgte seinen Anweisungen und hielt ihr Handy sogleich in der Hand. „Und nun?"

„Dreh es mal bitte um", verlangte Barthel. Auch hier tat sie ihm unverzüglich den Gefallen. „Schicke Handyhülle." Er deutete aus der Entfernung mit dem Finger auf die goldene Fledermaus. Der Hund knurrte. „Aber gerade dieses Symbol auf deinem Handy hat dich verraten. Schau her. Und zusätzlich ist hier auch eine Strähne von dir erkennbar." Er zeigte ihr auf dem Foto die stark vergrößerten Stellen. „Nun frag ich dich: Was hat es damit auf sich?"

„Wie? … Was soll das? … Das ist privat und geht dich im Geringsten nichts an." Gräfe wurde doch tatsächlich rot. Ihr Hund spürte, dass etwas mit seinem Frauchen nicht stimmte und richtete sich auf.

„Da täuschst du dich. Es geht mich sehr wohl etwas an. Wie

du schon richtig erkannt hast, wird Hauer seit Sonntag vermisst! Also, bist du das auf dem Foto?", fragte Barthel konfrontativ.

„Nein … doch …", druckste die Wildhüterin herum und zuckte resigniert mit den Schultern. „Es ist anders, als du denkst, und schwer zu erklären."

„Dann probiere es einfach! Es kann nur zu deinem Vorteil sein", forderte Barthel.

Und das tat sie: „Alles begann mit meiner Entdeckung der ‚Kleinen Hufeisennase' in der Lochmühle. Als ich eines Tages Beobachtungen anstellte, hörte ich Hauer, wie er sich mit jemandem unterhielt. Dabei ging es um Investitionen und Bauvorhaben und was weiß ich noch alles. Da bekam ich Angst um meine Fledermäuse. Wenn in der Lochmühle gebaut werden sollte, wäre es um sie geschehen, und somit könnte der Nationalpark auch nicht erweitert werden. Ich hatte gehofft, ihn irgendwie von diesem Vorhaben abzuhalten oder zumindest so weit zu beeinflussen, dass er den Bereich in Ruhe lässt, wo sich die Fledermäuse aufhalten. Bitte glaub mir, dass ich mich nicht gerade sehr wohl in meiner Haut gefühlt habe." Sie wischte sich eine Träne aus dem Gesicht.

„Das hat ja anscheinend nicht viel gebracht. Oder anders: Ist dir klar, was du mir gerade erzählt hast? Hauer ist spurlos verschwunden und somit steht das Bauprojekt auch still. Was dir nicht gerade unrecht wäre. Vor allem, da du mit deinem Antrag auch fertig bist. Es tut mir leid, Ronja, aber ich muss dich das fragen: Wo warst du am Sonntag gegen 15 Uhr?" Barthel richtete sich auf.

„Ich war hier."

„Allein?"

„August! Du glaubst doch nicht im Ernst, dass ich damit etwas zu tun habe!", echauffierte sich Gräfe.

„Was ich glaube, spielt keine Rolle. Für mich zählt die Faktenlage. Also?“ Barthel blieb eisern.

„Bevor du mich weiter verdächtigst, forsche doch mal lieber bei seinem komischen Zuhältertypen nach!“ Gräfe war nervös und schickte sich an zu gehen.

„Versprochen! Das werde ich machen. Aber vorher, insofern niemand bezeugen kann, dass du hier warst, muss ich dich erst mal bitten, mich jetzt aufs Revier zu begleiten. Fahr mir bitte mit deinem Auto hinterher.“ Barthel war im Begriff, sich seinen Lederhelm aufzusetzen.

Gräfe wurde bleich. Eine eigenartige Hysterie befiel sie: „August! Du hörst mir nicht zu.“ Der Hund sprang auf und fing an, Barthel anzukeifen.

„Gleich haben wir dazu ausgiebig Gelegenheit. Aber lass bitte deinen Hund hier“, bat Barthel ungerührt.

„Warte! Mir fällt was ein! Aber ich muss es erst holen.“ Sie ging zum Tor, öffnete und stieß es auf, blieb aber selbst auf dem Gelände.

Barthel schrie: „Was soll das werden?“

Ihr Hund stürmte heraus, knurrend und zähnefletschend.

Gräfe zischte: „Bruno, bleib!“, und danach zu Barthel: „Ich erkläre es dir später.“ Sie rannte nach hinten und rief: „Ich mach, so schnell ich kann!“ Barthel wollte hinterher, er hätte sogar die Waffe oder Reizgas zücken dürfen. Doch der Hund hatte sich auf den Boden gelegt und fixierte ihn. Sein Fell sträubte sich, und es sah aus, als ob er Barthel jede Sekunde anspringen wollte. Zwangsläufig verharrte der in seiner Position. Er hoffte, dass die Situation sich möglichst schnell auflösen würde.

14

Barthel hatte sich ein wenig davon gemerkt, wie man einem wilden Hund begegnen sollte. So stand er einige Zeit regungslos da und schaute ihm nicht direkt in die Augen. Vielmehr schaute er in die Richtung, in die die Wildhüterin verschwunden war. Der Hund hatte sich zwar beruhigt, aber ihn kein Stück weit aus den Augen gelassen. Er knurrte, sobald sich Barthel regte.

‚Wie lange soll das Spiel wohl noch gehen?', dachte der sich und hoffte weiter, dass endlich irgendetwas passierte. Langsam musste er nämlich auch mal auf die Toilette. Die Zeit verging dadurch nur umso langsamer. Da hörte er plötzlich ein Quietschen, das dumpf von Weitem die Luft zerschnitt und sich immer wiederholte, während es näherkam. Barthel schaute in jene Richtung. Zuerst sah er nur Wald und Feld, dann die Kontur eines Menschen auf einem Fahrrad. Je näher die Person kam, desto mehr erkannte Barthel, dass es eine Frau war, trotz oder gerade wegen des bunten Kopftuches. Sie fuhr bedächtig und ohne große Eile. Am Lenker ihres roten Damenrads hatte sie einen großen Weidenkorb befestigt. Der Wind trug Stücke einer Melodie an Barthels Ohr. Nun war ihm klar, wer da auf dem Fahrrad saß: Es konnte nur Erika Meyer sein. Sie lächelte und winkte ihm zu.

Kurze Zeit später erreichte sie ihn. Barthel erklärte ihr möglichst beiläufig die Situation, aber nur in groben Zügen und nur so viel, dass er auf Gräfe warten und der Hund nicht von ihm ablassen würde. Meyer stieg vom Fahrrad ab. Ihre langen verblasst-kupferfarbenen Haare, die seitlich aus dem Kopftuch herausschauten, wogten sanft im Wind. Sie ging zu Barthel. Der Hund hörte erstaunlicherweise auf zu knurren und wedelte aufgeregt mit dem Schwanz.

„Soso, der liebe Bruno macht hier so einen Radau!" Schon hatte sie den Rüden angefasst und kraulte ihm den Kopf. Barthel fiel vom Glauben ab. Und als ob dies nicht schon genug wäre: Bruno legte sich plötzlich auf den Rücken und ließ sich von Meyer den Bauch streicheln. Barthel konnte sich das alles nicht erklären, außer vielleicht damit, dass der Hund einfach nur etwas gegen Männer hatte – oder gegen ihn.

„Nein, der gute Bruno ist ganz brav." Frau Meyer klopfte dem Hund sanft auf die Flanken.

„Wo ist denn eigentlich dein Frauchen abgeblieben, sodass du den armen August so lange ärgern konntest!" Sie richtete sich wieder auf und drängte den Hund sanft zurück. Barthel schaute fasziniert zu. Nachdem der Hund weit genug im Hof war, konnte Meyer seelenruhig das Tor schließen.

Barthel atmete erleichtert auf. „Was wäre ich nur ohne Sie! Der Himmel hat Sie geschickt!" Er siezte Erika Meyer. Wahrscheinlich eine Mischung aus Respekt und Distanziertheit. Sie hatte ihm das Du nie angeboten.

„Wahrscheinlich würdest du morgen noch hier stehen!" Meyer lachte herzhaft.

„Als ich hier ankam, war niemand da, und das Tor stand schon offen", log Barthel.

„Merkwürdig … Das Auto steht aber im Hof." Meyer kniff die Augen zusammen, und hoffte, irgendwas auf dem Gelände ausfindig machen zu können. Sie forderte Barthel auf: „Willst du nicht mal nachschauen, ob Ronja was passiert ist, wenn sie schon ewig nicht wiederkommt?"

„Ganz sicher nicht! Mich bringen vorerst keine hundert Pferde mehr auf das Gelände", erwiderte Barthel.

„Bist du hier der Polizist oder ich?", fragte Meyer kokett.

„Ronja wird bestimmt gleich wiederkommen.“ Barthel hoffte, dass er Meyer damit beruhigen konnte, und sich selbst auch. Sie schaute ihn aber durchdringend an, hielt den Kopf leicht geneigt und ließ eine viel zu lange Pause entstehen. „Wiederkommen … Wie du meinst. So mancher kam nicht mehr wieder, von dem man es glaubte. Sieh dich lieber vor …“ Meyer schaute sich verstohlen um. „Denk an den Fluch, der auf der Lochmühle lastet. Der betrogene Teufel war sicherlich wieder da.“

Barthel konnte damit nichts anfangen. „Wie meinen Sie das?“

Ihr Mund verzog sich zu einem gezwungenen Lächeln. Schmallippig und mit zugekniffenen Augen antwortete sie:

„Hast du die Legende vergessen? Von dem armen Müller und seiner Frau, die der Teufel eines Tages besucht hat, um ihnen Geld und Hilfe für den Bau der Lochmühle zu geben? Seine Bedingung war aber, dass er denjenigen mit in die Hölle nimmt, der am nächsten Morgen als Erster das Fenster öffnet. Da haben sie einfach dem armen Esel die Schlafmütze aufgesetzt und ihn beim ersten Sonnenstrahl vors Fenster geschoben. Der lauernde Teufel hat es geglaubt, packte das unschuldige Vieh und riss es mit in die Unterwelt. Noch während er hinabsauste, soll er Rache geschworen haben.“ Ihr Gesicht entspannte sich wieder etwas.

Barthel staunte. Ihm war diese Legende tatsächlich entfallen, obwohl er in seiner Kindheit ja doch allerhand solche Geschichten von seiner Mutter gehört hatte. Natürlich war ihm klar, dass es so etwas wie den Teufel nicht gab. Doch fielen ihm augenblicklich die leuchtenden Augen in der Felsspalte ein, die ihn scheinbar fixiert hatten, als er nach Hauer gesucht hatte – und die nichts weiter als Leuchtmoos gewesen waren. Kein Grund, plötzlich an die Existenz des Teufels zu glauben. Insgeheim gab Barthel Meyer aber dahingehend recht, dass etwas Unheimliches von der Lochmühle und der Gegend ausging.

„Danke, dass Sie mir mit der Legende auf die Sprünge geholfen haben. Aber irgendwie ist es doch sehr, sehr unwahrscheinlich, dass es den Teufel gibt." Barthel wollte Meyers Gefühle nicht verletzen, aber konnte sich ein Grinsen nicht verkneifen.

Meyer kam ganz nah ran, kroch ihm fast ins Gesicht. „Wie du meinst. Aber vergiss nicht, Hauer ist auch von heut' auf morgen spurlos verschwunden. Diesmal ließ sich der Teufel nicht reinlegen."

„Woher wissen Sie eigentlich davon?" Barthel war das zu nah, und er trat einen Schritt zurück. Der Hund fing an zu bellen.

„Wer weiß schon im Dorf nicht davon", antwortete Meyer leise mit nach unten gerichtetem Blick.

„Schlagen Sie vor, dass ich jetzt gegen den Teufel ermitteln soll? Über sachdienliche Hinweise freue ich mich sehr!", scherzte Barthel.

„Du wirst Hauer nicht finden!", erwiderte Meyer harsch.

„Sagt wer?", wollte Barthel wissen.

Doch sie ging nicht darauf ein. „Hoffentlich kehrt endlich Ruhe ein." Erika Meyer schaute zum Himmel hoch und schickte sich an, wieder auf ihr Fahrrad zu steigen.

„Frau Meyer! Was wissen Sie? Und wohin wollen Sie jetzt?", hakte Barthel nach.

Sie hielt tatsächlich inne. „Den Teufel kann man nicht suchen, er findet einen – manchmal schneller, als einem lieb ist. Ich kaufe jetzt Zutaten für die Quarkbällchen. Fürs Dorffest. Ist ja nicht mehr lang hin. Vielleicht finde ich auch ein paar Pflaumen für die Füllung auf den Streuobstwiesen kurz vor Bonnewitz. Die sind jetzt reif und immer so wunderbar aromatisch", plauderte Meyer, als wenn die düstere Prophezeiung vorab nicht von ihr gekommen wäre, und stieß sich nun mehrfach mit einem Bein leicht vom Boden ab, um genug Schwung zu bekommen.

Barthel schaute ihr zu und rief hinterher: „Danke noch mal wegen eben."

„Gerne", sagte Meyer, ohne sich zu ihm umzudrehen. Sie hatte genug Schwung und radelte langsam davon. Das unsägliche Quietschen fing wieder an.

Barthel rief noch: „Weil ich es gerade sehe – verstehen Sie mich bitte nicht falsch. Aber es ist meine Pflicht, darauf hinzuweisen, dass es für Sie nur von Vorteil wäre, einen Helm beim Fahren zu tragen!"

Erika Meyer winkte und fuhr unbeirrt weiter.

Als sie außer Reichweite war, suchte Barthel sich umgehend ein Gebüsch und erleichterte sich. Er überdachte die Legende noch mal, obwohl sie ohnehin ins Reich der Mystik gehörte. Vielleicht lag darin ja doch eine ihm gänzlich unbekannte Wahrheit verborgen. Eine Botschaft, die nur er zu entschlüsseln vermochte. Was, wenn der Teufel synonym für einen unmoralischen Pakt stand? Einen Deal mit jemandem aus der „Unterwelt"?

Barthel entschied, dem dubiosen Wolf jetzt gleich einen Besuch abzustatten. Er schaute auf seine Armbanduhr und überschlug die Zeit, die er für die Hin- und Rückfahrt zu dessen Etablissement in Dresden benötigte. Wenn er jetzt losfuhr, würde er bestimmt erst am späten Nachmittag wieder in Mihlsdorf sein. Aber was sollte Barthel mit der entlaufenen Ronja Gräfe machen? Ein Motiv hatte sie eindeutig, Friedrich Hauer aus dem Weg zu räumen, und ihr Verhalten war mehr als verdächtig. Sollte er sie zur Fahndung ausschreiben lassen? Reichte das wenige, was er an Beweisen hatte, überhaupt dafür aus? Sie meinte aber, dass sie noch schnell einen

Beweis für ihre Unschuld holen müsse. So viel Zeit wollte er ihr noch einräumen – stand bei Gräfe doch auch einiges auf dem Spiel.

Barthel wählte nochmals die Nummer von Marlies Michel und kündigte sich an. Gleichzeitig sagte er ihr aber auch, dass er nicht viel Zeit habe, da er sofort weiter müsse. Die Haushälterin signalisierte Verständnis und dass sie sich auf ihn freue, sie habe auch schon etwas Leckeres gekocht. Problemlos könne sie dieses für ihn gleich aufwärmen.

Gräfe würde vorerst nicht wiederkommen, sonst wäre sie nach knapp 20 Minuten schon da, deswegen beschloss Barthel, jetzt gleich aufzubrechen. Er schnallte sich den Lederhelm um und fuhr los. Den Hund würdigte er keines Blickes mehr, obwohl sich dieser hinter dem Tor wütend aufbäumte. Barthel freute sich jetzt vielmehr auf das zauberhafte Essen, welches ihn bestimmt gleich erwartete. Michels Kochkünste waren nämlich überragend.

15

Barthel nutzte den kurzen Abstecher zu Hause auch dafür, sich umzuziehen. Er hatte sich ein ausgewaschenes olivfarbenes Langarmshirt, eine dunkle Jeans und braune Lederstiefel ausgesucht. Ungern wollte er in Polizeimontur im Bordell aufkreuzen. Schließlich war er alleine unterwegs.

Zügig nach dem Mittagessen (es gab butterzarte Rouladen mit selbstgemachtem Rotkohl) trat Barthel mit seinem Moped die Reise an. Anstatt des schweren Polizeihelmes nahm er den Lederhelm mit – sonst hätte er sich auch nicht umziehen müssen. Es war keine Weltreise, dennoch würde er für die Fahrt nach Dresden ungefähr 40 Minuten brauchen. Das Wetter sah danach aus, mitzuspielen, und auch der Verkehr war um die Mittagszeit noch ruhig. Die Zeichen standen gut, dass es eine entspannte Fahrt werden würde. Insgeheim freute sich Barthel auch auf den Trip, wenn auch nicht des Ziels wegen. Dass er sich in Dresden nicht gut auskannte, stellte für ihn kein Problem dar. Schließlich hatte er ein halbwegs vollgeladenes Handy dabei, und auf seine Orientierung konnte er sich auch verlassen.

Auf Anhieb fand Barthel sein Ziel und hielt auf einem großzügigen, gepflasterten Hof. Unmittelbar an der Straße stand ein großes, zweistöckiges Haus, das genug diskreten Schutz für die dahinterliegenden zahlreichen Parkplätze bot. Und tatsächlich standen um diese Zeit auch schon ein paar Autos hier. Darunter entdeckte Barthel auch die schwarze Limousine, aus der Wolf gestern beim Schloss Lohmen ausgestiegen war, um sich mit dem Bürgermeister zu treffen. Der Zuhälter war also persönlich zugegen, Barthel war erleichtert. Nachdem er den Helm zwischen die Brems-Kupplungskabel am Lenker geklemmt hatte, zupfte er sich im Rückspiegel die Haare zurecht. Ein Hauch von Anspannung machte sich in ihm breit. Damals war er in Berlin zwangsläufig des Öfteren in Rotlichtetablissements unterwegs gewesen, aber immer mindestens zu zweit und bewaffnet. Ihm war bewusst, in welche Welt er gleich abtauchen würde. Angefangen von biestigen Rockern, die gerne als Türsteher eingesetzt wurden, hin zu angetrunkenen Freiern und Prostituierten, die massiv unter Druck standen, genug Geld zu erwirtschaften. Er hoffte, dass er nicht zu sehr nach „Bulle“ aussah und in dem roten Schummerlicht nicht weiter auffiel.

Zuversichtlich ging Barthel zum Eingang und öffnete entschlossen die weiße Haustür. Ein massiver Glatzkopf in Lederweste saß auf einem Barhocker und glotzte ruhig in seine Richtung. Die vielen Tätowierungen im Gesicht und ein muskulöser Oberkörper bezweckten hervorragend das, was sie sollten: Einschüchterung. Barthel nickte im Vorbeigehen. Der Typ machte keine Anstalten einer Bewegung, sondern schaute nunmehr argwöhnisch. Barthel hoffte, dass er sich nicht jetzt schon als Polizist verraten hatte. Anstatt den Türsteher direkt nach Wolf zu fragen, entschied sich Barthel dafür, das Haus auf eigene Faust zu erkunden. Vielleicht würde Wolf ihm zufällig über dem Weg laufen. Nach ein paar Metern machte er jedoch schon kehrt – er hatte sich ein Herz gefasst.

Der Koloss saß mit dem Rücken zur Wand und hatte Barthel anscheinend die ganze Zeit beobachtet. „Brauchst du Nachhilfe?“, raunte er.

„Ich denke nicht, aber danke für das Angebot. In einer Sache könnten Sie mir aber allerdings helfen, und zwar, wie ich am schnellsten zu Ihrem Chef gelange“, antwortete Barthel möglichst gelassen, ohne hochnäsig zu klingen.

„Und warum sollte ich das tun?“ Der Türsteher schwang sich von seinem Hocker, drehte sich zu ihm hin und verschränkte die Arme. Er überragte Barthel locker um einen Kopf.

„Weil ich mit ihm etwas Dringendes bereden muss …“

„Und das kannst du nicht mit mir klären?“, erwiderte der Glatzkopf.

„Behandeln Sie Geschäftspartner immer so?“, fragte Barthel, dem in seiner Situation nichts als Konfrontation einfiel.

Der Koloss nahm die Arme runter und kam auf ihn zu. Aber Barthel blieb eisern stehen, obschon ihm das Herz in die Hose rutschte.

Direkt vor ihm baute sich der Typ auf und mahlte mit dem Kiefer. „Dann erzähl mal, ich bin hier der Chef.“

„Das wären Sie gerne!“ Barthel konnte es kaum selber glauben, was er da sagte. „Ich will zu Carlos Wolf. Sagen Sie ihm bitte, dass Friedrich Hauer ihn jetzt sprechen möchte."

„Geht klar. Ich bring dich sofort zu ihm", antwortete der Türsteher lachend, schwang seine Rechte in die Luft und wollte Barthel eine verpassen. Der stellte sich auf einen Zweikampf ein, der freilich zu seinen Ungunsten enden würde. Die Frage war nur, wie geschunden er daraus hervorgehen würde.

Da öffnete sich beim Eingang direkt neben dem Barhocker eine Tür, und eine Stimme hallte durch den Flur: „Stopp. Das würde ich mir gut überlegen!"

Der Glatzkopf hielt augenblicklich inne.

Es war Wolf, der sich in den Türrahmen angelehnt hatte und herüberschaute. „Verzeihen Sie bitte den Empfang, lieber Herr Polizeiobermeister Barthel, falls ich mich richtig erinnere. Eine Ankündigung Ihrer Person hätte ich allerdings sehr begrüßt." Wolf fuhr sich durch seine akkurat nach hinten gegelten Haare. „Kommen Sie doch bitte mit. Ich stehe Ihnen für Ihre Fragen gern zur Verfügung. Sie sind doch deswegen hier, oder?" Wolf grinste, und seine goldverblendeten Zähne glänzten.

„Werden Ihre Gäste eigentlich immer so begrüßt?", konnte sich Barthel einen Kommentar nicht verkneifen und marschierte auf direktem Wege zu Wolf an dem Türsteher vorbei.

„Ich hab' doch gleich gewusst, dass das ein Bulle ist", schnaufte der Hüne, stapfte zu seinem Barhocker und hockte sich aufgebracht wieder hin.

„Ganz und gar nicht. Er reagiert nur etwas empfindlich auf die Polizei. Das hat etwas mit seiner Vergangenheit zu tun." Wolf wies Barthel den Weg in sein Büro, folgte ihm und schloss die Tür. „Machen Sie es sich doch bitte bequem."

Barthel ging durch den Raum, der sich erheblich von dem unterschied, was er bis jetzt hier zu Gesicht bekommen hatte. Fasziniert nahm er schließlich in einem roten Ledersessel Platz. Sicherlich war das dunkle Nussbaum-Parkett dafür verantwortlich, dass die Möbelstücke farblich scheinbar glühten. Barthel ließ seinen Blick weiter im Raum umherschweifen: Alles war extravagant, aber dennoch stilvoll eingerichtet. Die vielen Fotos an der Wand mit bekannten Gesichtern aus dem öffentlichen Leben nahm er erstaunt zur Kenntnis.

Erst, nachdem Wolf sich auf der farblich abgestimmten Ledercouch hingesetzt hatte, fragte er Barthel: „Wie kann ich Ihnen helfen?"

Barthel ging nicht darauf ein, sondern stellte gleich eine Gegenfrage: „Haben Sie Hauer am Sonntag noch angetroffen?"

„Bedauerlicherweise nicht. Und auf meine Anrufe reagiert er auch nicht, was mich zugegebenermaßen doch etwas irritiert." Wolf schaute aus dem Fenster.

„Wann haben Sie ihn zuletzt gesehen?", fragte Barthel gespannt.

„Mal überlegen ... Wir hatten uns letzte Woche Montag getroffen, in der Zwischenzeit aber noch mal telefoniert", antwortete der Zuhälter. Nicht ganz das, was Barthel hören wollte, doch deckte sich das zumindest mit der Aussage von Ronja Gräfe.

„Haben Sie eine Ahnung, wo er sich gerade aufhalten könnte?", bohrte Barthel nach.

„Glauben Sie mir! Wenn ich das wüsste, würde ich es Ihnen natürlich mitteilen. Friedrich könnte überall stecken. Aber spätestens, wenn es um finanzielle Fragen geht, wird er sich schon noch melden", grinste Wolf höhnisch.

„Was haben Sie eigentlich gestern in Lohmen beim Bürgermeister gewollt?", reizte Barthel ihn.

„Etwas rein Privates, was gänzlich nicht im Zusammenhang mit

Friedrich steht!“ Wolf stand auf, ging zu einer massiven Kommode im Kolonialstil und schenkte sich Tee ein. „Dieser Pu-Erh-Tee schmeckt einfach göttlich.“

Barthel ließ ihn nicht aus den Augen. Hinter Wolf an der Wand entdeckte er ein dezent gerahmtes Blatt Papier, mit einer Partitur und einer Unterschrift. Unmittelbar darunter, auf einer Kommode, stand eine kleine Büste. Barthel erkannte Wagners Gesicht. Wolf hatte sich eine Art Schrein errichtet. Die Assoziation zu Hauers Wagner-Leidenschaft war Barthel sogleich alarmierend gegenwärtig. Vielleicht war es das musikalische Genie, das beide verband und zusammengeführt hatte.

Wolf bot Barthel eine Tasse Tee an, was dieser bejahte. Der Zuhälter ging mit zwei Tassen zurück zum Sofa. Neugierig kostete Barthel, aber hielt schnell inne. Er musste sich förmlich dazu zwingen, den Rest nicht unmittelbar auszuspucken. Mit einem erdigen Geschmack hatte er nicht gerechnet.

„Wie schmeckt er Ihnen?“, fragte Wolf gespannt.

„Sehr interessant!“, kommentierte Barthel diplomatisch und nickte in Richtung Schrein. „Sie sind ein Wagnerianer? Sehr ungewöhnlich in Ihrem Metier!“

„Wegen der Büste und der Partitur? Disqualifiziere ich mich etwa durch die Art und Weise, wie ich Geld verdiene? Ich glaube nicht, dass das alles so abwegig ist. Schließlich nahm Elsa von Brabant einen Unbekannten zum Ehemann, der ihr strengstens verboten hatte, ihn nach Namen und Herkunft zu fragen. Wenn Sie mich fragen, ist dieser Ansatz schon eine gewisse Form von Prostitution und Lohengrin eine Art Freier.“ Seine Goldzähne blitzten wieder auf. „Ich übertreibe sicherlich auch ein klein wenig, falls Sie die Oper kennen sollten. Aber immerhin habe ich Spaß an meiner These“, lächelte Wolf.

Barthel hatte mit so einer Antwort nicht gerechnet. „Sie erwecken in mir den Eindruck eines Kenners. Sollte es reiner Zufall sein, dass Sie die Lochmühle gekauft haben und planen, sie umzubauen?“. Er wollte nicht lockerlassen.

„Absolut nicht! Ich kenne Friedrich durch den Dresdner Wagner-Verband. Und er war es auch, der mir von dem leerstehenden Objekt bei der letzten Mitgliederversammlung erzählt hat. Friedrich weihte mich in seine Pläne ein und fragte mich, ob ich mit einsteigen wolle“, erzählte Wolf bereitwillig.

„Was für Pläne?“ Barthel hatte sich den Tee runtergequält und stellte die leere Tasse auf einen kleinen Glastisch neben sich, dessen Sockel aus Holz einen Elefantenfuß darstellte.

„Die Ursprungsidee mit der Wohlfühloase im malerischen Liebethaler Grund ging tatsächlich auf ihn zurück. Doch besitzt Friedrich keinerlei Erfahrung, wie man so etwas aufbaut und woher man die Mädchen bekommt. Natürlich hat er auch gefragt, ob ich mich finanziell an dem Projekt beteiligen möchte“, führte Wolf weiter aus.

„Und Ihre Zusammenarbeit lief reibungslos ab? Schließlich spielt sich das Ganze in einem Naturschutzgebiet ab!“ Indirekt brachte Barthel damit auch Gräfe ins Spiel.

„Sie können sich überhaupt nicht vorstellen, wer auf einmal alles gegen eine Belebung einer doch eher abgehängten Gegend wettert! Die fadenscheinigsten Argumente werden aus dem Hut gezaubert, um dieses Projekt zu stoppen. Und ich möchte wirklich nichts mehr über irgendwelche Fledermäuse hören!“ Wolf winkte wild gestikulierend ab.

„Warum?“, fragte Barthel unverblümt.

„Ich ahne, worauf Sie hinauswollen. Um die Fledermaus-Problematik hat sich Friedrich *intensiv* gekümmert. Aber fragen Sie mich bitte nicht, wie er das im Detail gemacht hat", grinste Wolf und zwinkerte Barthel zu.

„So gesehen kann es Ihnen doch recht sein, dass Hauer verschwunden ist. Nachdem Sie sich das Grundstück nun indirekt gesichert haben, jeglicher Ärger aus dem Weg geräumt wurde, müssen Sie ihren Gewinn auch nicht mehr teilen. Läuft doch prima!" Barthel wollte den eloquenten Zuhälter etwas weiter aus der Reserve locken.

„Lieber Herr Polizeiobermeister Barthel, Friedrichs Fernbleiben ist eine Katastrophe!", regte sich Wolf sogleich auf.

Plötzlich unterbrach eine dramatische Melodie die Stille. Barthel erkannte sie sofort. Wolf entschuldigte sich, holte sein Handy aus der Hosentasche und wog offensichtlich ab, den Anruf entgegenzunehmen oder nicht. Der „Ritt der Walküren" erlangte derweil seinen Höhepunkt, da stand Wolf auf und ging hinaus. Barthel blieb alleine im Raum zurück und vernahm Wolfs Stimme, wie sie sich zunehmend entfernte.

Aber der Zuhälter kam nicht mehr wieder. So beschloss Barthel zum zweiten Mal, sich allein im Haus umzusehen.

Der Türsteher sollte nun gezähmt sein. Lauernd, aber still, schaute er Barthel hinterher, als der in einem in Rotlicht getauchten Gang verschwand. Hier gab es unzählige Türen – in einigen standen Frauen in aufreizender Pose. Sie schauten ihn verführerisch an und lockten ihn mit kleinen Gesten. Barthel, der das natürlich zur Kenntnis nahm, fühlte sich geschmeichelt, ob er wollte oder nicht. Gemächlich schritt er von Tür zu Tür, und wo es möglich war, spähte er vom Gang aus in den Raum hinein. Ungefähr in der Mitte des Flures stach ihm eine Frau besonders ins Auge. Sie hielt sich im Eingangsbereich ihres Zimmers auf und war nur mit einem schwarzen, ärmellosen Lederbody bekleidet.

Laszive tanzte sie mit geschlossenen Augen zu einer Musik, die leise im Hintergrund spielte. Augenblicklich war Barthel von ihr angetan. Vielleicht lag es daran, dass sie ihn nicht gleich wie auf Knopfdruck heranwinkte, vielleicht auch daran, dass sie ihn an eine verflossene Liebschaft erinnerte. Zwei lange Tattoos in Form von Tigertatzen zierten ihre Schenkel. Ein asymmetrisches Pony fiel ihr ins Gesicht. Doch plötzlich hörte sie auf zu tanzen, drehte sich in Barthels Richtung und strich sich die Haare aus dem Gesicht. Sie öffnete ihre Augen; und smaragdgrüne Iriden fokussierten ihn. Ihre Mundwinkel hoben sich zu einem verschmitzten Lächeln.

Barthel hielt dem Blickkontakt nicht stand und musste auf den Boden schauen. Langsam schritt sie in ihren hohen Stiefeln auf ihn zu. Wie angewurzelt stand er da. Diese verflixten Augen; er bildete sich ein, dass sie fast so intensiv grün leuchteten wie das Leuchtmoos im Liebethaler Grund. Ganz nah bei ihm blieb sie stehen.

Barthel fing an zu schwitzen und stammelte: „Schön getanzt!"

„Danke schön." Sie stupste ihn leicht mit dem Finger auf die Nase. „Kann ich dir vielleicht bei einer Sache behilflich sein?", und lächelte verführerisch.

„Ja … nein … doch … Ich bin auf der Suche nach ein paar Antworten", druckste Barthel rum.

„Da bist du bei mir goldrichtig!" Sie zwinkerte ihm zu. „Ich kann nämlich nicht nur gut tanzen. Bei mir bleibt keine Frage offen!" Ihr Zeigefinger wanderte von seiner Brust hinunter zum Hosengürtel und sie tippte sachte auf die Schnalle: „Nur zu! Probiere es doch mal aus."

Barthel wurde sich seiner Hilflosigkeit bewusst und spürte sein Verlangen aufkommen. „Ich kann nicht."

„Was hindert dich daran? Muss ja keiner erfahren!“ Sie lächelte und biss sich auf die Unterlippe.

„Die Wahrheit kommt immer ans Licht“, antwortete Barthel resigniert.

„Keine Sorge. Ich kann ein Geheimnis sehr gut für mich behalten.“ Sie wanderte mit einer Hand an ihren Hals und öffnete den Reißverschluss ihres Lederbodys langsam und stückchenweise. Barthel bekam weiche Knie – seine Fantasie schlug Purzelbäume. Aber etwas um ihren Hals, was vorher durch das Leder verdeckt gewesen war, ließ ihn innehalten: eine schwarze Lederkette. Und irgendetwas stand damit in Verbindung, er wusste nur noch nicht, was.

Mit der Ablenkung war es augenblicklich vorbei, und Barthel war wieder Polizist. „Was ist das?“

„Das ist alles echt. Kannst dich gerne überzeugen“, antwortete sie lächelnd und reckte ihm ihre Brüste entgegen.

„Ich meine um deinen Hals“, lenkte Barthel ein.

„Gefällt sie dir?“ Die schmale Lederkette passte vortrefflich zu ihrem Outfit. Eine dreieckige Scherbe funkelte im Licht smaragdgrün und harmonierte perfekt mit ihren Augen.

„Wo hast du die her?“, fragte Barthel.

„Komm … Ich flüstere es dir ins Ohr …“ Sie zog ihn tiefer ins Zimmer und schubste ihn aufs Bett. Schnell noch schloss sie hinter sich die Tür.

„Wir brechen das jetzt an dieser Stelle ab. Ich bin von der Polizei, und du sagst mir jetzt, wo du die Kette herhast.“ Barthel musste ernst werden, auch wenn ihm das missfiel.

„Ach so? Werde ich jetzt verhaftet?“ Sie drehte sich um, sodass er ihren Po bestaunen musste, und verschränkte die Arme hinter dem Rücken.

„Stopp. Das hier ist kein Spaß. Sonst muss ich dich mit aufs Revier nehmen." Barthel hatte sich aufgerappelt und stand vorm Bett.

Sie drehte sich wieder um und schritt langsam auf ihn zu. „Dann zeig mir mal deinen Dienstausweis! Warte! Ich suche ihn." Sie kniete sich vor ihm hin, um den Gürtel zu öffnen.

Barthel wollte sie davon abhalten, und drehte sich beim Versuch, seine Hose oben zu behalten, etwas zu ruckartig von ihr weg. Durch ihre hohen Absätze verlor sie das Gleichgewicht und kippte nach hinten, konnte sich mit den Händen jedoch abfangen. „Hast du sie noch alle?", schrie die Prostituierte.

Barthel nestelte an seinem Gürtel rum. „Das wollte ich nicht. Hast du dich verletzt?" Er wollte sich zu ihr hinunterbeugen. In dieser Sekunde platzte auch schon die Zimmertür auf. Der Glatzkopf vom Eingang stand schnaubend im Raum, mit einem Baseballschläger in der Hand. Er schaute auf die am Boden liegende Freudendame und anschließend zu Barthel. Seine Augen verfinsterten sich. „Bist du okay, Luna?", fragte er die Prostituierte, behielt dabei aber Barthel im Auge. Seine Hand hielt den Baseballschläger fest umklammert.

„Glaub schon." Luna saß auf dem Boden und rieb sich die Handgelenke.

„Was ist passiert?", fragte der Türsteher zornig.

„Der Typ ist krank. Erst will er Rollenspiele, dann nervt er plötzlich wegen meiner Kette und wird handgreiflich." Luna stand wieder.

Derweil ging Barthel ein paar Schritt zurück und hob dabei beschwichtigend die Hände.

„Das Schwein gibt sich als Bulle aus!", polterte es aus Luna heraus.

„Er ist wirklich einer", lenkte der Glatzkopf ein. Doch lächelnd hob er den Schläger, streichelte dessen Spitze und blaffte Barthel an: „Erst auf dicke Hose machen, mit dem Chef reden wollen und sich dann an unsren Mädels vergreifen!“

Er ging auf Barthel zu, der versuchte, die Situation zu entschärfen: „Es ist nicht, wonach es aussieht. Lass es mich erklären.“

Den Hünen interessierte das herzlich wenig. Dieser packte den Schläger mit beiden Händen und kam immer näher. Der beste Rat in so einer Situation war der, einfach wegzurennen, zumal Barthel keine Waffe mit sich führte.

Aber dazu bestand keine Möglichkeit. Wie er nun am Bettrand weiter nach hinten wich, entdeckte er auf dem Nachtisch einen XXL-Dildo, von dessen Größe er unweigerlich schwer beeindruckt war. Schnell schnappte er ihn sich und drehte das unhandliche Ding um – die zitronengroßen Hoden waren nun oben. Der vom Wahnsinn befallene Türsteher wirbelte den Schläger in Barthels Richtung. Der wich dem Angriff aus, indem er sich nach hinten beugte. Blitzschnell schlug Barthel wiederum mit ganzer Kraft den Dildo-Hammer in das tätowierte Gesicht seines Gegners. Schlagartig sackte der Hüne zu Boden. Um auf Nummer sicher zu gehen, trat Barthel ihm anschließend in die Weichteile und den Baseballschläger aus den Händen. Sofort nutzte er die Gelegenheit und stürmte an der hysterisch mit den Händen wedelnden Luna vorbei. Als er die Tür aufgerissen hatte, stand schon Wolf davor. „Was geht hier vor sich?“, fragte der Zuhälter.

Barthel hatte noch immer den riesigen Dildo in der Hand und warf ihn angewidert weg.

„Ich will jetzt sofort wissen, was hier vor sich geht!“, brüllte Wolf. So aufgebracht hatte Barthel ihn bisher noch nicht erlebt.

Luna wollte anfangen zu reden, doch Barthel fiel ihr ins Wort: „Ich musste mich verteidigen! Und jetzt rufe ich Verstärkung.“

Er wollte an Wolf vorbeigehen, doch der stoppte ihn. Seine Hand ruhte auf Barthels Brust.

„Wenn Sie mich fragen, sieht das hier nach einem tätlichen Übergriff auf eine Frau und nach schwerer Körperverletzung aus. Sollen wir die Beteiligten dazu befragen? Oder aber, und das lege ich Ihnen sehr ans Herz, Sie verschwinden jetzt ganz schnell und wir vergessen die Sache."

Barthel konnte kaum glauben, was er eben gehört hatte. Während er abwägte, regte sich der Türsteher auf dem Boden und kam langsam wieder zu sich. Wer sollte Barthel glauben? Objektive Zeugen gab es keine. Die beiden würden ganz sicher vor Gericht falsch aussagen.

Zähneknirschend ging Barthel auf das Angebot ein. Er nickte Wolf zustimmend zu und schob sich an ihm vorbei, nicht ohne den Zuhälter dabei anzurempeln. „Das wird ein Nachspiel haben!", sagte Barthel, ohne sich umzudrehen, während er zum Ausgang lief. Er war erbost, und wollte fürs Erste nur noch fort von hier. Draußen empfing ihn ein herrlicher Nachmittag, die Sonne schien. Zornig trat er den Kickstarter seines Mopeds und ließ den Motor aufheulen. In seiner Wut nahm Barthel ein paar kristalline Krümel auf seinem Tank zur Kenntnis, doch missachtete er sie.

16

Barthel wollte zu Kotte aufs Revier nach Pirna fahren, um ihn wegen des Vorfalls persönlich vorzuwarnen und die nächsten Schritte abzuklären. Sein Rückweg führte ihn abermals abseits der gängigen Straßen. Barthel fuhr vorschriftsmäßig, aber stand noch zu sehr unter Adrenalin, um die Landschaft genießen zu können.

Der Klang seines Mopeds war ihm sehr vertraut, doch plötzlich vernahm er ungewohnte Geräusche. Nachdem er das Tempo gedrosselt hatte, verschwanden sie wieder. Barthel vermutete, dass es am Straßenbelag gelegen hatte. Doch plötzlich blockierte sein Hinterrad – mitten in einer Linkskurve. Das Moped geriet ins Schlingern. Unter großer Anstrengung schaffte es Barthel, sich in die Kurve hineinzulegen, und schlitterte seitlich den Asphalt entlang. Hilflos rutschte er auf eine Böschung zu. Für den Bruchteil einer Sekunde schwebte er scheinbar schwerelos durch die Luft – umso härter prallte er auf. Dann wurde es schlagartig dunkel.

Jemand stupste Barthel in die Seite, eine sanfte Ohrfeige folgte. Er riss die Augen auf. Über ihm waren reife Maiskolben. Die Sonne schien durch die Blätter eines Maisfeldes und blendete ihn.

„Willst du da ewig rumliegen?“, lachte eine Stimme hinter Barthel. Um nachzusehen, überstreckte er seinen Kopf. Er hatte richtig gehört: Wolf stand dort, im Smoking. Verwundert betrachtete Barthel das schräge Outfit, denn Wolf ergänzte seine edle Garderobe mit gelben Gummistiefeln. Und noch etwas irritierte Barthel: Die silberfarbenen Haare waren ganz zerzaust, nicht wie sonst aalglatt nach hinten gekämmt.

Barthel wollte sprechen, merkte auch, dass sich seine Lippen bewegten, doch er hörte sich nicht reden. Hatte er durch den Sturz seine Stimme verloren?

„Komm endlich. Ich habe nicht ewig Zeit“, sagte Wolf und stapfte los. Barthel rappelte sich auf, wollte ihm folgen, doch er sah nur noch Maispflanzen. Nachdem er sich im Kreis gedreht hatte, entdeckte er auf einmal sein Moped, aufgebockt und in tadellosem Zustand ein paar Meter entfernt dastehen. Dahinter führte eine lange Schneise durch das Feld. Barthel hörte Wolf von irgendwoher rufen: „Hier bin ich!“

Nach einer erneuten Umdrehung sah er auf einmal die Lochmühle vor sich. Nur war das Gebäude nicht mehr in jämmerlichem Zustand, sondern fertig renoviert, und strahlte förmlich. Hier herrschte reger Betrieb. Barthel wunderte sich und blickte sich noch mal um. Hinter ihm lag nunmehr der Wanderpfad, der den Liebethaler Grund entlangführte. Irritiert ging er weiter zur Mühle. Viele Menschen kamen ihm entgegen, unterhielten sich angeregt, streiften ihn, aber niemand nahm Notiz von ihm. Musik vermischte sich mit Stimmen und dem Rauschen des Flusses.

Alle hier waren schick gekleidet. Aber Wolfs gelbe Gummistiefel stachen aus dem Getümmel heraus. Barthel nahm sie zum Fixpunkt und ging mit Tunnelblick auf das markante Gelb zu. Erst, als er direkt davor stoppte, schaute er hoch und erschrak. Nicht Wolf, sondern Friedrich Hauer stand auf einmal vor ihm. Was ging hier vor sich?

Hauer hatte eine grüne Wathose an. Nach eben noch intensivem Blickkontakt drehte er sich plötzlich um und bahnte sich einen Weg durch die ausgelassen feiernde Menschenmasse, tiefer ins Tal. Sofort nahm Barthel die Verfolgung auf. Vorm Wagner-Denkmal stoppte Hauer, Barthel erreichte ihn mit leichter Verzögerung. Überraschend kam Ronja Gräfe hinter dem Denkmal hervorflaniert – nur mit Reizwäsche bekleidet – und schritt verführerisch auf die beiden zu. Die Anwesenheit von Barthel störte sie dabei nicht, vielmehr schien es, als ob sie ihn gar nicht wahrnahm. Langsam umkreiste sie Hauer. Ihre Hände wanderten an seinem Körper entlang, berührten ihn überall. Doch das alles ließ Hauer völlig kalt. Gebannt schaute Barthel dem Paar beim Liebesspiel zu. Unerwartet reckte Hauer die Arme in die Luft, drehte sich zum angrenzenden Fluss um und stapfte hölzern los, als ob unsichtbare Schnüre ihn lenkten. Davon ungerührt blieb Gräfe zurück, die sich zum Denkmal hin wandte. Wie aus dem Nichts tauchten Hunderte von Fledermäusen auf und zogen ihre Bahnen um den Platz. Hingerissen beobachtete Barthel das wuselige Treiben. Die Wildhüterin klatschte vor Freude und strahlte. Barthel schaute kurz nach Hauer, doch der war verschwunden. Schnell rannte er zu der Stelle hin, wo er Hauer aus den Augen verloren hatte, und sah Fußspuren, die ins Wasser führten.

Plötzlich flatterte eine Fledermaus direkt auf Barthel zu. Schlagartig riss er die Augen auf. Noch etwas benommen, konnte er geradeso Umrisse erkennen. Es raschelte über ihm, krächzte und zeterte. Barthel spürte etwas Nasses im Gesicht und wischte sich mit der Hand über die Stelle. Seine Finger waren schleimig. ‚Das ist ein schlechter Scherz', dachte er sich. Ein Vogel musste sich direkt über ihm entleert haben. So etwas hatte er noch nie erlebt.

Aus der Ferne brauste ein Auto an, das konnte Barthel eindeutig zuordnen. Sein Blick wurde klarer. Er lag auf dem Rücken unter einer Gruppe Haselnusssträucher. Ein paar Krähen hüpften darin von Zweig zu Zweig. Eine glühend-rote Wolkendecke zeichnete sich durch die Blätter ab. Es war also Abend.

Schwerfällig beugte Barthel seinen linken Arm und hielt sich die Armbanduhr vors Gesicht. Doch er konnte nichts erkennen, das Glas war zu sehr zerkratzt. Er stöhnte und ließ den Arm wieder auf den Boden fallen. Wo war er nur? Wo war Wolf? Wo Hauer? Was war das eben für eine Vision gewesen? Er musste bewusstlos gewesen sein, nur wie lange, konnte er nicht sagen. Aber er lebte – das nahm er zumindest an.

Was war geschehen? Mit dem Moped hatte es in all den Jahren nie Probleme gegeben, und eigentlich hielt Barthel sich für jemanden, der sich ganz passabel mit Technik auskannte. Vorsichtig fing er an, seine Beine durchzustrecken. Es schien glücklicherweise nichts gebrochen zu sein. Langsam rollte er sich auf den Bauch. Jetzt konnte er auch seine Situation einschätzen. Ein Schutzengel musste auf ihn aufgepasst haben. Barthel lag am Fuße einer steilen Böschung, und niemand konnte ihn von der Straße aus entdecken.

Mit aller Kraft richtete er seinen Oberkörper auf und schob seine butterweichen Knie vor. Starke Schmerzen in der Brust durchströmten ihn beim Husten. Neben ihm lag sein Moped. Mühsam krabbelte Barthel auf allen vieren hin und stemmte sich hoch. Auf wackeligen Beinen kam er in die Senkrechte. Ein kurzer genauerer Blick auf sein Moped genügte, um zu erkennen, dass das treue Gefährt soweit hinüber war, wenn Barthel es überhaupt jemals wieder in Fahrt bringen könnte. Er grübelte über die Ursache des Unfalls nach. Die Fahrt nach Dresden war doch problemlos gelaufen. Konnte während seines Aufenthalts etwas passiert sein?

Ein Verdacht keimte in Barthel, dass das irgendetwas mit dem kristallinen Pulver eben zu tun hatte, was er so beiläufig wegwischte. Es bestand kein Zweifel. Irgendjemand musste an der Simson herumgepfuscht haben. Hatte Wolf nicht während des Gesprächs Tee getrunken und war anschließend verschwunden? Barthel versuchte, sich zu erinnern, ob der dreiste Zuhälter die Tasse oder sonst irgendetwas zum Telefonieren mitgenommen hatte. Was, wenn schlicht Zucker in seinem Tank gelandet war? Dann hätte er eben einen klassischen Kolbenfresser gehabt. Kein Wunder, dass er die Kontrolle über das Moped verloren hatte und ein Ausbrechen nicht mehr verhindern konnte!

Wer der Übeltäter auch gewesen war, Barthel hatte genug Dinge herauszufinden, um danach noch zu fahnden. Aber er war sich nun bombensicher, dass er bei Wolf und seinen Schergen in Dresden in ein Wespennest gestochen hatte. Wenn er jetzt noch Kotte überzeugen konnte, dann würden sie mit einem Durchsuchungsbeschluss den Laden gründlich auseinandernehmen.

Barthel griff in seine Jackentasche und holte sein Handy heraus. Warum verwunderte es ihn überhaupt, dass es nach diesem Sturz völlig zersplittert war und sich nicht anschalten ließ? Trotzdem war der Anblick all seiner Dinge im demolierten Zustand sehr beklemmend. Frustriert steckte Barthel das Handy weg.

Jetzt hörte er ein Auto auf der Straße vorbeirauschen, und so beschloss er, sich nach oben zu kämpfen und Hilfe zu holen. Doch der Weg war beschwerlich, und Barthel musste sich stellenweise an Sträuchern festhalten und sich nach oben ziehen, um nicht durch Laub und Geröll wieder nach unten zu rutschen. Als er es endlich geschafft hatte, war es bereits so gut wie dunkel. Da gerade kein Auto in Sicht war, humpelte Barthel die Straße entlang. Doch er brauchte nicht lange zu warten, da brauste auch wieder ein Auto an. Barthel trat zur Seite und wedelte wild mit den Armen. Doch es wurde nicht abgebremst, stattdessen gehupt. Wütend brüllte Barthel eine Tirade übler Schimpfwörter hinterher. Aber es half nicht darüber hinweg, dass er weiterhumpeln musste. Vielleicht sah er ja auch furchteinflößend aus, mit seinen zerschlissenen Klamotten und dem vom Vogelkot verschmierten Gesicht. Würde er denn selbst anhalten? Die Zivilcourage war ja in den letzten Jahren beträchtlich gesunken, das war kein Geheimnis.

Der Weg nach Hause würde ewig dauern. Was für ein Tag! Barthel fluchte laut – hier konnte ihn sowieso niemand hören. Erst die Sache mit Gräfes Hund, dann die Schlägerei im Puff und nun der Unfall. Es gab nichts mehr, was das noch toppen könnte. Wenigstens hatte Barthel durch die Lederkette der Prostituierten eine erste Spur, wer mit dem Verschwinden von Hauer zu tun haben könnte. Das wurde ihm klar, während er so vor sich hin hinkte. Über 48 Stunden wurde Hauer inzwischen vermisst.

Barthel begann, sich seinen Gedanken hinzugeben. Stand Hauer nicht am Fluss, bevor er aus seiner Vision verschwunden war? Natürlich war das nur eine Einbildung gewesen, getrübt durch das Delirium nach dem heftigen Sturz. Egal, denn Barthel nahm den Geistesblitz zum Anlass, darüber nachzudenken, ob er gestern auch beim Fluss im Liebethaler Grund gründlich nachgeschaut hatte. Dem war nicht so! Also müsste Barthel wieder zum Wagner-Denkmal gehen – wenn er es irgendwann nach Hause schaffen würde.

Plötzlich zog ein sich nähernder Lichtkegel über den Nachthimmel, der hinter Barthel seinen Ursprung hatte. Er trat auf den Grünstreifen, schaute ins Licht und streckte hoffnungsvoll den erhobenen Daumen aus. Aber wieder fuhr das Auto an ihm vorbei – zunächst. Doch schon nach ein paar Metern verringerte es plötzlich das Tempo und hielt mit eingeschaltetem Warnblinker doch noch auf der Straße an. Es handelte sich um einen schwarzen Kleinbus mit fremdem Kennzeichen. Eine Kippe flog glühend in hohem Bogen durch das Fahrerfenster aufs Feld.

Mit gemischten Gefühlen humpelte Barthel in Richtung Auto. Ihm war klar, dass er schutzlos ausgeliefert war, aber keine Wahl hatte – gegen eine Diebesbande auf Beutezug hätte er keine Chance.

Das orangefarbene Warnlicht blinkte bedrohlich. Oder waren das vielleicht Wolfs Leute? Wie sollten sie Barthel gefunden haben? Tapfer humpelte er weiter und war schon so gut wie bei der Beifahrertür angelangt, da ließ ihn sein ungutes Gefühl um ein Haar wieder umdrehen. Er sah sich selbst in der schwarzen Scheibe eines Fensters und erschrak vor seinem dreckigen Gesicht im wiederkehrenden Schein des Warnlichts.

Der Motor lief weiter, und Barthel vernahm gedämpfte Musik. Er fasste sich ein Herz und klopfte ans Fenster. Aber nichts passierte. Laut und deutlich erzählte er, wer er war und dass er verunfallt war. Wieder geschah nichts. Dann sank sich das Beifahrerfenster.

17

Barthel blickte durch einen Fensterspalt einem Jüngling ins Gesicht – nicht älter als 25.

„Steigen Sie schon ein", sagte der Unbekannte.

Unter Schmerzen öffnete Barthel die Autotür und ließ sich auf den Sitz fallen. Zu Hause musste er unbedingt seine Rippen untersuchen lassen. „Danke fürs Anhalten", sagte er und schnallte sich an.

„Kein Ding. Wo soll es hingehen?" Der Typ mit dem langen dunklen Pferdeschwanz fing zu grinsen an. „Ich höre mich wie ein Taxifahrer an …"

Noch bevor die helle Innenraumbeleuchtung erlosch und alles in rötliches LED-Licht getaucht wurde, konnte Barthel sehen, dass sein Fahrer groß und von eher drahtiger Statur war. Etwas Asche verschmutzte seinen ausgewaschenen, grauen Kapuzenhoodie.

„Was wäre so schlecht daran?", grinste Barthel. „Ich müsste nach Pirna aufs Polizeirevier. Liegt das zufällig auf deiner Strecke? Gerne kannst du mich auch vorher absetzen. Alles besser, als den kompletten Weg zu humpeln."

„Machen Sie Witze? Natürlich kenne ich Pirna, quasi fast bei

Lohmen, dem Tor zur Sächsischen Schweiz." Der Jüngling legte den ersten Gang ein.

„Klasse! Danke. Mir fällt ein Stein vom Herzen. Aber wie kommt es, dass jemand aus dem Allgäu Lohmen kennt?", fragte Barthel neugierig, während sie losfuhren.

„Wie kommen Sie darauf, dass ich aus dem Allgäu bin?", antwortete der junge Mann verwundert.

„Wegen dem Kennzeichen AL!" Barthel war sich zugegeben manchmal unsicher mit den Kennzeichen. Vorhin war es zu dunkel gewesen, um das Bundesland auf der Plakette zu erkennen. Durch die Wiedereinführung „neuer alter" Kfz-Kennzeichen konnte er nicht mehr einfach logische Rückschlüsse ziehen.

Der Typ fing wieder an zu lachen. „Das steht für Altena, ein Kleinstädtchen in Nordrhein-Westfalen."

„Wie man sich täuschen kann! Das ist trotzdem eine weite Strecke zum Fahren." Barthel wurde noch nicht recht schlau aus dem Jungen.

„Ich weiß. Die Fahrerei kotzt mich auch an. Nur muss ich in regelmäßigen Abständen hier sein, um neue Ergebnisse in Mihlsdorf zu sammeln und zu überprüfen", erzählte er und blickte Barthel seelenruhig von der Seite an. Den wiederum machte die läppische Art, wie der Jüngling fuhr, nervös.

„Ergebnisse? In Mihlsdorf? Jetzt bin ich aber sehr neugierig!" Barthel hatte keinen blassen Schimmer, was gemeint sein könnte.

„Ich bin Doktorand in Geotechnik an der Bergischen Universität Wuppertal", erzählte der junge Mann.

„Und was willst du da, in Gottes Namen, in Mihlsdorf?", schmunzelte Barthel.

„Tatsächlich stellt Mihlsdorf einen wichtigen Teil meiner Arbeit dar. Ich untersuche die Naturrisiken von Hangrutschungen in ehemaligen Elbsandsteinbrüchen", referierte Barthels Fahrer.

Barthel war sprachlos. Nicht nur, weil jemand vom anderen Ende der Bundesrepublik von den Steinbrüchen wusste, sondern auch, weil er deswegen eine Strecke von knapp 600 Kilometern auf sich nahm. „Und wo wohnst du da?", fragte Barthel aus reiner Neugier.

„Ich wohne im Gasthaus ‚Zum Mühlstein'. Falls Ihnen das was sagt", war die Antwort.

„Du bist das also!" Barthel schaute nach draußen, in die sternenklare Nacht. Ihm war jetzt klar, dass er neben dem ominösen Gast saß, den Mürbe ihm beschrieben hatte und der immer nur abends auftauchte. Doch bisher hatte Barthel nicht den Eindruck, dass der etwas mit Hauer zu tun haben könnte.

„Warum laufen Sie im Dunkeln hier alleine lang", riss ihn der Jüngling aus seinen Gedanken.

„Berechtigte Frage! Ich hatte eben einen Unfall. Sieht aber schlimmer aus, als es ist. Ich werde es überleben. Mein Moped ist übler dran, mein Handy auch, deswegen möchte ich aufs Revier", erzählte Barthel und versuchte dabei, witzig zu sein.

„Krass! Ich heiße übrigens Ron … Ron Reiniger", sagte der Doktorand. Und dann war der Punkt erreicht, an dem sich kein neuer Gesprächsfaden ergab. Schweigend fuhren sie eine Weile die Strecke in Richtung Pirna.

„Gibt es denn so viele Sandsteinbrüche in Mihlsdorf? Ich kenn' nur einen", ergriff Barthel das Wort.

Reiniger schaute ihn wieder länger als nötig an, was Barthel beunruhigte. „Einen? Durch meine bisherigen Recherchen weiß ich von mindestens drei Abbaugebieten. Mihlsdorf liegt ja recht günstig. Wobei man streng genommen auch die Brüche vom Nachbarort dazuzählen müsste. Manche waren recht klein, da alles von der Größe der Vorkommen abhing. Doch jetzt sind die mittlerweile so zugewuchert, die würde keiner mehr als Steinbruch wahrnehmen. Ein paar sehr wenige aktive Steinbrüche gibt es noch in der Umgebung, die weitreichend bekannt sein müssten. Die historischen Hintergründe kann ich dir aber nicht beantworten, ob die mal alle zusammenhängend waren oder nicht. Dafür ist eine andere Fachrichtung zuständig. Geschichte ist nicht so meins!", grinste er und war dabei unbemerkt zum Du gewechselt. Für Barthel war es okay, zu erschöpft war er.

„Interessant. Und was machst du genau?" Er beobachtete Reinigers Fahrstil aufmerksam, obwohl er sich immer schwerer konzentrieren konnte. Das Adrenalin ließ nach, und langsam machten sich Schmerzen breit. Vor allem die im Brustbereich bereiteten Barthel zunehmend Sorgen.

„Ganz ungefährlich ist meine Arbeit jedenfalls nicht", plauderte Reiniger unbeschwert weiter. „Einige Steinbrüche sind stark überwachsen und hochgradig einsturzgefährdet. Oft muss ich mich regelrecht entlanghangeln. Erschwerend kommt hinzu, dass sich manchmal durch Zeit und Erosion tiefe Spalten oder gar Höhlen gebildet haben. Mein Kontrastprogramm ist dann die Recherche in den Archiven. Staubtrocken, kann ich dir sagen! Und um jetzt deine Frage zu beantworten: Ich suche und schaue mir die Gebiete an, und schreibe letztlich so etwas wie ein Gutachten über den Zustand und gebe vorsichtig eine Prognose ab, basierend auf meinen bisherigen Erfahrungswerten."

Barthel durchströmte eine Welle des Schmerzes. „Abgefahren!", presste er heraus.

„Würdest du mich mal auf ..." Er hörte sich wie von fern immer langsamer sprechen und am Ende nur noch brabbeln. Reinigers Antwort nahm er nicht mehr wahr.

Als Barthel zu sich kam, lag er in einem Krankenhausbett. Er war alleine im Zimmer. Wie war er hierhergekommen? Als er sich aufrichten wollte, schmerzte sein Brustkorb enorm. So ließ er sich wieder in die Kissen fallen, drückte jedoch den Knopf neben seinem Bett, um mit dem Krankenpflegepersonal zu sprechen. Er hatte keine Ahnung, wie spät es war. Einfach auf die Uhr schauen konnte er nicht, geschweige denn jemanden anrufen, weil seine Uhr außer Reichweite und sein Handy kaputt war.

Nach einer gefühlten Ewigkeit öffnete sich endlich die Zimmertür. Eine Schwester kam herein, die Barthel freundlich, aber nüchtern begrüßte.

„Was ist passiert?", fragte Barthel mit trockenem Mund. Die Zunge klebte fast am Gaumen fest.

„Sie wurden gestern Abend eingeliefert, nachdem Sie das Bewusstsein verloren haben. Wasser oder Tee gegen den trockenen Mund?", antwortete die Schwester, abermals nüchtern.

„Wasser!", war Barthels unmittelbare Reaktion. „Was ist mit mir?"

„Bitte warten Sie die Visite ab. Der Oberarzt kann Ihnen Ihre Fragen besser beantworten", vertröstete sie ihn.

„Wann ist …" Barthel konnte seinen Satz nicht beenden, da war die Schwester schon wieder nach draußen verschwunden. Sicherlich würde sie aber gleich mit dem Getränk wiederkommen. So blieb Barthel vorerst nichts anderes übrig, als abzuwarten und die bisherigen Ergebnisse zu durchdenken. Dieser Ron Reiniger musste ihn hierher geschleift haben.

Die Stille im Zimmer wurde unerträglich, und die Schwester

kam einfach nicht wieder. Barthel wurde ungeduldig. Zum Glück hing er an keinem Infusionsschlauch, auch steckten keine anderweitigen Gerätschaften in ihm, soweit er das beurteilen konnte. Er hatte nur einen Fingerclip, der die Vitalwerte auf einem Monitor neben dem Bett anzeigte. Es konnte also nicht ganz so schlimm um ihn stehen.

Barthel beschloss, aufzustehen, um sich selbst Tee oder Wasser zu holen. Die Schmerzen musste er eben kurz aushalten. So drehte er sich auf dem Bett und nutzte zusätzlich den Haltegriff über sich, um sich aufzurichten. Mit zusammengebissenen Zähnen schaffte er es. Er musste nur auf die Beine kommen, dann würde sein Körper schon wieder funktionieren.

Wackelig stand Barthel mit beiden Beinen auf dem Boden und schlich in Richtung des Metallschrankes unweit seines Bettes. Die Bewegung tat ihm erstaunlicherweise gut. Vor dem geöffneten Schrank überkam ihn plötzlich der Impuls, sich einfach anzuziehen und zu gehen. Die Zeit saß Barthel schließlich im Nacken, denn mittlerweile brach der dritte Tag an, und Hauer war noch immer spurlos verschwunden. Er ignorierte die Schmerzen, soweit es ging, und zog sich angewidert seine vom Unfall verdreckten Sachen an. Doch kurz bevor er fertig war, ging plötzlich die Tür auf und vier Leute kamen schnellen Schrittes ins Zimmer. Sogleich erhob der Vorderste das Wort: „Was machen Sie denn da, wenn ich fragen darf?“

„Wonach sieht es denn aus?“, konterte Barthel.

„In Ihrem Zustand gehören Sie ins Bett, Herr …“ Er blätterte in den Unterlagen. „… Barthel.“

„Es hat mich keiner gefragt, ob ich ins Krankenhaus wollte“, antwortete Barthel trotzig.

„Tja. Da sind Sie jetzt nun mal. Und das ist auch gut so. Ich darf also bitten …“ Der weiße Kittel deutete mit ausgestrecktem Arm auf das Bett.

Barthel spurte, aber er blieb angezogen. „Und nun?“

„Herr Barthel, ist Ihnen eigentlich klar, dass Sie eine schwere Rippenprellung haben“, schimpfte der Arzt über Barthels Verhalten.

„Und was heißt das? Wann komm’ ich hier raus?“, erwiderte Barthel, für den das nur mäßig schlimm klang.

„Wie ich sehe, sind Sie wieder mobil. Das ist gut! Doch würde ich Sie gerne noch über Nacht zur Kontrolle hierbehalten. Eine Rippenprellung muss nicht weiter stationär versorgt werden, aber die Verletzung kann unter Umständen doch noch Komplikationen mit sich bringen.“ Der Arzt schaute Barthel prüfend an.

„Entschuldigung! Wie stellen Sie sich das eigentlich vor? Ich bin Polizist und stecke gerade bis über beide Ohren in einer wichtigen Ermittlung“, spielte sich Barthel auf. Seine Gesundheit war ihm schon wichtig. Aber gerade jetzt zählte jede Minute!

„Ich verstehe Sie gut. Trotzdem muss das leider warten.

Oder …“ Der Arzt machte eine kurze Pause.

„Oder was?“, nutzte Barthel die Gelegenheit und rang sich ein Lächeln ab.

„Sie entlassen sich selbst auf eigene Verantwortung, was ich Ihnen aber unter den gegebenen Umständen nicht empfehle!“, gab sein Gegenüber sich geschlagen und schüttelte leicht den Kopf.

Barthel jedoch nahm erleichtert das Angebot an. Da hatte der Arzt noch eine Bedingung: „Bitte nehmen Sie die von mir verschriebenen Schmerzmittel ein! Dies ist wichtig, da Sie durch die Schmerzen beim Atmen eventuell in eine flache Schonatmung verfallen könnten. Dies würde im Extremfall eine gefährliche Lungenentzündung begünstigen, da die Lunge nicht ausreichend belüftet wird. Und bitte schonen Sie sich trotz der Umstände. Vermeiden Sie größere Anstrengungen in der nächsten Zeit, um den Brustkorb nicht zu früh zu stark zu belasten, wodurch chronische Folgeschäden entstehen könnten." Dem Arzt blieb nichts weiter übrig, als ihm eine gute Besserung zu wünschen und sich abschließend etwas in seinen Unterlagen zu notieren. Dann drehte sich das Grüppchen um und verließ das Zimmer. Barthel war wieder alleine und suchte, so schnell es ging, seine Sachen zusammen. Da ging die Tür erneut auf und eine andere Schwester als vorhin brachte ihm ein Schälchen mit einer Tablette. Auf Nachfrage bekam Barthel zur Auskunft, dass das eine Schmerztablette sei. Widerwillig nahm er diese mit einem Glas Wasser ein. Aber zugleich nutzte er die Gelegenheit, um nach einem Telefon zu fragen. Irgendwie musste er ja wieder nach Hause kommen.

Zuvorkommend meinte die Schwester, dass das überhaupt kein Problem darstellte. „Gleich hier im Zimmer haben Sie doch ein Telefon. Gerne können Sie das jederzeit benutzen, vorausgesetzt, Sie haben eine Prepaidkarte. Die gibt es allerdings nur an der Rezeption oder bei einem Automaten im Eingangsbereich des Krankenhauses."

Barthel entgegnete ihr, dass er hier nicht einziehen, sondern vielmehr abreisen wollte, und diesbezüglich bräuchte er wirklich nur ein einziges, kurzes Telefonat. Scheinheilig und mit einem Lächeln im Gesicht meinte er: „Lieber möchte ich Sie auf einen Kaffee einladen, als den Krankenhausbetreibern das Geld in den Rachen zu schmeißen."

Und tatsächlich, es half. „Sie brauchen das nicht zu machen, wenn Sie es nicht wollen", antwortete die Schwester, aber ihr Handy mochte sie ihm trotzdem nicht geben. „Folgen Sie mir!", bat sie stattdessen.

Barthel bedankte sich und schlich hinterher. Ausnahmsweise durfte er beim Stationsempfang kurz das Telefon benutzen, da er dort eh die Entlassungspapiere und das Rezept abholen musste. Auf dem Gang entdeckte er auch zum ersten Mal, seit er hier war, eine Uhr und erschrak: Es war mittlerweile fast halb zehn am Vormittag. Schlagartig wurde Barthel nervös. Mit etwas Glück wäre er um halb elf zu Hause. Und erst nachdem er sich geduscht und umgezogen hatte, wollte er Kotte vor die Augen treten und berichten.

Sobald er das Telefon in der Hand hatte, wählte Barthel die einzig plausible Nummer, die ihm einfiel: Marlies Michel. Sie würde ihn ganz sicher nicht im Stich lassen, und sie müsste um diese Zeit zu Hause sein. Nach dem vierten Klingeln ging sie endlich ans Telefon.

Barthel fiel ein Stein vom Herzen. „Hallo Marlies! Könntest du mich bitte im Krankenhaus abholen?!“ Barthel drehte sich beim Sprechen weg.

„Ach du meine Güte! Was ist passiert?“, fragte Michel besorgt.

„Mir geht es gut. Ich hatte einen kleinen Unfall mit dem Moped“, antwortete Barthel. Er wollte ihr die Details am Telefon ersparen.

„Na ja! So klein kann er nicht gewesen sein, wenn du im Krankenhaus bist!“, reagierte sie.

Die Schwester stand gestresst neben Barthel. Der spielte mit dem Telefonkabel. „Könntest du mich jetzt gleich abholen? Ich kann nicht mehr länger sprechen, und mein Handy ist kaputt.“

„Ich bin schon unterwegs. Lauf nicht weg“, sagte sie eilig.

„Sehr witzig. Tausend Dank!“

18

Kaum war Barthel vorm Krankenhaus, da kam auch schon die Haushälterin mit ihrem kleinen roten Fiat 500 angebraust. Sie musste tatsächlich alles stehen und liegen gelassen haben. Auf der Fahrt nach Hause sollte Barthel alles haargenau berichten. Bei dieser Gelegenheit stellte er wieder einmal fest, dass Michels Fahrkünste seine bei Weitem überstiegen, obschon er ihr Auto immer belächelt hatte. Für ihn war das kein Auto, sondern ein fahrender Schuhkarton.

Zum Glück wirkte allmählich die Schmerztablette, und Barthel konnte einigermaßen atmen. Um das Rezept einlösen zu können, machten sie einen Zwischenstopp bei der Apotheke in Lohmen. Nur zur Sicherheit kaufte er auch freiverkäufliche Schmerzmittel. Anschließend ging es weiter nach Mihlsdorf. Barthel wollte sich duschen, umziehen und endlich mit der Arbeit beginnen. Außerdem brauchte er ein Handy. Zum Glück hatte er noch ein paar ausrangierte Exemplare in einem Schuhkarton rumliegen und pickte sich eins raus. Hauers Handy befand sich glücklicherweise unversehrt in Barthels Dienstjacke, die er zu Hause gelassen hatte.

Auf seinem Schreibtisch fand er eine Notiz von Michel: „Bitte bei Mielte melden“. Jetzt dämmerte es ihm wieder: Er sollte ja gestern Abend bei diesem vorbeischauen.

Eilig ging Barthel in die Nachbarwohnung und fragte Michel, was es mit der Notiz auf sich hatte. Sie meinte, dass Mielte gestern gegen halb neun angerufen und nach Barthel verlangt habe. Dabei habe er nicht verraten, um was es ging, aber er habe sehr nervös geklungen. Barthel entschied, sofort hinzufahren. Und er musste sich zwar des Stolzes wegen etwas überwinden, aber er fragte Michel, ob er dazu ihr Auto haben könnte.

„Nur unter einer Bedingung“, insistierte sie. „Geh bitte liebevoll damit um!“

Sie gab ihm die Schlüssel und Barthel versprach, vorsichtig zu sein. Per Funk entriegelte er das Auto und wollte sich einfach hineinfallen lassen. Doch er musste feststellen, dass der Fahrersitz viel zu weit vorne eingestellt war. Dumpfe Schmerzen begleiteten ihn, während er den Sitz nach hinten rutschte. Danach konnte er endlich das Auto starten und losfahren. Ein bisschen peinlich war ihm das Gefährt schon. Aber er hatte keine andere Wahl, und so versuchte er, dankbar zu sein. Ob sein Moped noch am Unfallort lag, wusste er nicht. Doch gleich nach dem Besuch bei Mielte wollte er sich darum kümmern. Allerspätestens, wenn er bei Kotte war.

Barthel hielt in der Hofeinfahrt von Mielte vorm verschlossenen, gusseisernen Tor. Sein Auto stand auf dem Hof. Nichts Ungewöhnliches für einen Rentner an einem Mittwochvormittag. Barthel kletterte stöhnend aus dem für ihn viel zu engen Auto aus und klingelte an der Hoftür. Die Zeit verstrich. Also klingelte er noch mal. Wieder passierte nichts. Allmählich wurde Barthel ungeduldig. Im Haus war keine Regung festzustellen. Er blickte sich um, und als er niemanden entdeckte, den er fragen könnte, fasste er den Entschluss, der Sache auf den Grund zu gehen. Vielleicht war Mielte hinterm Haus und hörte die Klingel nicht. Barthel drückte den massiven Türgriff des Hoftores nach unten und lief auf das Grundstück. Sein erster Weg führte ihn zu Mieltes Auto. Es war nicht verriegelt. Nichts unbedingt Seltsames! Schäden konnte er auch nicht entdecken.

Als Nächstes war das Haus dran. Je näher Barthel der Haustür kam, desto mehr stach ihm ein Detail ins Auge, welches er vom Tor aus nicht hatte sehen können. Der Schlüssel steckte noch! Er schätzte Mielte als einen überaus sicherheitsbewussten Menschen ein, dennoch hatte jeder auf seinem eigenen Grundstück andere Gepflogenheiten. Vielmehr war es für Barthel ein Zeichen dafür, dass Mielte jede Sekunde wieder auftauchen würde. Wer sonst ließ seinen Schlüssel im Schloss stecken – und die Tür zudem noch angelehnt? Das bemerkte Barthel, als er gegen das dunkle Holz klopfte.

Doch nichts tat sich. Entschlossen öffnete Barthel die Tür ein Stück und machte sich durch einen Laut erkennbar. Aber eine Antwort kam noch immer keine.

Nun wollte Barthel hinten zur Garage schauen und war schon im Begriff, die Tür zuzuziehen, da hörte er plötzlich doch ein Geräusch im Haus. Eine Art Rascheln. Langsam schlich Barthel hinein. Orangefarbene Butzenscheiben in den Türen verströmten ein angenehm warmes Licht im Inneren des Hauses.

Links im Flur führte eine halbgewendelte Treppe in den ersten Stock. Einen Keller schien es auf den ersten Blick nicht zu geben. Unmittelbar rechts vor Barthel stand eine Tür leicht offen. Da hörte er wieder das Geräusch. Es hörte sich so an, als ob jemand in einem Haufen Papiere kramte und etwas suchte.

Barthel hielt die Luft an und schlich weiter. Mit dem Rücken zur Wand stand er direkt neben der angelehnten Tür und wartete ab. Auf der gegenüberliegenden Raumseite zeichnete sich durch die Sonne eine Schattenbewegung ab. Jemand schien sich zu bücken. Barthel hatte keine Zeit, über Eventualitäten nachzudenken. Er entschied sich dafür, die Chance zu nutzen. Erst jetzt griff er sich an die Hüfte und zog langsam und leise seine Dienstwaffe.

Der Schatten richtete sich wieder auf. Barthel hatte zu lang gewartet. Trotz Adrenalin und Schmerztablette zwickte seine Brust. Durch die Aufregung atmete er zu schnell, aber er bemühte sich, regungslos zu bleiben. Da bückte sich der Schatten abermals. Barthel wollte nicht länger warten und stieß die Tür auf. Die Butzenscheibe wackelte heftig, aber blieb heil. „Polizei, Hände hoch!“ Mit gezogener Waffe stürmte er in den Raum.

Er befand sich in der Küche. Von einem Dieb war keine Spur zu sehen.

„Hände hoch, Hände hoch“, hörte Barthel es da krächzen und zuckte zusammen, ehe er nachschaute, woher das kam. Erleichtert musste Barthel kurz auflachen, was sein Körper sofort mit einem starken Stechen quittierte. Zwei Graupapageien auf dem Küchentisch pickten in einer Schüssel mit Obst herum, oder was davon noch übrig war. Unter ihnen war eine ausgebreitete Zeitung. Es war nun klar, dass die Vögel mit ihren Krallen die Geräusche verursacht hatten.

„Guten Appetit“, sagte Barthel, und steckte die Pistole weg, während sich die Papageien an einer Mandarine zu schaffen machten.

„Danke“, plapperte der größere Vogel, als ob er Barthel verstanden hätte. Barthel verkniff sich ein Lachen, und nutzte die Gelegenheit, um sich in Ruhe umzusehen. Es sah alles danach aus, dass hier jemand während des Essens gestört worden war, denn es war noch nichts abgeräumt. In einer Pfanne auf dem Herd erkannte er noch Reste eines Pilzragouts. Die Brotschneidemaschine stand auf einer Arbeitsplatte nebst geöffneter Butterdose. Zwei schlichte, blaulackierte Stühle standen zurückgeschoben am Küchentisch.

Barthel ging zum Herd und befühlte die Bratpfanne. Sie war kalt. Er hatte genug gesehen.

„Tschüssi“, krächzte der kleinere Papagei, als Barthel aus der Küche ging. Schmunzelnd machte er sich weiter auf die Suche nach Mielte. Doch er musste feststellen, dass dieser sich nicht im Haus befand. Damit war sein nächstes Ziel nun doch die Garage hinterm Haus.

Entlang einer über zwei Meter hohen Thuja-Hecke lief Barthel in einen Hinterhof und fand auf Anhieb die Garage. Ein mit Asbest-Wellplatten abgedeckter, langgezogener Flachbau lag im Schatten vom Wohnhaus. ‚Gut vor neugierigen Blicken geschützt', dachte sich Barthel. Denn hinter der Garage gab es nur noch weites Feld, abgegrenzt durch einen Zaun.

Barthel stand vor einem alten, breiten Schwingtor aus Stahlblech. Ihm graute es davor, das schwere Tor unter Schmerzen mit Schwung nach oben zu wuchten. Aber er hatte keine Wahl. Also umfasste er den mittig positionierten Griff und drehte ihn – was überraschenderweise leichter ging, als gedacht. Einzig das Tor quietschte ohrenbetäubend.

Sofort drang Barthel ein merkwürdiger Geruch in die Nase, Verwesung war es aber definitiv nicht. Mit einem mulmigen Gefühl schritt er langsam hinein. Jetzt sah er auch, warum das Tor so gequietscht hatte: Die Zugfedern waren stark verrostet. ‚Etwas Schmierfett würde helfen', dachte sich Barthel. Seine Augen gewöhnten sich an das vorherrschende knappe Licht. Der Geruch blieb penetrant. Weil er zwar eine Glühbirne an der Decke, aber keinen Lichtschalter entdeckte, musste Barthel das Tageslicht ausreichen. Zum Glück gab es neben dem geöffneten Tor auch ein Seitenfenster.

Barthel fand sofort, dass der Raum insgesamt kleiner wirkte, als man von außen vermuten würde. Der Einrichtung nach handelte es sich um eine klassische Werkstatt. Aber auch ein paar Gartengeräte befanden sich neben den Werkzeugen. Ein Auto würde der Länge nach gerade so noch reinpassen. Eine breite und bis fast an die Decke reichende Werkbank inklusive Rückwand befand sich an der Stirnseite. Sie wurde von einem Felgenbaumwagen mit Winterreifen auf der einen Seite und einem schweren, aber rollbaren Kompressor auf der anderen Seite eingerahmt. Mielte hatte jeden verfügbaren Zentimeter sinnvoll ausgenutzt. Dicke Holzbohlen verdeckten eine Montagegrube. Nichts erweckte bei Barthel Skepsis, alles wirkte hier gut gepflegt. Nur fragte er sich ernstlich, wo der Geruch herkam und wo sich Mielte hier aufhalten sollte.

Eine Möglichkeit sah Barthel in dem Schacht. Doch warum sollte sich Mielte darin verstecken? Oder hatte hier ein Verbrechen stattgefunden? Um Gewissheit zu haben, fackelte Barthel nicht lange, griff sich ein Brecheisen aus der Werkbank und stemmte eine Holzbohle hoch. Unter großer Anstrengung zerrte er das unhandliche Holz zur Seite. Ein widerlich süßlicher Geruch wehte ihm entgegen. Hastig stemmte er noch eine weitere Holzbohle hoch. Eine klapprige Metalltreppe kam zum Vorschein, die nach unten führte. Schnell holte Barthel seine Taschenlampe hervor, schaltete sie ein und kniete sich hin. Deutlich konnte er den vom Öl geschwärzten Boden erkennen. Ein paar Spinnenfäden klebten an der Unterseite der Bohlen. Und er entdeckte auch, was Grund für den Geruch war: Eine tote Ratte lag am anderen Ende der Grube. Erleichtert drückte sich Barthel, die Zähne zusammenbeißend, wieder hoch. ‚Wie konnte Mielte das hier nur in diesem Gestank aushalten?', wunderte er sich.

Wo steckte Mielte nur? Vielleicht war er einfach nur kurz zum Nachbarn gegangen, um sich was zu borgen. Jetzt aber brauchte Barthel erst mal frische Luft und er lief schnellen Schrittes zurück ins Freie. Beim Durchatmen hatte er genug Zeit, die Garage mit etwas Abstand von außen zu betrachten. Barthel wurde das Gefühl nicht los, dass irgendetwas mit dem Gebäude nicht stimmte. Es wirkte von außen deutlich länger als von innen. Irgendwas musste sich noch darin befinden, irgendein abgeteilter Bereich. Barthel überprüfte die Außenwände, schaute dabei akribisch auf größere

Risse oder verdächtige Einbuchtungen, welche Hinweise auf einen Zweiteingang liefern könnten. Aber da war einfach nichts. Also musste der Schlüssel zum Geheimnis im Inneren verborgen sein.

Die Hände in die Hüfte gestemmt, stand Barthel im Garagentor und dachte nach. Oben und unten ging es nicht weiter, links und rechts auch nicht, also blieb nur die Wand mit der Werkbank übrig. Barthel ging auf sie zu und wollte durch Klopfen herausfinden, ob sich ein Hohlraum dahinter befand. Die obere Hälfte der massiven Rückwand bot durch eine durchgehende Platte, an der diverse Werkzeuge hingen, dafür keine Gelegenheit. Also untersuchte er den unteren Teil. Zwischen zwei Schubladen fand er etwas Platz. Schmerzerfüllt kauerte er sich hin und krabbelte so gut es ging in die Lücke. Er ertastete eine Wand und klopfte dagegen – Es klang hohl. Aber wo war nur der Eingang? Sollte sich Mielte regelmäßig durch ein Loch zwängen? Das konnte sich Barthel partout nicht vorstellen.

Nachdem er sich aufgerichtet und sich den Dreck von seiner Hose geklopft hatte, zückte Barthel erneut seine Taschenlampe. Damit wollte er in die Löcher der perforierten Rückwand leuchten, um einen Zugang auszumachen, doch vergebens. Anschließend nahm er sich jede Schublade vor, riss sie weit auf und leuchtete hinein. Nichts. Frustriert lehnte er sich an die Werkbank und verschnaufte. Seine Verletzung machte ihm doch mehr zu schaffen als erwartet, auch wenn er sich das nicht eingestehen wollte. Bei dieser Gelegenheit wunderte sich Barthel, dass bisher sein Handy noch gar nicht geklingelt hatte. Und ihm fiel wieder ein, dass er Kotte wegen der gestrigen Sache im Bordell unbedingt anrufen musste. Wie er das Handy aus der Jacke holen wollte, fiel ihm die Taschenlampe aus der Hand. Barthel beugte sich hinunter, um sie aufzuheben. Dabei sah er, wie der Lichtstrahl auf eine kleine, feste

Schwerlastrolle traf, die parallel zur Wand stand. Barthel konnte es kaum glauben und griff sich die Lampe. Da waren noch mehr kleine Rollen.

„Mielte, Mielte“, raunte Barthel beeindruckt. Der Rentner war raffiniert. Fast perfekt hatte dieser doch die Rollen mit einem farblich an die Werkbank angepassten Brett verblendet.

Entschlossen versuchte Barthel, die Werkbank zu verschieben. Tatsächlich bewegte sie sich. Leidend wuchtete er den Kompressor vor und rollte den Felgenbaumwagen weg. Jetzt stand die Werkbank frei. Barthel war nicht mehr zu bremsen, und gab erst auf, als eine Tür auftauchte, wo gerade noch die Werkbank gestanden hatte. Langsam aber sicher zeichnete sich eine Tür ab. Sein Ziel war zum Greifen nah. Nur noch ein paar Zentimeter, die würde er auch noch meistern. Sichtlich erleichtert, wischte er sich den Schweiß von der Stirn, als er es geschafft hatte. Doch jetzt musste er erst mal verschnaufen. Aber da war sie also: Eine schnörkellose Metalltür, die sogar einen Spaltbreit geöffnet war. Weil sich der Türgriff links befand, konnte Barthel nicht erkennen, was sich hinter der Tür verbarg. Der säuerliche Gestank jedoch wurde intensiver.

Vorsichtig drückte Barthel, stückchenweise und mit gezückter Taschenlampe, die Tür auf, als er wieder einigermaßen atmen konnte. Wider Erwarten konnte er ein zartes Licht hinter der Tür leuchten sehen. Barthel rüttelte heftig an der Klinke, als er einen Widerstand spürte, stemmte die Tür immer weiter auf und zwängte sich dann hindurch. Eng war es in der Kammer dahinter, auch ohne das Chaos auf dem Boden. Platinen, Antennen und kiloweise elektronisches Zubehör kullerten umher. Vergilbte Computerbildschirme, altmodische Diktiergeräte, aber auch diverse Lederkoffer standen in den Fächern eines Schwerlastregals. Die Gerüchte um

Mielte ergaben einen Sinn, als er die Taschenlampe auf den Boden richtete. Zwischen und auf den Elektro-Bauteilen klebte überall Erbrochenes. Das war also der Grund, warum es in der Garage so stank.

Am Ende des schmalen Gangs saß an einem Schreibtisch eine Person, die in sich zusammengesackt war, die Arme hingen schlaff herab. Barthel erschrak. An der altbackenen Kleidung erkannte er, dass das nur Mielte sein konnte. Endlich hatte er ihn gefunden.

„Geht es Ihnen gut, Herr Mielte?“, rief er und ging vorsichtig näher. Aber die Person regte sich nicht. Am Rand des Tisches entdeckte Barthel einen Teller mit Resten eines Pilzragouts samt einer leeren Flasche Schwarzbier. Er berührte Mielte leicht an der Schulter. Plötzlich kippte dieser nach vorne auf einen Stapel Papiere. Aufgeschreckt stieß Barthel einen schrillen Schrei aus. Doch er besann sich sofort und suchte bei Mielte nach dem Puls – vergeblich. Jetzt gab es also neben dem vermissten Hauer auch einen Toten. Unglaublich. Dabei hatte gerade Mielte möglicherweise wichtige Informationen über den Verbleib von Hauer gehabt. War das alles Zufall? Gab es einen Zusammenhang? Oder war das nur ein tragischer Umstand und Mielte hatte sich selbst mit seinem Ragout vergiftet? Pilzvergiftungen waren trotz zunehmender Aufklärung noch immer eine häufige Todesursache.

Trotzdem wollte Barthel nichts übersehen, auch wenn ihm das Erbrochene und der Teller Pilze immer eindeutiger nach einer simplen Pilzvergiftung aussahen. Wer würde von Mieltes Tod profitieren? Wolf! Das Unglück musste nach Barthels Besuch in Dresden passiert sein. Und bei Rosalie Hauer wurden auch Dinge entwendet, die mit Wolf in einem Zusammenhang stehen könnten. Barthels Vernunft sagte ihm, dass er nun seine Kollegen von der Mordkommission alarmieren sollte. Aber in ihm wuchs auch die

Hoffnung, dass Mielte noch irgendetwas für ihn persönlich hinterlegt hatte, und allem Anschein nach war das hier sein Versteck. Ein Hinweis würde Barthel schon reichen, aber den wollte er noch finden, ehe andere hier herumpfuschten. Warum sollte Mielte sich sonst im Vertrauen an ihn gewendet haben?

Barthel drehte sich einmal um die eigene Achse. Etwas in diesem Chaos zu finden, verhielt sich so, wie die berühmte Nadel im Heuhaufen aufzuspüren. Die Botschaft musste subtil sein, denn Barthel konnte sich nur schwer vorstellen, dass Mielte ihn mit irgendeiner technischen Spielerei hatte überraschen wollen. Oder aber der alte Stasi-Spitzel hatte eine Antenne unten bei der Lochmühle oder gar beim Denkmal versteckt und hörte heimlich Gespräche mit. Falls dem so wäre, müsste es eine Kassette mit dem Mitschnitt oder irgendwelche Niederschriften geben. Lag Mieltes Kopf nicht auf einem Stapel Papiere?

Schnell wollte Barthel Gewissheit. Flink fischte er aus seiner Dienstjacke ein paar Taschentücher heraus – Handschuhe oder dergleichen hatte er nie dabei – bisher gab es hier in Mihlsdorf auch noch keinen Anlass dazu. Sicherlich wäre es künftig nicht schlecht, sich welche zuzulegen.

Vorsichtig hob Barthel Mieltes Kopf hoch. Ein Speichelfaden zog sich in die Länge. Den Ekel ignorierend, versuchte Barthel, irgendetwas auf dem sich darunter befindlichen Papier zu erkennen – was nur schwer möglich war. Durch eine gelbgrüne Lake Erbrochenes bildete er sich lediglich ein, ein paar Wörter schimmern zu sehen. Folglich musste er näher ran und er beugte sich hinunter. Er hielt den Kopf des Rentners tapfer fest, obwohl dieser mit der Zeit immer schwerer wurde. Beiläufig hatte Barthel nach links geschaut – direkt in den offenen Mund von Mielte. Übler Mundgeruch entwich dem Toten, seine Brille war schief, die Augen starrten nach oben. Barthel war zwar kein Arzt oder Pathologe, aber er könnte sich einbilden, dass Mieltes Haut gerötet und seine Lippen blau verfärbt waren. Das würde für eine Pilzvergiftung sprechen. Barthel war sehr auf den Bericht des Gerichtsmediziners gespannt, wenn er ihn denn je zu Gesicht bekäme. Indes fragte er sich, was Mielte davon abgehalten hatte, nicht einfach nach draußen zu gehen und den Notarzt zu verständigen.

Angestrengt dachte Barthel nach; hatte er nicht eben die Werkbank von sperrigem Unrat befreit, der links und rechts danebengestanden, sie quasi eingekeilt hatte? Mielte musste eingesperrt worden sein – und krepierte jämmerlich, weil niemand, hier am anderen Ende des Dorfes, seine immer schwächer werdenden Hilferufe durch das geschlossene Garagentor hatte hören können. Vielleicht hatte Mielte bloß arglos mit seinem Abendbrot zur täglichen Auswertung seiner Abhörstationen in sein Versteck gehen und auf Barthel warten wollen. Stattdessen war ihm jemand gefolgt und hatte ihn hinterlistig eingesperrt, wohlwissend, dass das Gift sein Übriges tun würde.

Je mehr Barthel darüber nachdachte, desto mehr fühlte er sich bestätigt. Doch stellte er sich nun die Frage, ob Mielte seinen Mörder gekannt hatte. Wie auch sonst käme dieser überaus vorsichtige Mensch in den Besitz von Giftpilzen? Sie mussten ihm gezielt untergemogelt worden sein. Und viele Menschen, denen Mielte vertraute oder mit denen er Umgang pflegte, gab es vermutlich nicht. Eine Liste mit Verdächtigen war bestimmt schnell erstellt.

Ruckartig besann Barthel sich wieder und blickte auf das direkt vor ihm liegende Schriftstück. Was er jetzt zumindest erkennen konnte, waren irgendwelche Zahlen. Durch das einheitliche und wiederkehrende Muster schloss Barthel daraus, dass es eine Art

Tabelle sein musste. Was es genau beinhalten oder darstellen sollte, war für Barthel unklar. Dazu hätte er die Notiz erst mal in unversehrtem Zustand sichten müssen. Doch hatte er noch die Hoffnung, in dem Fragment einen brauchbaren Namen, eine Art Muster oder, besser noch, eine Chronologie zu finden. Und bestimmt gab es mit etwas Glück auch eine Aufzeichnung vom Sonntag. Er musste nur herausfinden, wo! Vielleicht in dem Stapel, der von dem Erbrochenem durchtränkt war.

Bisher hatte Barthel noch keine Möglichkeit gefunden, wie er an die Papiere kommen sollte, ohne den Leichnam erneut zu berühren. Auch wenn es ihm widerstrebte, griff er also mit der linken Hand erneut in die von Schweiß verklebten Haare und hielt den Kopf daran fest. So ergab sich eine Chance, mit der anderen Hand in den Papieren zu blättern. Barthel zog mit den Fingerspitzen den oberen, malträtierten Packen zur Seite. Tatsächlich waren die unteren Zettel noch nicht durchweicht und wurden mit jedem Blättern leserlicher. Glücklicherweise hatte Mielte die Papiere chronologisch gestapelt. Nun konnte Barthel auf den Dokumenten oben links ein Datum und eine fortlaufende Seitenzahl erkennen, außerdem einen Namen und die Uhrzeit. Unmittelbar darunter stand, was Inhalt des Gespräches war. Wieder einmal hatte Barthel mit seiner Vermutung, nämlich von der Abhörstation, goldrichtig gelegen. Davon angetrieben blätterte er rasch zum Sonntag, da hörte er plötzlich jemanden rufen: „Vati! Bist du hier?“

Ausgerechnet jetzt! Das Rufen wiederholte sich und klang schon deutlich näher. Es war eindeutig einer Frau zuzuordnen. Seine Frau hatte sich von ihm scheiden lassen und zog weg. Barthel wusste von früher, dass Mielte eine Tochter hatte. Vielleicht war sie es. Damals war sie immer so unnahbar gewesen. Aber das spielte jetzt keine Rolle. Wenn sie ihren Vater hier so sehen würde, bekäme sie den Schock ihres Lebens. Sicherlich wusste sie auch von seinem Versteck in der Garage. Nur kam Barthel nicht so schnell voran, wie er gerne wollte – zumal er gerade einarmig agierte. Zu seinem Pech gab es leider mehrere Blätter vom Sonntag, mit vielen Einträgen – Mielte war sehr akribisch gewesen. Da hörte er sie auch schon in der Garage rufen: „Was riecht hier so eklig?"

Barthel konnte gerade noch einen Namen auf dem Papier aufschnappen, dann sprang er auf.

19

Barthel konnte die junge Frau rechtzeitig aufhalten, bevor sie die Metalltür zur geheimen Kammer erreichte. Wie ein Baum stand er in der Tür und versperrte den Eingang.

„Tut mir leid, aber ich kann Sie hier nicht reinlassen!", sagte Barthel hastig.

„Wieso nicht?", fragte sie forsch.

„Wer sind Sie, wenn ich fragen darf?", wollte er wissen. „Ich wüsste zwar nicht, was Sie das angeht, aber ich bin seine Tochter Lisa", antwortete sie trotzig und schickte sich an, an Barthel vorbeizudrängen.

Der erkannte sein Gegenüber nicht wieder! Entschieden streckte er seinen Arm in ihre Richtung aus. „So sehr ich es bedaure, aber das hier ist ein Tatort, und Sie stehen eigentlich schon mittendrin." Stets graute es ihm vor solchen Gesprächen, zum Glück musste er diese nicht sehr oft führen – in Mihlsdorf bisher noch nie. Aber er musste hart zu sich selbst sein. Niemandem wäre geholfen, wenn er mitweinte.

„Was soll das heißen?" Lisa Mielte wurde bleich im Gesicht.

Barthel bereitete sich darauf vor, sie gleich aufzufangen. „Ihr Vater ist tot."

Sie wollte es nicht wahrhaben und kam auf Barthel zu. „Ich will ihn sehen!".

„Das geht leider nicht." Barthel hielt sie auf und lotste sie geschickt nach draußen. Da sackte sie auch schon in sich zusammen und begann jämmerlich zu schluchzen. „Ich glaub das nicht."

Barthel biss die Zähne zusammen. Nicht zwingend aus Mitleid, sondern weil sie auf seinen Brustkorb drückte. Das Atmen fiel ihm schwer. So standen sie wortlos eine Weile da. Nur die Vögel auf den Bäumen zwitscherten friedlich, als wäre nichts passiert.

Dann packte Barthel sie an den Schultern und sagte: „Auch wenn Ihnen das alles in der momentanen Situation schwerfallen mag, so bitte ich Sie trotzdem darum, mir kurz zuzuhören. Ich ermittle gerade in einer anderen Sache und werde meine Kollegen gleich verständigen, die dann den Fall übernehmen. Aber es wäre für mich überaus hilfreich, wenn Sie mir jetzt ein paar Fragen beantworten könnten. Möglicherweise gibt es einen Zusammenhang zwischen beiden Fällen!", erzählte er der trauernden jungen Frau. Barthel konnte wieder einigermaßen schmerzfrei atmen und wollte ihr reinen Wein einschenken.

Sie strich sich die Tränen weg, und schnäuzte in ein Taschentuch. Barthel glaubte schon, dass nichts von seinen Worten bei ihr angekommen sei, als sie sagte: „Gut. Ich versuch' es. Was wollen Sie wissen?"

„Vielen Dank. Wann haben Sie Ihren Vater zuletzt gesehen?", fing Barthel mit der Standardfrage an.

„Gestern. Ich komme mittags immer bei ihm vorbei. Wir essen dann zusammen. Damit er nicht so alleine ist", sagte sie mit zitternder Stimme.

„Ist Ihnen irgendetwas an ihm aufgefallen?“

„Nein. Eigentlich nichts Besonderes. Wie gewöhnlich hielt er auch beim Essen Ausschau. Er sah in jedem Menschen einen potenziellen Verdächtigen. Ich habe mich oft gefragt, ob er sich auf einen Menschen wirklich einlassen konnte. Das war wahrscheinlich auch der Grund, warum er immer noch alleine lebt.“ Sie machte eine kurze Pause. „– Lebte. Aber wenn ich so darüber nachdenke: Mein Vater war etwas angespannter als sonst … Und das eigentlich auch schon ab Montag.“

Was Barthel da hörte, klang plausibel, denn seit Sonntag war auch Hauer verschwunden. Wenn beide sich nur jeweils zur Mittagszeit trafen, war zwangsläufig Montag der Tag, an dem Lisa ihren Vater das nächste Mal gesehen hatte.

„Wie hat sich das geäußert?“, wollte Barthel wissen.

„Schwer zu beschreiben. Er stand öfter als sonst am Küchenfenster und schaute rüber zum Wanderparkplatz. Sie müssen wissen, nur von einem gewissen Winkel aus konnte man den gut erkennen …“

„Könnten Sie mir das bitte kurz zeigen?“, fiel Barthel ihr ins Wort.

„Kommen Sie bitte mit!“ Lisa Mielte drehte sich um und lief bedächtig, oder eher kraftlos, die Einfahrt entlang zur Haustür.

Während Barthel ihr folgte, rief er im Polizeirevier an, um den Vorfall zu melden. Am Telefon wurde ihm gesagt, dass der zuständige Kollege gerade nicht verfügbar sei, doch die Angelegenheit würde weitergeleitet werden – Barthel sollte vor Ort bleiben, bis jemand anrücken konnte. Nun lief die Zeit ab, in der er selbst noch ein paar Hinweise erhaschen konnte.

Lisa Mielte ging direkt ins Haus, ohne sich umzudrehen. Wie sie wohl darüber dachte, dass die Haustür samt Schlüssel einen Spaltbreit offenstand, hätte Barthel interessiert, doch er fragte nicht nach. Vielleicht passierte das öfter bei ihrem Vater – obschon das für Barthel einem Widerspruch gleichkäme. Vielleicht lag dem ja eine alte Stasi-Weisheit zugrunde: Erzeug Vertrautheit und du kannst ungestört operieren und observieren.

Beide betraten die Küche. Die Graupapageien saßen jetzt auf einer Stange beim linken Fenster und knabberten noch etwas Obst. „Achtung! Polizei", krächzte der Größere, als er Barthel in seiner Uniform entdeckte. Er fand Gefallen an den Tieren. Wenn er sie nur irgendwie befragen könnte. Denn vermutlich waren die Vögel die Einzigen, die ihr Herrchen am Abend noch lebend gesehen hatten.

Lisa Mielte war am rechten Fenster zum Stehen gekommen und lehnte an der Arbeitsplatte. Mit einer Hand spielte sie sich vertieft an der Lippe herum.

„Bekam Ihr Vater außer Ihnen noch Besuch?" Barthel wandte sich ihr zu.

„Mein Vater ist …", stockte sie, und eine Träne lief ihr übers Gesicht. „Mein Vater war so ziemlich der einsamste Mensch, den ich kannte."

„Ich frage deshalb, weil ich glaube, dass Ihr Vater nicht alleine hier war", gab Barthel zu. Erst jetzt bemerkte er wieder, dass ein zweiter Stuhl eingedreht war. Hatte Mielte Besuch gehabt, welcher mit ihm am Tisch gesessen hatte? Oder hatte er bloß Barthel selbst erwartet?

Lisa Mielte schaute aus dem Fenster. Nach einer Weile sagte sie: „Kommen Sie her, das müssen Sie sehen. Wie heißen Sie eigentlich?".

Barthel setzte sich in Bewegung. „Verzeihung. Ich bin Polizeiobermeister August Barthel – Bürgerpolizist in Mihlsdorf und

Liebethal. Vielleicht kennen wir uns noch von früher, ich bin hier aufgewachsen." Vorsichtshalber zückte er auch den Dienstausweis, aber Lisa Mielte würdigte ihn nur eines kurzen Blickes. Nun stand Barthel neben ihr und schaute aus dem Fenster.

Leise rätselte sie vor sich hin, während sie ebenfalls rausschaute. „Barthel, Barthel ... Da war doch was ... Hatte Ihre Mutter nicht diesen schlimmen Unfall ...?"

„Ja!", sagte er wie aus der Pistole geschossen und würgte ihren Satz damit ab. „Nun, was wollten Sie mir zeigen?"

„Da vorne, rechts neben dem Haus. Sehen Sie den Parkplatz?" Sie deutete mit dem Finger hinaus.

Barthel folgte ihrem Verweis und sah zu seiner Verwunderung Hauers Auto. Wenn Mielte also von hier aus den Parkplatz überblicken konnte, wie passte das dann mit den Abhör-Aufzeichnungen zusammen? Und warum war er, laut seiner Tochter, seit Montag nervöser als sonst, wenn sich das Auto nicht bewegt hatte? Was hatte er nur gesehen?

Grübelnd ließ Barthel seinen Blick schweifen. Im Augenwinkel nahm er plötzlich eine Bewegung wahr. Sie stammte vom Haus direkt gegenüber. Dort wohnte doch Erika Meyer. Sie wuselte wild in ihrer Küche herum, denn wegen der vielen Quarkbällchen für das bevorstehende Dorffest hatte sie bestimmt alle Hände voll zu tun. Barthel fiel erst jetzt auf, dass er unmittelbar an ihrem Haus vorbeischauen musste, um den Parkplatz einzusehen. Wie er ihr so aus sicherer Entfernung bei der Arbeit zuschaute, kehrte eine heimelige Ruhe in ihm ein, bis er plötzlich Meyers Blick einfing, die ihm daraufhin zuwinkte. Die Schamesröte stieg Barthel ins Gesicht. Zwar winkte er zurück, aber drehte sich dann sofort ungelenk weg, wobei er versehentlich gegen die Stange der Papageien stieß und den kleineren Vogel zum Fallenlassen eines Stückchens Banane brachte. Barthel schickte sich an, es wieder aufzuheben. „Ey … Meins … Heinz!", krächzte dieser daraufhin.

„Heinz?", wiederholte Barthel, der sich langsam wieder aufgerichtet hatte. „Ihr Vater hieß doch aber Fritz?", fragte er Mieltes Tochter. Der Vogel schaute ihm direkt ins Gesicht und drehte ihm schließlich den Rücken zu.

„Sicherlich meint Margot den Heinz Rüttig", antwortete die junge Frau. Mit dem Finger tippte sie sich abermals auf den Mund. „Doch. Genau. Warum fiel mir das nicht gleich ein. Heinz kommt in ganz unregelmäßigen Abständen vorbei." Dann schluchzte sie wieder. „… kam …"

Also hatten ihm die Vögel doch tatsächlich weitergeholfen. Jetzt hatte Barthel einen neuen Namen.

„Der hiesige Jäger Heinz Rüttig ein paar Häuser weiter?", fragte er nach, da er sich nur schwer vorstellen konnte, dass die beiden Männer wieder Freunde waren. Das war sicherlich einmal so gewesen, vor langer Zeit, als beide sehr dicke miteinander gewesen waren. Aber wie der Zufall es so wollte, war nach der Wende herausgekommen, dass Mielte seinen Freund überwacht und Informationen weitergereicht hatte. Einmal sollte Rüttig ihm sogar mit seinem Jagdgewehr gedroht haben.

„Die beiden waren doch zerstritten, soviel ich weiß", fragte Barthel also irritiert.

„Viele dachten das. Aber Heinz und mein Vater hatten sich versöhnt. Wahrscheinlich das Alter!" Ein kurzes Lächeln huschte über ihr Gesicht. „Und da mein Vater alleine lebte, kam Heinz manchmal auf einen Plausch vorbei", sprach sie nachdenklich. „Meistens habe ich es von Erich oder Margot erfahren, dass Heinz da war." Und dann schaute sie Barthel verblüfft an. „Denken Sie etwa, er war gestern hier und hat etwas mit dem Mord an meinem Vater zu tun?"

„Ihr Gedanke ist gefährlich und nur mit äußerster Vorsicht zu genießen, Frau Mielte! Viel zu schnell sind falsche Rückschlüsse gezogen", antwortete Barthel entschieden. „Noch ist überhaupt nicht geklärt, ob es ein Tötungsdelikt oder bedauerlicherweise Eigenverschulden war. Warten Sie bitte ab, was meine Kollegen herausfinden werden. Aber wie vorhin schon gesagt, fällt das alles leider nicht mehr in meinen Zuständigkeitsbereich. Ich werde meine Kollegen von Ihrer eben erwähnten Beobachtung in Kenntnis setzen. Es kann sein, dass Sie diesbezüglich erneut danach befragt werden." Eindringlich schaute Barthel Frau Mielte in die Augen.

„Verstanden!", antwortete sie etwas zu pflichtbewusst. Aber irgendwie klang das nicht ernst gemeint. Barthel konnte sie beim besten Willen nicht richtig einschätzen. Würde sie etwas auf eigene Faust unternehmen? Vielleicht war sie auch gar nicht so unschuldig, wie sie vorgab und nichts anderes als eine ausgebuffte Schauspielerin. Was, wenn sie Barthel auf eine falsche Fährte locken wollte? Oft kam der Täter ja aus dem persönlichen Umfeld. Möglicherweise steckte Lisa Mielte mit Friedrich Hauer unter einer Decke, und ihr Vater war ihnen zufällig durch seine Lauschaktivitäten auf die Schliche gekommen … Sehr kühn gedacht! Aber freilich nicht unmöglich. Schließlich wusste Barthel nichts über die junge Frau, die vor ihm stand. Er musste kritisch bleiben! Durch ein paar Tränen und klimpernde Augen durfte man sich nicht ablenken lassen.

„Verzeihen Sie, aber ich muss das fragen: Wo waren Sie eigentlich gestern Abend?", versuchte Barthel so diskret wie möglich zu fragen.

„Ich?", stammelte sie.

„Ja", antwortete Barthel und versuchte, nicht genervt zu wirken.

Immer dieses Nachfragen! Als ob noch jemand hier im Raum stehen würde.

„Sie glauben doch wohl nicht ernsthaft, dass ich meinen Vater auf dem Gewissen habe!“ Ihr rollten wieder ein paar Tränen die Wange hinunter.

„Ich glaube an vieles. Also?“ So schnell konnte Barthel nun trotzdem nicht lockerlassen.

„Mir gefällt nicht, wie Sie mit mir reden. Und um Ihre Frage zu beantworten: Ich war alleine zu Hause und habe mir einen Film angeschaut“, reagierte Lisa Mielte gereizt.

„Kann das jemand bezeugen?“, bohrte er nach.

„Nein. Mein Mann ist als Fernfahrer gerade auf dem Weg nach Spanien, und unser Kind schlief auswärts bei einem Freund.“

„Frau Mielte, bitte nehmen Sie es mir nicht übel. Meine Kollegen werden weniger höflich fragen! Waren Sie alleine oder nicht?“, blieb Barthel hartnäckig. Insgeheim spekulierte er auf einen Liebhaber, aber das ging ihn natürlich nichts an.

„Ich kann mir doch niemanden herbeizaubern. Ja! Ich war alleine! Oder was wollen Sie hören?“, echauffierte sie sich.

„Ganz wie Sie wollen!“ Barthel war von ihrer Antwort nicht überzeugt, aber jetzt blockte sie. Vorerst würde er nicht weiterkommen. Vielleicht sagte sie ja auch die Wahrheit. Aber Misstrauen gehörte leider als Polizist zum Alltag dazu.

Und dann hörte Barthel auch schon die Martinshörner näherkommen. Doch er hatte ein paar neue Anhaltspunkte herausgefunden und wollte diesen ohnehin schnell nachgehen. So tragisch Mieltes Tod auch war, es war nicht mehr Barthels Baustelle. Seine Mission war es, herauszufinden, was mit Hauer geschehen war. Insgeheim war Barthel aber fest davon überzeugt, dass beide Fälle miteinander zusammenhingen.

20

Barthel lehnte in der Haustür und schaute den eintreffenden Autos der Kriminalpolizei und des Erkennungsdienstes bei der Platzsuche zu. Lisa Mielte stand hinter ihm.

„So viele Menschen“, stammelte sie beeindruckt.

„Was lief denn gestern Abend?“, fragte Barthel und versuchte, die Ablenkung für sich zu nutzen.

„Was meinen Sie?“, fragte sie.

„Welcher Film?“ Barthel reckte seinen Hals beiläufig und so weit es sein demolierter Brustkorb zuließ, um zu erkennen, wer hinterm Steuer des schwarzen Ford Focus saß.

„Ach das meinen Sie … Die neue Staffel von ‚Downtown Abbey‘. Ich kann von solchen geschichtlichen Sachen nicht genug bekommen“, antwortete sie leichtfertig.

„Gestreamt?“, wollte Barthel wissen.

„Was sonst?“, reagierte sie schnippisch.

„Das lässt sich leicht überprüfen …“ Barthel behielt das Auto fest im Blick. Da ging auch schon die Fahrertür auf. Ein stämmiger Mann mit kurzen blonden Haaren stieg schwerfällig aus. ‚Wieso schickten die ausgerechnet den?‘, fragte sich Barthel genervt. Die Probleme waren vorprogrammiert. Er machte sich auf alles gefasst und sollte nicht lange warten müssen.

„Wieso ist hier kein Absperrband zu sehen, Barthel!“, rief Hubert Probst großkotzig. Tapsig schritt er durch das gusseiserne Tor.

„Weil ich eben noch nicht dazu kam.“ Barthel hasste diese Gängeleien. Sicherlich sah das die Vorschrift so vor, doch waren sie auf dem Dorf und er war eh die ganze Zeit vor Ort geblieben.

„Was machst du denn überhaupt den lieben langen Tag?“, kam der nächste Schwinger von Probst. Barthel schaute ihm gereizt zu, wie er aus Gewohnheit in das in der Einfahrt geparkte Auto von Mielte blickte. Probst war einer derjenigen in der Kollegenschaft, welcher Barthel ständig auf dem Kieker hatte.

„In der Nase bohren natürlich!" Barthel hasste sich dafür, in das Niveau von Probst einzusteigen, und konnte doch nicht anders.

„Sonderlich viel hast du ja dabei nicht entdeckt." Probst kam zur Haustür geschlürft. „Wo ist der Tote?"

Da fing Lisa Mielte zu schluchzen an.

„Und Sie sind …?", legte Probst muffig nach.

„Ich bin seine Tochter", antwortete sie.

Betretenes Schweigen folgte.

„In der Garage hinterm Haus", ergriff Barthel das Wort und lief los.

„Na dann …", Probst trottete ihm hinterher und zischte zu den wartenden Kollegen des Erkennungsdienstes: „Geht gleich los."

Lisa Mielte blieb in der Haustür stehen. So richtig wusste sie nicht, etwas mit sich anzufangen. Schlussendlich setzte sie sich auf die Treppe.

„Ist es denn überhaupt Mord gewesen?", maulte Probst unterwegs.

„Nach bisheriger Einschätzung der Lage schon." Sachlicher konnte Barthel kaum sein.

„Na dann", brummte Probst.

Kaum waren sie in der Garage angelangt, hielt sich Probst die Armbeuge vor die Nase. „Was riecht hier so streng?"

„Da drinnen." Barthel deutete auf die Metalltür.

„Okay. Du kannst jetzt gerne wieder in der Nase bohren oder dich den dringenden Angelegenheiten aus deiner Seniorengruppe widmen", stänkerte Probst.

Barthel drehte sich daraufhin einfach um und ging. Dank der

Quatschtasche Probst würde es nicht mehr lange dauern, bis sich das ganze Revier fragte, was in Mihlsdorf los war. Bestimmt würde Kotte alsbald anrufen und sich in dem Zusammenhang auch nach dem Stand der Dinge bezüglich Hauer erkundigen. So schnell wie möglich wollte Barthel seinen Wissensvorsprung für sich nutzen und Rüttig einen Besuch abstatten. Der Jäger wohnte nur ein paar Häuser weiter. Kurz vorher würde er aber noch mal schnell nach Lisa Mielte sehen, da klingelte es plötzlich in seiner Jackentasche. Schon wieder ein Klingelton, den Barthel nicht zuordnen konnte. Hauers Handy konnte es nicht sein, denn er hatte ja den Ton ausgeschaltet. Als er das klingelnde Handy beäugte, fiel ihm sofort wieder ein, dass ja sein bisheriges Gerät bei dem gestrigen Unfall zerstört worden war. Zwar hatte er eben schon mit dem Ersatzgerät telefoniert, doch bis dato hatte ihn noch niemand angerufen.

Barthel las auf dem Bildschirm eine Pirnaer Nummer, die er nicht kannte. Während er sich von der jungen Mielte wegdrehte, nahm er das Gespräch an.

„Guten Tag, Herr Barthel. Die Stadtbibliothek Pirna hier. Sie haben gestern doch ein Buch aus dem Archiv bestellt. Leider konnten wir Sie am Nachmittag nicht mehr erreichen, um Ihnen eine bedauerliche Nachricht mitzuteilen. Denn das gewünschte Buch ist verschollen“, sagte eine freundliche Stimme am anderen Ende der Leitung.

„Was soll das heißen?“ Barthel brauchte eine Sekunde, um sich zu erinnern – fast hatte er das Buch schon vergessen.

„Das heißt, dass das Buch überall in unserer Bibliothek oder unserem Archiv sein könnte. Entweder wurde es fälschlicherweise unter einer anderen Signatur eingeräumt oder aber jemand trickste unser Buchungssystem aus und behielt das Buch“, sagte die weibliche Stimme am Telefon.

„Und was kann ich da jetzt machen?“, fragte Barthel ratlos.

„Sie können in erster Linie gar nichts machen, außer abzuwarten. Ich habe in Ihrem Benutzerkonto einen Vermerk hinterlegt. Wir würden uns melden, wenn das Buch gefunden wurde. Wäre das in Ihrem Sinne?“

„Es bleibt mir ja nichts anderes übrig …“, antwortete Barthel resigniert.

„Tut uns leid. Auf Wiedersehen“, sagte die Stimme mitfühlend.

Plötzlich hatte Barthel eine Idee. ‚Wieso die Dame nicht in die Ermittlung einweihen?‘ Schnell schrie er ins Telefon: „Halt! Warten Sie …“

„Ja?“, zögerte die Frau auf der anderen Leitung.

Barthel hatte Glück. „Zwei Sachen noch. Mit wem spreche ich überhaupt?“

„Entschuldigen Sie bitte. Natürlich. Ich heiße Richter“, sagte die Frau am Telefon.

„Danke. Und zweitens: Ich bin Polizist und ermittle gerade in einer dringenden Sache. Ich bräuchte Ihre Hilfe.“

„Aufregend! Was hat das mit der Stadtbibliothek zu tun?“ Sie klang neugierig.

„Frau Richter, ich habe eine Idee und eine kühne Hoffnung! Also. Ich denke, dass das Buch mit meinem Fall zu tun hat und mir neue Hinweise liefern könnte. Von daher muss ich es unbedingt finden. Ich könnte Sie sogar bei der Suche unterstützen, wenn Sie mir freundlicherweise verraten würden, wer das Buch als Letztes ausgeliehen hat.“ Barthel hielt die Luft an.

„Ich helfe gerne, wo ich kann. Aber Sie erwischen mich leider auf dem falschen Fuß. Ich arbeite noch nicht so lange hier und muss kurz nachfragen. Ich melde mich gleich wieder bei Ihnen“, bat sie Barthel um etwas Geduld.

Sie beendeten das Gespräch. Barthel stand da und betrachtete das Schauspiel um sich herum. Weil er die Gelegenheit verpasst hatte und Lisa Mielte inzwischen von anderen Menschen eingespannt worden war, entfernte er sich gedankenversunken durch das Hoftor hin zur Straße. Da klingelte sein Handy erneut. Freudig sah er, dass es dieselbe Nummer wie eben war und nahm das Gespräch an.

„Hallo Herr Barthel, Richter noch mal hier."

Er hörte gespannt zu.

„Es ist folgendermaßen: Wir würden Ihnen sehr gerne helfen." Sie machte eine Pause.

„... aber was?", vervollständigte Barthel ungeduldig ihren Satz.

„Aber wir dürfen das leider aus datenschutzrechtlichen Gründen nicht machen!", fiel ihre Antwort aus.

„Datenschutz? Ich kann Ihre Bedenken absolut nachvollziehen. Und Sie machen selbst für die Polizei keine Ausnahme?", fragte Barthel lieb.

„Wir geben die Daten beispielsweise nur dann raus, wenn es sich um einen Sachverhalt in direktem Zusammenhang mit der Bibliothek handelt, wie bei einem Diebstahl eines Buchs, den wir zur Anzeige bringen. Mir sind leider die Hände gebunden." Frau Richter ließ anscheinend nicht mit sich reden.

„Das ist ja mal typisch: Wenn ein Buch geklaut wird, dann rufen Sie die Polizei. Aber wenn es darum geht, eine Straftat aufzudecken, berufen Sie sich auf den Datenschutz! Vielen Dank dafür!" Aufgebracht beendete er das Gespräch. Über so viel Engstirnigkeit konnte er nur den Kopf schütteln. Was nun? Das Buch gäbe es sicherlich auch in anderen Bibliotheken, nur bräuchte er für die Recherche etwas Zeit, die er gerade nicht hatte. Trotzdem merkwürdig, dass das Werk gerade jetzt aus dem Magazin verschwunden war. Eigentlich müsste es Barthel nicht weiter wundern, denn in letzter Zeit passierten viele komische Sachen. Und er sah ein, es wäre schon sehr offensichtlich, wenn jemand ein Buch bewusst verschwinden ließe, welches er genauso gut unauffällig ausleihen konnte.

Das Auto von Marlies Michel ließ Barthel in der Einfahrt der Mieltes stehen, denn er wollte zu Fuß die paar Häuser bis zu Rüttig gehen. Plötzlich klingelte sein Handy zum wiederholten Male. Barthel hoffte insgeheim, dass es die Bibliothek sei und es doch noch eine Lösung gäbe. Flink fischte er das Telefon aus seiner Jackentasche und zuckte zusammen. Es war Kotte! Mit einem unguten Gefühl ging er ran.

„Grüß dich August. Mir kam da grad etwas zu Ohren …", fragte ihn sein Vorgesetzter. Barthel hatte förmlich nur auf diesen Anruf gewartet.

„Hallo Andreas! Ja, hier gehen merkwürdige Dinge vor sich, aber ich bin dran!" Während des Telefonats schaute Barthel in der Gegend umher, ohne irgendetwas wirklich zu fixieren.

„Was meinst du?", fragte Kotte zu seinem Erstaunen verwundert.

„Ich meine die Sache mit Mielte. Deswegen rufst du doch sicherlich an, oder?", antwortete Barthel verunsichert.

„Was ist denn mit ihm? Ich wollte eigentlich nur wissen, wie es dir nach deinem Unfall geht." Kotte schien nichts von dem Toten zu wissen, was Barthel kaum glauben konnte.

„Mir geht es so weit gut. Mein Moped ist aber kaputt …"

Doch Kotte ließ ihn nicht ausreden. „Es musste ja so weit kommen! Ich habe dir immer wieder gepredigt, dass du nicht mit dieser Mühle herumfahren sollst. Aber auf mich hörst du ja nicht! Und was ist jetzt mit Mielte?"

Barthel konnte sich Kotte bestens vorstellen, wie dieser zurückgelehnt in seinem Bürostuhl saß und sich vor Anspannung seine Halbglatze rieb.

„Mielte ist tot. Ich habe ihn vor gut einer Stunde entdeckt", gestand Barthel so nüchtern wie möglich.

„Nicht dein Ernst! Was ist nur los bei euch in Mihlsdorf? Wer ermittelt in der Sache?", fragte Kotte hellwach.

„Probst!" Mehr musste Barthel nicht sagen.

„Hat er sich schon wieder danebenbenommen?" Kotte wusste von Barthels Problemen innerhalb der Kollegschaft.

„Schon ein wenig. Egal. Gut, dass ich dich am Telefon habe. Ich habe es durch den Unfall nicht früher geschafft. Gestern war ich doch in Dresden und meine nun, so etwas wie eine Spur zu haben. Zumindest war ich bei einem möglichen Tatverdächtigen. Und jetzt bräuchte ich eine Hausdurchsuchung. Bitte!" Aufgeregt wechselte Barthel das Ohr und wartete auf eine Reaktion.

„Du weißt, das ist alles nicht immer so einfach durchzusetzen. Vor allem, wenn keine Gefahr im Verzug ist", zweifelte Kotte.

„Wie findest du das: Im Bordell von Carlo Wolf habe ich möglicherweise einen Gegenstand bei einer Prostituierten entdeckt, der von Friedrich Hauer stammen könnte, aber ich konnte sie diesbezüglich nicht befragen. Zudem habe ich Wolf auch am Tag, als Hauer verschwand, in der Lochmühle angetroffen", erzählte Barthel erregt.

„Schwierig!", fiel Kottes Reaktion aus. „Aber ich probiere es. Kann ich dir sonst irgendwie helfen, abgesehen von dem Beschluss?" Kotte klang besorgt.

„Leider nein. Mielte wollte mir gestern etwas zum Fall Hauer sagen. Anscheinend hatte er eine Entdeckung gemacht. Und nun ist er tot. Beide Sachen hängen zusammen, das spüre ich!", sagte Barthel.

„Himmel, Arsch und Zwirn!", fluchte Kotte. So impulsiv kannte Barthel ihn überhaupt nicht.

„Andreas. Noch etwas. Ich bräuchte deine Unterstützung und Zustimmung bei einer Sache. Ich habe von Mieltes Tochter einen Hinweis erhalten. Dem will ich nun nachgehen", ergänzte Barthel.

„Schön! Mach doch. Wo ist das Problem?", erwiderte Kotte.

„Dass es sich zwangsläufig mit Probsts Ermittlungen überschneiden wird", gab Barthel zu.

„Verstehe ..." Sein Chef legte eine Pause ein. „... So geht das aber nicht", fügte er hinzu.

Eben noch hatte er wohlgesonnen geklungen. Und nun diese Abfuhr? Barthel verstand die Welt nicht mehr.

Aber dann sprach Kotte weiter: „Um Probst kümmere ich mich! Ich werde versuchen, dir den Rücken, so weit es geht, freizuhalten. Schlimmstenfalls meldest du dich halt krank! Was du im Krankenstand machst, entzieht sich meiner Kenntnis. Wenn du verstehst, was ich meine. Du bist doch auch verletzt, oder?"

„Vielen Dank! Guter Hinweis." Barthel fiel ein Stein vom Herzen. Noch jemanden gegen sich zu haben, wäre wirklich nicht hilfreich gewesen.

„Halt mich bitte auf dem Laufenden! Ich melde mich wegen dem Durchsuchungsbeschluss", beendete Kotte das Gespräch.

Vor Euphorie wäre Barthel am liebsten zu Rüttigs Haus gerannt, doch seinen Rippen zuliebe verzichtete er dann doch darauf.

21

Mehrfach klingelte Barthel bei Rüttig – aber ohne Erfolg. Auch sah es auf dem Hof nicht danach aus, als wenn jemand da wäre. Das

Gatter vom angrenzenden und bis zur Waldgrenze reichenden Wildgehege war zu. Von dem sonst so zutraulichen Wild fehlte jede Spur. Durch eine Gebäudelücke entdeckte Barthel dann doch ein paar Tiere, weit hinten am Rand des Geheges aufgescheucht umherrennen. Dann verschwanden sie aus seinem Blickfeld.

Plötzlich hörte er einen Schuss durch die Stille des Dorfes hallen. Instinktiv duckte sich Barthel. Der Knall kam aus der Richtung direkt vor ihm. Er ahnte, was es damit auf sich hatte, und richtete sich wieder auf. Bestimmt war Rüttig dabei, ein Tier zu schießen. Nun tauchte in der Gebäudelücke ein grüner Geländewagen auf. Das Auto fuhr gemächlich hinter dem Wild her. Höchstwahrscheinlich wollte Rüttig ein Tier erlegen, um beim anstehenden Ortsfest seine fulminanten Wildbratwürste anzubieten. Schon beim Gedanken an diese Spezialität floss Barthel das Wasser im Mund zusammen. Er lief zum Gatter vor und schaute dem Treiben zu. Die Tiere flüchteten, beruhigten sich allmählich, das Auto hielt. Aber irgendwie kam es nicht zum finalen Schuss. Es wirkte, als ob das auserkorene Tier immer wieder in der entscheidenden Sekunde entwich. Irgendeinen Grund musste es ja geben, denn es waren genügend Tiere im Gehege. Es sollte wohl ein bestimmtes sein.

Barthel wollte nicht länger warten und beschloss, zu Rüttig zu gehen, auch wenn das nicht risikofrei war, aber er hatte es eilig. Mit Betreten des Gatters fühlte er sich augenblicklich anders, als ob er schutzlos einer Bedrohung ausgeliefert wäre, förmlich selbst zum Freiwild wurde. Bei dieser Gelegenheit kam ihm ein Gedanke in den Sinn, den er stets im Zoo hatte: Was, wenn die ganzen Zäune und Sicherheitsvorkehrungen fehlen würden und der Mensch wieder auf sich allein gestellt wäre? Auge in Auge mit einem wilden Tier, das größer und kräftiger war. An dieser Stelle war dieser

Gedanke aber nicht wirklich hilfreich. Schließlich hatte er keine Wahl, denn die Zeit saß ihm im Nacken.

Anfänglich watete Barthel durch Schlamm und sackte regelmäßig ein. Doch schon nach ein paar Metern wurde der Boden fester. Aber es war noch ein weiter Weg bis zum anderen Ende des Geheges, besonders im angeschlagenen Zustand. Er liebäugelte auch schon mit dem Gedanken, bei nächster Gelegenheit eine weitere Schmerztablette einzunehmen.

Barthel hatte beobachten können, wie die Herde von dem Geländewagen abwechselnd von links nach rechts getrieben wurde. Nach einem Seitenwechsel hupte Rüttig plötzlich, streckte eine Hand aus dem Fenster und winkte Barthel zu. Der winkte freundlich zurück. Doch die Hand fuchtelte energisch weiter. Als Barthel nicht stehen blieb, brüllte Rüttig: „Geh zurück! Ich bin gleich da."

Barthel schrie zurück: „Alles klar! Es ist aber sehr wichtig! Kann ich mit dir jetzt kurz sprechen?"

Eilig kam Rüttig angerauscht, und blieb direkt vor Barthel stehen. Genervt saß der Jäger im Auto, während der Motor noch lief. Das Rotwild nutzte derweil die Gelegenheit und rannte hin zur Waldgrenze.

„Wo warst du gestern Abend?", fing Barthel an.

„Dein Ernst?", reagierte Rüttig entsetzt. „Deswegen unterbreche ich meine Arbeit?"

„Ich muss das wissen!" Barthel blieb hartnäckig.

„Wieso?", raunzte der Jäger ihn an.

„Nun spuck es endlich aus, was du gestern Abend gemacht hast!", regte er sich auf.

„Okay! Ich war nicht zu Hause." Rüttig rückte sich den Filzhut zurecht.

„Das heißt was?", hakte Barthel nach.

„Ich habe meine Flinte reinigen lassen", erwiderte Rüttig eiskalt.

Barthel fand den Vergleich ordinär. „Wo? Gibt es Zeugen?"

„Warum willst du das alles wissen? Frag doch die Dame im ‚Haus Berlin', die kann das bestätigen", rückte Rüttig zähneknirschend mit der Antwort raus.

Ausgerechnet wieder Wolfs Etablissement. War das alles nur reiner Zufall? Wie viele steckten möglicherweise unter einer Decke? Fehlte nur noch, dass der Bürgermeister auch Stammkunde im Puff von Wolf war.

„Wann genau warst du da?", bohrte Barthel nach.

„Mein lieber Herr Gesangsverein … Ich denke so von neun bis zehn. Und jetzt sagst du mir mal, was es mit der Fragerei auf sich hat!" Rüttig verschränkte die Arme hinterm Steuer.

„Vorher würde ich gerne noch wissen wollen, was du davor gemacht hast?", verhörte Barthel ihn eisern weiter. Rüttig hätte gestern genug Zeit gehabt, Mielte etwas anzutun, bevor er sich verlustierte. Freilich konnte Barthel nicht wissen, wann genau Mielte ums Leben gekommen war. Aber seine Tochter hatte ihn zum Mittagessen noch lebend gesehen und er hatte sich zum Abendbrot noch eine Pilzpfanne zubereiten können. Dies setzte natürlich voraus, dass nicht Lisa Mielte selbst als Täterin in Betracht käme, die kein wirkliches Alibi aufweisen konnte. Aber diese Baustelle wollte Barthel nicht betreten; er war letztlich einzig daran interessiert, den Fall Hauer aufzuklären. Bloß wegen einer möglichen Überschneidung stand er nun hier bei Rüttig.

„Ich war kurz bei Fritz einen picheln", antwortete Rüttig salopp.

„Wann war das?", fragte Barthel konsequent weiter.

„Nach der Arbeit war ich bei ihm, so von 17 bis 18 Uhr. Danach bin ich nach Hause und hab mir was zum Essen zubereitet, falls das deine nächste Frage sein sollte. Eine Pilzpfanne, um genau zu sein.“ Nun wurde Rüttig zynisch. Aber immerhin war Barthel nun ein kleines Stück weiter.

Die Graupapageien hatten also recht gehabt. Rüttig war gestern bei Mielte gewesen!

„Was waren das für Pilze, wenn ich fragen darf?“, forschte er nach.

„Willst du auch wissen, wann ich pinkeln war? Also wirklich! Es waren überwiegend Braun- und Mooshedel. Aber auch ein paar junge Wiesenchampignons waren darunter. Was anderes wächst hier doch nicht. Als ich gestern auf Kontrolle in meinem Revier war, habe ich halt die Pilze mitgenommen, die quasi links und rechts des Weges standen. Und weil es so viele waren, habe ich einfach Fritz ein paar abgegeben. Jetzt sag mir endlich, was los ist!“ Rüttig wirkte ungestüm, aber nicht nervös.

„Alles normale Fragen im Rahmen einer Ermittlung … Über was habt ihr euch so unterhalten?“ Barthel versuchte, irgendeine Regung bei Rüttig zu provozieren. Denn insgesamt war er sich bisher sehr unklar über die Rolle, die er in der Sache mit Mielte spielte. Vieles war zu offensichtlich. Fest stand, er hatte Mielte Pilze mitgebracht und war im Bordell von Wolf gewesen. Ganz sicher ließ der toxikologische Bericht erkennen, ob ein Giftpilz dabei gewesen war. Die bisherige Faktenlage müsste locker ausreichen, um Rüttig noch mal vorladen zu können. Doch das lag in der Hand von Probst. Barthel hatte sich schon genug eingemischt.

„Über nichts Spezielles haben wir geredet“, antwortete der Jäger endlich. „Es war ja auch nur ein kurzer Besuch.“

„Hat er etwas erwähnt oder sich anders als sonst verhalten?“, wollte Barthel wissen.

„Nö. Aber am besten fragst du ihn das selbst!“, giftete Rüttig ihn an.

Jetzt fand es Barthel an der Zeit, ihn aufzuklären. Vielleicht war es ja möglich, aus seiner Reaktion weitere Rückschlüsse zu ziehen.

„Das geht nicht", lenkte Barthel ein.

„Und warum, wenn ich mal fragen darf?", zeigte sich Rüttig verständnislos.

„Weil er tot ist!" Barthel beobachtete ihn genau, bereit jede Regung zu registrieren.

Der Jäger sackte hinterm Steuer in sich zusammen. „Wie jetzt?", fragte er erschüttert und kleinlaut.

„Die Kollegen untersuchen gerade den Tatort auf Spuren. Möglicherweise wurde er Opfer eines Verbrechens", sagte Barthel.

„Tot? Aber gestern habe ich doch noch mit ihm …" Rüttig drehte seinen Kopf weg und schaute in die Landschaft.

„Ja … So schnell kann es manchmal gehen …", pflichtete Barthel ihm bei.

„Du denkst doch nicht etwa, dass ich ihn vergiftet habe!" Rüttig schrie beinahe in seiner – authentisch wirkenden – Verzweiflung.

„Von Vergiftung habe ich kein Wort gesagt!" Barthel fixierte ihn mit zu Schlitzen verengten Augen.

Rüttig hob beschwichtigend die Hände. „Für wie geistig umnachtet hältst du mich eigentlich? Fragst mich ernsthaft, was für Pilze ich ihm gestern gab, und dann soll ich nicht darauf kommen, dass er an einer Pilzvergiftung verreckt ist?" Nun wiederum blickte Rüttig Barthel prüfend an.

„Und?", fragte der Polizist gestochen scharf.

„Und was?", erwiderte Rüttig rotzig.

„Warst du es?" Barthel war angespannt. Er konnte förmlich die berühmte Stecknadel fallen hören.

„Einen Dreck war ich!", schrie Rüttig. „Er war mein Freund!"

„Das muss leider nichts heißen", antwortete Barthel gelassen.

„Und ob. Kein Geringerer als er hat mich damals vorgewarnt, dabei Kopf und Kragen riskiert, als die liebe Stasi mich auf dem Kieker hatte!" Rüttig schaute ihm weiter verbissen ins Gesicht.

„Und wie kam es dann zu dem Vorfall mit dem Jagdgewehr?", wollte Barthel von ihm wissen.

„Alles nur Geschwätz der Dorfamseln! Ich würde jetzt gerne für mich alleine sein! Geht das?" Rüttig wirkte auf einmal gebrochen, und Barthel hatte ein Einsehen. Etwas Konkretes in der Sache mit Hauer hatte er nicht herausfinden können. Außer vielleicht die Information, dass Rüttig Kunde in Wolfs Puff gewesen war. Das wollte er im Hinterkopf behalten. Was hätte Rüttig davon, Hauer aus dem Weg zu schaffen? Er hatte doch ein festes Jagdrevier, brauchte also das Gebiet um die Lochmühle nicht wirklich. Als einen Wagnerianer stufte Barthel ihn auch nicht ein – wobei er vorsichtig sein musste, hätte er doch Hauer und Wolf auch nicht als solche eingestuft. War es etwa Geld? Oder war es vielmehr so, dass Wolf Rüttig für irgendwelche kriminellen Machenschaften einspannte und ihn mit sexuellen Dienstleistungen in seinem Bordell entlohnte? Das führte aber alles zu weit.

Abschließend bat Barthel sein Gegenüber darum, den gestrigen Tag noch mal in Ruhe für sich durchzugehen. Auch im Hinblick darauf, was Mielte ihm alles gesagt hatte. Er könne ihn jederzeit anrufen.

„Wenn mir etwas einfällt, dann melde ich mich", versprach Rüttig. Bedächtig legte er einen Gang ein und fuhr los, hin zur Waldgrenze, auch wenn da längst kein Rotwild mehr war.

Barthel drehte sich um und ging nach unten. Sein Blick streifte eine vertraute Person, welche vorm Zauntor stand. Wahre Freude empfand er dabei nicht, denn es war Probst, der grimmig dreinschaute. Einen Ausweg gab es nicht. Barthel musste sich einer Konfrontation stellen.

Probst verschränkte die Arme und zog die Mundwinkel nach unten. „Haben wir uns etwa verlaufen?“, blökte er los, als Barthel nah genug war.

„Ich hab’ mich nur erkundigt, ob es die Bratwürste auf dem Dorffest geben wird“, schwindelte Barthel unbeeindruckt.

„Du kannst dir sicher gut vorstellen, dass ich das melden werde. Du hast hier nichts zu suchen!“, geiferte Probst.

„Alles wegen einer Bratwurst? Mach das bitte!“ Barthel ließ sich nicht aus der Fassung bringen, hatte er doch den Rückhalt von seinem Vorgesetzten. Bis zum Gattertor war es nicht mehr weit.

Probst machte keine Anstalten, aus dem Weg zu gehen. Im Gegenteil, er lehnte sich auf das Tor. „Also! Was hast du hier zu suchen?“, zischte er.

„Ich brauchte Antworten! Denn auch ich ermittle gerade in einem Fall. Und leider scheint es so zu sein, dass Mielte damit in Verbindung steht“, antwortete Barthel lässig.

„Dafür müsste man aber auch die richtigen Fragen stellen“, konterte Probst.

Barthel stand inzwischen direkt vorm Ausgang des Geheges – Auge in Auge mit Probst. Keiner sagte mehr einen Ton.

Probst ergriff irgendwann als Erster erneut das Wort. „Ich freue mich schon sehr auf deinen Bericht, den ich spätestens morgen früh auf meinem Tisch sehen will.“ Er lächelte feindselig.

„Die Informationen sind nicht relevant für dich. Würdest du jetzt aus dem Weg gehen? Ich habe es eilig!“, sprach Barthel.

„Ob sie wichtig für mich sind oder nicht, entscheide immerhin noch ich! Und wie heißt das Zauberwort? Kleiner Tipp: Fünf Buchstaben …“, fauchte Probst.

„Was willst du eigentlich von mir?“, fragte Barthel genervt.

„Dass du dich aus meinen Sachen raushältst“, reagierte Probst mit bedrohlich gesenkter Stimme.

Barthel wollte noch etwas erwidern, da hupte es plötzlich hinter ihm. Langsam fuhr Rüttig an das Tor heran. Probst, selbst ganz vertieft, hatte den herannahenden Geländewagen nicht mitbekommen und blickte verwundert auf. Überrascht drehte sich auch Barthel um. Niemand rührte sich.

Rüttig hielt vor ihnen an und stieg aus, den Motor ließ er jedoch laufen. „Ich störe nur ungern euer Gespräch.“

Bedächtig ging er auf das Gatter zu, vorbei an Barthel. Probst nahm wie selbstverständlich die Arme herunter und trat zur Seite. Der Jäger nahm den Bolzen aus der Verriegelung, griff nach einer Strebe und schwang das Tor mit einem kräftigen Stoß auf. Da kein Wind wehte, musste nichts extra fixiert werden. Anschließend trottete er zurück zum Auto, stieg ein und fuhr an Barthel vorbei langsam nach draußen. Auf der Straße hielt Rüttig erneut, kletterte hinaus, um das Tor zu schließen.

„Willst du da Wurzeln schlagen?“, blaffte er Barthel an, der sich noch immer im Gehege befand.

Schmunzelnd ergriff er die Gelegenheit und lief gemächlich an seinem verdutzten Kollegen vorbei. Probst kochte vor Wut, das konnte Barthel deutlich sehen.

Nachdem Rüttig das Tor verriegelt hatte, stieg er wieder ins Auto ein. „Wir sehen uns auf dem Dorffest.“ Dann tuckerte er davon.

„Denk an den Bericht, sonst …!“, krakeelte Probst erst, als Barthel ebenfalls ein gutes Stück entfernt war. Er drehte sich nicht mehr um.

22

Der kleine rote Flitzer von Marlies Michel stand noch bei Mielte in der Einfahrt. Als Barthel im Auto saß, atmete er erst mal durch. Insgeheim sehnte er einen Anruf von Kotte herbei, in dem er die erlösende Mitteilung machen würde, dass sie den Beschluss sicher hatten und endlich das Bordell von Wolf auseinandernehmen könnten. Barthel war sich sehr sicher, dort Hinweise zu Hauers Verbleib zu finden. Aber so ein Antrag bei der Staatsanwaltschaft konnte nun einmal seine Zeit dauern, da war Ungeduld nicht förderlich.

Plötzlich verspürte Barthel unerwartet Heißhunger. Sein Magen grummelte, hatte er doch in den letzten Stunden viel erlebt und auch sprichwörtlich verdauen müssen. Er beschloss, sich schnell ein belegtes Brötchen bei Irmgard Helbig zu holen. Es war der aktuellen Situation geschuldet, dass er abermals vergessen hatte, sich etwas zum Mittagessen vorzubereiten.

Während der kurzen Fahrt zum Lebensmittelladen kam Barthel auch an einem Werbeschild vorbei. Bis vor Kurzem hätte er diesem überhaupt keine besondere Beachtung geschenkt. An der Außenwand einer Garage prangte ein stilisierter Zimmermann mit Hut und breiter Schlaghose. Mit der einen Hand stützte er sich auf einem Stenz ab, der ihm als Wanderstock dient, die andere stemmte er in die Hüfte. Daneben war das Firmenlogo zu sehen – bestehend aus dem Namen. Plötzlich fiel ihm auch wieder dieser Name in Mieltes Notizen ein, den er gerade noch hatte erkennen können, bevor Lisa Mielte ihn gestört hatte: Matthias Göbel, der zweite Zimmermann im Dorf. Bisher hatte Barthel ihn überhaupt nicht auf dem Radar gehabt, dabei war es doch so naheliegend. Schnell kreierte Barthel ein mögliches Szenario: Erfolgloser Zimmermann war frustriert und eifersüchtig auf den besser aufgestellten Kontrahenten. Folgerichtig räumte er seinen Widersacher Hauer einfach aus dem Weg. Ein erstklassiges Motiv.

Barthels Hunger war vorerst wie weggeblasen.

Aufgeregt fuhr er den schmalen Mittelweg entlang, der parallel zur Hauptstraße verlief. Die Abzweigung war tückisch, befand sich diese doch nicht besonders gut erkennbar zwischen zwei Höfen. Ein Ortsfremder würde das nicht einmal als offizielle Straße einstufen und wäre einfach vorbeigefahren oder -gewandert. Nach ein paar Höfen erblickte Barthel das Logo vom Handwerker. Die zur Werkstatt umgebaute Scheune lag links vom Weg. Das Wohnhaus befand sich daneben. Platz, sein Material zu lagern, hatte man reichlich, denn hinter dem Grundstück kam nur weites Feld.

Matthias Göbel hatte sich bei der Einfahrt viel Mühe gegeben und sie liebevoll mit Natursteinen gepflastert. Außerdem standen zahlreiche Terrakotta-Töpfe mit knorpeligen Olivenbäumen auf dem Gelände. So hatte er sich behände ein mediterranes Flair geschaffen. Der petrolfarbene Kastenwagen stand in der Einfahrt, die Schiebetür war offen. Der Zimmermann war also da und Barthel musste nicht erst unnötig diverse Baustellen abklappern.

Langsam rollte er vor die Einfahrt und schaltete den Motor aus. Mit Bedauern stellte er beim Blick in den Rückspiegel fest, dass er etwas abgekämpft aussah. Resigniert stieg er aus.

Am Horizont sah Barthel, dass eine dunkelgraue Wolkendecke im Anmarsch war. Sicherlich würde es heute noch regnen. Gut für die Natur, aber sehr ungünstig für seine Ermittlungen. Barthel suchte die Hofeinfahrt nach einer Klingel ab oder irgendetwas anderem, um sich bemerkbar zu machen. Nichts zu finden, und Göbel ließ sich auch nicht blicken. Neben der Werkstatt hörte er aber, wie Holzbretter klapperten und Nägel eingeschlagen wurden. Schlussendlich rief er einfach laut: „Hallo? Jemand da?"

Das Hämmern hörte auf. Hinter der Werkstatt tauchte Göbel auf und sah dabei wie die Reinkarnation seines Logos aus. Er trug ein weißes, langärmliges Oberteil und die schwarze Zunfthose nebst einer Weste aus Cord. Ein rotes Halsband rundete das Gesamtbild ab und komplettierte den guten ersten Eindruck.

Breitschultrig und mit leichtem Bauchansatz stand Göbel, einen Latthammer in der Hand, vor dem Transporter. „Was habe ich nun schon wieder verbrochen?", fragte er und blickte genervt drein, als er Barthel in Uniform sah. Beide waren ungefähr gleich alt und kannten sich vom Sehen, aber hatten bisher nicht wirklich etwas miteinander zu tun gehabt.

„So gesehen noch nichts. Aber ich bin tatsächlich dienstlich hier", antwortete Barthel freundlich.

„Da bin ich aber gespannt! Schickt jetzt schon die Gemeinde die Polizei höchstpersönlich? Früher tauchten die noch selber auf! Ich sag's ja, alles Pfeifen da oben!" Göbel schüttelte den Kopf und fuchtelte wild mit dem Hammer. Insgesamt wirkte der Zimmermann latent aggressiv, der freundliche Eindruck war dahin. Scheinbar hatte sich viel Frust in ihm angestaut.

„Aha. Was ist denn los?", fragte Barthel ahnungslos.

„Tue doch nicht so! Hauptsache, dem Hauer wird ordentlich der Arsch gepudert. Dabei ist dieser ‚Götterjunge' gar nicht mal so gut, wie alle immer denken. Alles nur heiße Luft!" Währenddessen pulte Göbel an der Nagelbahn des Hammers rum.

„Ich verstehe leider immer noch Bahnhof. Hilf mir mal auf die Sprünge. Ich wurde von niemandem geschickt." Barthel schaute verdutzt drein und hoffte auf eine Erläuterung.

„Dann eben noch mal für dich zum Mitschreiben. Ich wurde

‚liebevoll' darauf hingewiesen, meine Dachverlängerung innerhalb von 14 Tagen zurückzubauen. Sonst drohe mir eine saftige Geldstrafe. Was wiederum beim Rückbau für Kosten auf mich zukommen, ist piepegal! Wie dem auch sei: Ich bin grad dabei! Das kannst du denen gerne ausrichten!", erklärte Göbel aufgebracht.

Sein Groll war nachvollziehbar, fand Barthel. „Das ist ärgerlich. Aber was hat das mit Hauer zu tun?"

„Weil sich dieser Fatzke scheinbar immer alles erlauben kann. Der wartet noch nicht mal eine Genehmigung ab, sondern zieht einfach stur sein Ding durch. Klotzt was hin ohne Rücksicht auf Verluste, und niemand pisst ihm deswegen ans Bein. Das geht doch nicht an!", stieß der Zimmermann hervor.

„Wenn das so sein sollte, ist das wirklich unfair", antwortete Barthel verständnisvoll. Doch konnte er ihm in dieser Angelegenheit nicht helfen, selbst wenn er es wollte.

Da kam Göbel erst richtig in Fahrt: „Und nun ist gefühlt das halbe Dorf in Aufregung, weil er verschwunden ist. Wenn du mich fragst, hat der sich einfach mal aus dem Staub gemacht." Göbel spielte an seinem Hammer rum, dann ergänzte er: „Ich für meinen Teil vermisse ihn jedenfalls nicht wirklich!"

Für Barthel war es offensichtlich, dass er einen tiefen Zorn gegen Hauer hegte. Gut möglich, dass er mit dem Verschwinden etwas zu tun hatte. Nicht ohne Grund stand Göbels Name in den Notizen von Mielte.

„Wo warst du letzten Sonntagnachmittag?", fragte Barthel ohne Umschweife.

„Ich war wandern. Wieso?", antwortete Göbel wie aus der Pistole geschossen.

„Und wohin? Alleine?", hakte Barthel nach.

„Hoch zur Basteibrücke. Und ja, ich war alleine", verteidigte er sich.

„Nicht zufällig einen Abstecher zur Lochmühle gemacht?", versuchte Barthel, ihn aus der Reserve zu locken.

„Ich?" Göbel deutete auf sich.

„Ja! Du wurdest dort gesehen!", hielt er ihm vor. „Sehr merkwürdig, findest du nicht, so kurz bevor Hauer verschwand." Barthel ließ nicht locker.

„Du denkst doch nicht etwa, dass ich was mit der Sache zu tun habe? Spinnen denn alle hier?", entfuhr es Göbel.

„Vorsicht! Überleg dir bitte, wen du vor dir hast, bevor du jetzt weitersprichst", entgegnete Barthel autoritär.

„Is' ja gut." Göbel wurde kleinlaut.

„Und? Kommt da noch eine Antwort auf meine Frage?", bohrte Barthel nach.

Nach einer Denkpause antwortete Göbel: „Also, die Hauers haben wirklich echt einen an der Klatsche. Das kannste mir glauben. Viele Versprechen und nichts dahinter! Bohr da mal lieber nach. Mehr sag ich dazu nicht!" Es schien, dass sich der Zimmermann wieder einigeln wollte.

„Gut. Aber das ist nicht die Antwort auf meine Frage. Ich kann dich auch vorladen, doch dann ist das nicht mehr so ein zwangloses Gespräch." So leicht wollte sich Barthel nicht abschütteln lassen.

Göbel verstaute den Hammer in der Koppel und schien mit sich zu hadern. „Gut. Ja, ich war unten bei der Lochmühle." Unabsichtlich rutschte bei der Aktion sein Ärmel ein Stück nach oben und ließ einen Blick auf seinen Unterarm zu. Da registrierte Barthel den Zipfel von einem Verband.

„Was hast du da gemacht?“, fragte er.

Plötzlich vernahm er ein Rumpeln. Und es war nicht sein Bauch. Ein heftiges Gewitter braute sich zusammen und hielt Kurs auf Mihlsdorf.

„Ich wollte mir nur den Baufortschritt anschauen“, druckste Göbel herum.

„Ich meinte eigentlich die Verletzung an deinem Unterarm“, verbesserte sich Barthel.

„Nichts Wildes, nur eine Schramme. Ich war gestern auf der Baustelle nicht ganz bei der Sache.“ Der Zimmermann zupfte an seinem Ärmel.

„Soso …“ Mit einem kritischen Kopfnicken nahm Barthel das zur Kenntnis. Obwohl er es natürlich nicht glaubte, lag es im Rahmen des Möglichen.

Mauersegler drehten ihre Runden und schienen aufgebracht zu sein. Durch ihr wildes Treiben übertrug sich die Unruhe auch auf Barthel.

Göbel spürte dessen Skepsis und schaute weg, in Richtung des Gewitters. „Eigentlich ist es mir völlig schnuppe, was da unten passiert. Aber ich wurde darum gebeten, es mir anzuschauen.“

„Von wem und warum?“ Jetzt wurde es richtig spannend für Barthel!

„Kannste dir das nicht denken?“, antwortete Göbel und blickte Barthel auffordernd an.

„Ich kann mir vieles denken. Doch ich will es von dir wissen“, konterte Barthel.

„Rosalie …“, gestand Göbel unerwartet leise.

„Was hat es mit Rosalie auf sich?“, fragte Barthel konsterniert nach.

„Rosalie Hauer hat mich darum gebeten, dort unten nach dem Rechten zu sehen", packte der Zimmermann aus. „Immer wenn Friedrich aufbrach, gab sie mir ein Zeichen."

„Tut mir leid. Aber ich kann dir nicht so ganz folgen", offenbarte Barthel ihm.

„Sagen wir mal so … Rosalie Hauer vertraut ihrem Mann nicht mehr so ganz. Und da kam ich ins Spiel. Ich bin nämlich ihr verlängerter Arm", erklärte Göbel sichtlich stolz.

Ein Donnergrollen unterbrach das Gespräch.

„Warum sollte sie das machen? Und warum ausgerechnet du?", fragte Barthel.

„Ich bin immer dabei, wenn es darum geht, diesem Kurpfuscher das Handwerk zu legen", grinste der Zimmermann höhnisch. „Eigentlich läuft es immer wie folgt ab: Ich soll sie sofort anrufen, nachdem ich bei der Lochmühle war, und ihr alles sagen, was ich dort gesehen habe."

„Und was hast du letztes Mal gesehen?", erkundigte sich Barthel.

„Nichts, weil der Typ schlicht und ergreifend nicht da war!", beichtete Göbel.

„Und hast du eine Ahnung warum?"

„Jain. Einmal habe ich ihn gerade noch auf dem Wanderweg erwischen können. Vorsichtig folgte ich ihm … und dann …" Er machte eine Pause.

„Mensch, lass dir doch nicht alles aus der Nase ziehen!", rief Barthel energisch.

„Wie gesagt … Ich ging ihm nach. Aber dann war er plötzlich wie vom Erdboden verschluckt. Es war keine Spur mehr von ihm zu sehen. Nachdem ich eine Weile gewartet hatte, machte ich kehrt und ging wieder zurück", schilderte Göbel nüchtern.

„Wo war das?" Barthel ließ nicht locker.

„Ungefähr beim alten Elektrizitätswerk!", gab Göbel die Antwort freimütig heraus. „Eigentlich ist da doch nichts mehr, außer einer Ruine! Ich bin nicht verrückt, aber es war wirklich so, wie ich es sage."

„Und du bist dir ganz sicher?", fragte Barthel verblüfft. „Was passierte dann?"

„Dann bin ich zurück und hab sofort Rosalie angerufen", äußerte sich der Zimmermann.

„Wie hat sie reagiert?", wollte Barthel von ihm wissen.

„Sie lachte merkwürdig und raunte: ‚Da ist also irgendwo das Rattennest.' Aber so ganz konnte ich damit nichts anfangen. Dann unterstellte sie mir, dass ich den Typ decken will, und wie ich so blöd sein konnte, seine Spur zu verlieren", erzählte er verwundert.

„Wann war das eigentlich?", hakte Barthel nach.

„Sonntag. Vor zwei Wochen!" Göbel hatte dafür nicht lange überlegen müssen.

„Gut. Versuch dich bitte noch mal ganz genau daran zu erinnern! Fiel dir sonst noch etwas Merkwürdiges auf?" Mit sanfter Stimme versuchte Barthel, den Druck etwas zu nehmen.

Göbel schaute in Richtung des Gewitters, das vor sich hin grollte, und tippte sich mit dem Finger auf den Mund. „Mal überlegen … Eigentlich nichts Besonderes, aber wenn du mich jetzt so fragst, meine ich mich zu erinnern, dass mir auf dem Rückweg Ronja Gräfe entgegenkam. Sie schaute angestrengt in eine Mappe und hatte sich ein ‚Hallo' rausgepresst. Keine Ahnung, ob dir das etwas hilft."

Tatsächlich konnte Barthel damit sofort etwas anfangen, denn er hatte den klaren Vorteil gegenüber dem Zimmermann. Denn er wusste sehr wohl von der Affäre zwischen Gräfe und Hauer. Die Frage war nur gewesen, wo ihr Liebesnest steckte, und nun hatte er den Hauch einer Ahnung. In diesem Moment wurde ihm wieder bitter bewusst, wie ihm die Wildhüterin entwischt war. Dass sie unschuldig sei, hatte sie beweisen und irgendetwas holen wollen. So recht wollte Barthel das jetzt nicht mehr für möglich halten. Bedingt durch den Unfall und Mieltes Tod war er bisher noch nicht dazu gekommen, ihr wieder einen Besuch abzustatten. Doch noch etwas anderes musste er jetzt in Erfahrung bringen: Inwieweit Rosalie Hauer von dem Techtelmechtel ihres Mannes gewusst hatte. Vielleicht hatte sie es rausbekommen und sich an ihm rächen wollen, obgleich betrogene Frauen noch immer prozentual wesentlich seltener Rache übten als Männer. Doch warum hatte sie sich eigentlich nicht auch an ihrer Konkurrentin vergriffen?

Barthel nervte es zunehmend, dass alles so schleppend voranging und er nichts wirklich Greifbares in der Hand hatte. Aber möglich, dass es nur ihm schleppend vorkam.

Allmählich wurde es durch das nahende Unwetter finster und das Grollen erinnerte ihn auch wieder an seinen knurrenden Magen.

Der Zimmermann wurde nervös. „Alles geklärt? Ich muss jetzt weitermachen. Das Holz muss noch schnell in Sicherheit gebracht werden, bevor es anfängt zu regnen. Da kommt gleich mächtig was runter!“ Ohne eine Antwort abzuwarten, drehte er sich um und war schon fast wieder hinter der Werkstatt verschwunden.

„Ach … Könntest du mir die Stelle bei nächster Gelegenheit mal zeigen … Also wo du Hauers Spur verloren hattest?“, fragte Barthel hastig.

Göbel war schon weg, da hörte Barthel ihn noch rufen: „Klar. Ruf mich noch mal an, wenn es aufgehört hat zu regnen.“

23

Es regnete in Strömen. Die Scheibenwischer arbeiteten auf Hochtouren, während Barthel vorsichtig durchs Dorf fuhr. Sicherheitshalber hatte er das Licht eingeschaltet. Sein Ziel war Rosalie Hauer. Hunger hier oder da. Nachdem, was Göbel ihm gerade erzählt hatte, musste er einfach gleich herausfinden, wie viel sie von der Affäre gewusst hatte. Vielleicht war sie doch gar nicht so unschuldig.

Auf halber Strecke sah er eine Frau am Rande der holprigen Hauptstraße unter einem Dachvorsprung stehen, die sich mit ihrer Jacke vor den Regenmassen verzweifelt zu schützen versuchte. Neben ihr stand ein Bollerwagen. Zweifellos konnte das nur Gudrun Brückner sein.

Barthel hielt bei ihr an und ließ das Fenster so weit herunter, dass er mit ihr sprechen, es aber nicht zu stark ins Auto regnen konnte. „Spring rein! Ich fahr' dich schnell nach Hause", rief er.

Sie tippelte schnell herbei, öffnete die Beifahrertür und ließ sich auf den Sitz plumpsen. Die nasse Jacke hatte sie umsichtig abgestreift, behielt sie aber auf ihrem Schoß liegen. „Ach August, du bist das! Das hätte ich aber nicht erwartet. Ist das nicht Marlies' Auto?", fragte sie.

„Ganz recht. Mein Moped ist kaputt und Marlies hat mir ihr Auto freundlicherweise geliehen", antwortete Barthel zugewandt.

„Glaub mir, bei jedem steige ich nicht gleich ins Auto ein! Man wird doch regelrecht zur Vorsicht gezwungen. Immer wieder liest und hört man von all den schrecklichen Dingen, die Frauen widerfahren …" Sie blickte aus dem Beifahrerfenster. „Schlimm ist das heutzutage geworden. So was gab es zu meiner Zeit nicht."

„Ich versteh' dich gut! Aber hier bei uns in Mihlsdorf ist die Welt noch in Ordnung. Dafür sorge ich schon!", lächelte Barthel.

„Irrtum, mein Lieber! Und was ist mit dem Mielte? Und darf ich dich daran erinnern, dass Hauer spurlos verschwunden ist?", bebte ihre Stimme.

Es herrschte anschließend betretenes Schweigen im Auto. Nur die Scheibenwischer schoben herkulisch lautstark die stetig wiederkehrenden Wassermassen von der Frontscheibe.

„Bald kehrt hier wieder Ruhe ein! Die Sache mit Hauer wird umgehend aufgeklärt sein, und bei Mielte gibt es sicherlich auch eine plausible Erklärung." Barthel wollte das Dorf nicht unnötig weiter in Aufruhr bringen, außerdem glaubte er wirklich daran. Und da er die Brückner und deren geschwätzige Zunge kannte, würde er nicht weiter ins Detail gehen.

„Na, wenn du meinst! Ungern will ich mich da an eine Sache aus längst vergangenen Tagen erinnern …", fing sie zu grummeln an. Ein Donnerschlag ließ sie zusammenzucken. „Wie grässlich so ein Gewitter manchmal sein kann! Wo war ich stehen geblieben? Ah … Damals ist doch der Mann von der Meyer spurlos verschwunden. Einfach so! Von heut' auf morgen, auf Nimmerwiedersehen. Die Polizei ermittelte zwar in alle Richtungen und befragte alle möglichen Menschen, aber alles erfolglos! Nach einem halben Jahr gab die Polizei auf", schnatterte Brückner ohne Punkt und Komma.

„Warum weiß ich nichts davon?", antwortete Barthel verblüfft.

„Da warst du bestimmt noch sehr, sehr jung. Aber dein Vater müsste ganz sicher davon gewusst haben. Im Dorf wurde das Thema aber nicht an die große Glocke gehängt und mit der Zeit verschwand es aus den Köpfen. Für die meisten war klar: Der Meyer hat halt einfach die Kurve gekratzt", erläuterte sie.

„Aber du bist anderer Meinung?", fragte Barthel gezielt. Langsam fuhr er die Kopfsteinstraße zu Brückners Haus entlang. Es war recht markant, denn es lag in einer Kurve. Schon von Weitem konnte man es sonst sehen. Aber durch den Starkregen war das heute nicht so leicht möglich.

„Gute Frage! Die Meyer war danach jedenfalls wie ausgewechselt. Sie blühte fast auf. Verständlich, denn sie hatte es ohne ihn deutlich besser. Häusliche Gewalt, was man so hörte. Ihr Mann soll sie regelmäßig verdroschen haben, wenn er mal wieder besoffen nach Hause kam." Sie machte eine Pause. „Ein merkwürdiger Typ war das, soweit ich mich an den erinnern kann. Genauso einfältig wie die Steine, die er tagtäglich im Steinbruch gebrochen und behauen hatte! Wenn du mich fragst, den hätte nichts von hier fortbringen können", quittierte Brückner.

Da krachte und blitzte es wieder. Das Gewitter musste jetzt direkt über ihnen sein. Bis zum Haus war es gleich geschafft.

„Erzähl mir mehr!", hakte Barthel nach.

„Wird das jetzt zu einem Verhör? Ich kann dir ehrlich nicht mehr sagen. Ich bin froh, dass ich mich überhaupt noch erinnern kann. Jedenfalls hoffe ich nicht, dass das hier mit dem Hauer auch so enden wird", reagierte sie forsch und schaute zu Barthel, der vor ihrem Haus hielt.

„Versprochen! Das wird es nicht! Und ich werde doch glatt mal in den alten Akten über den Fall Meyer nachsehen. Wenn es die überhaupt noch gibt", sagte Barthel angezündet.

„Ich habe zu danken. Nur, hoffentlich klaut in der Zwischenzeit niemand meinen Bollerwagen." Brückner schnallte sich ab, öffnete die Tür und hielt sich wieder die Jacke über den Kopf, während sie zügig aus dem Auto stieg und sofort zu ihrer Einfahrt rannte. Dabei hatte sie glatt vergessen, die Beifahrertür zu schließen.

„Keine Bange", rief Barthel ihr nach und streckte sich, so weit der Gurt und die Schmerzen im Brustkorb es zuließen, nach der Tür, um sie ungelenk heranzuziehen.

24

Inzwischen hatte Barthel einen Bärenhunger. Aber bevor er mental in der Lage wäre, etwas zu essen, musste er vorher noch die Sache mit Rosalie Hauer klären. Und weit war es außerdem nicht bis zu ihr.

Während der Fahrt hatte Barthel kurz Zeit, den bisherigen Tag Revue passieren zu lassen. Wolf rückte von der bisher unangefochtenen Spitze der Tatverdächtigen auf Platz zwei hinter Hauers Frau. Zwar hatte Barthel keine Beweise, aber er bekam immer mehr Hinweise und sein Gefühl sagte ihm auch, dass Rosalie mehr wusste, als sie vorgab. Er durfte sich diesmal auf keinen Fall von ihr ablenken lassen, von ihren Reizen und ihrer Unschuldsmiene. Angespannt hielt Barthel in der Toreinfahrt, verschnaufte kurz mit fest umgriffenem Lenkrad, stellte dann den Motor ab und stieg aus. Er rannte durch den Regen. Aber selbst die geringe Entfernung zum geschlossenen Hoftor reichte aus, um ihn zu durchnässen. Ganz dicht presste er sich an die kleine Holztür, wo der überstehende Steinbogen ihm etwas Schutz bot. Ohne sich übermäßig rühren zu wollen, versuchte er, mit ausgestrecktem Arm den Klingeltaster zu erreichen, was glücklicherweise gelang. Er hoffte, dass Rosalie schnell die Tür öffnen würde. Mit jeder verstreichenden Sekunde wurde er aufgeregter.

Nichts tat sich, darum probierte es Barthel erneut. Vor Nervosität zitterten seine Hände ganz leicht. Aber da auch diesmal nichts passierte, verflog allmählich die Anspannung. Geknickt schlürfte Barthel durch den strömenden Regen zum Auto und setzte sich vors Steuer. Doch als er gerade losfahren wollte, klopfte es plötzlich an die Scheibe. Rosalie stand in Badeschlappen da, mit einem aufgespannten Regenschirm in der Hand, und lächelte Barthel an.

Augenblicklich stellte er den Motor wieder ab und stieg aus. Netterweise gewährte Rosalie ihm ein Plätzchen unter ihrem Schirm.

„Wo wolltest du so schnell wieder hin?", fragte sie unvermittelt und lächelte.

„Na, was soll ich machen, wenn mir keiner öffnet?", antwortete Barthel ehrlich, während sie unter Rosalies Führung zum Haus liefen. Als sie endlich im Hausflur standen, blickte Barthel an seiner Uniform hinab und sah, dass er total durchnässt war, aber es störte ihn nicht weiter. Draußen donnerte es wieder. Als er aufschaute, rastete sein Blick in ihrem Gesicht. Er war ratlos und war nicht imstande, sie einzuordnen. Wer war die Person wirklich, die da vor ihm stand.

„Was ist los?", fragte sie besorgt.

„Es ist nichts. Ich habe nur tierische Schmerzen", antwortete Barthel und versuchte, dabei glaubhaft zu wirken.

„Schmerzen sind das eine, wie du mich anschaust das andere." Also glaubte ihm Rosalie kein Wort.

Zu keiner Zeit wich er ihrem Blick aus. Erhoffte er sich doch, darin Antworten auf seine noch ungestellten Fragen zu finden.

„Was hast du mit ihm gemacht?", brach es plötzlich aus Barthel heraus.

„Ich verstehe nicht ganz?" Sie lächelte scheinheilig und stellte den aufgespannten Regenschirm in die Ecke.

Barthel schaute ihr zu, sammelte sich und sagte: „Da helfe ich dir gerne weiter. Du hast deinen Mann beschatten lassen!"

„Hast du das zufällig von Göbel? Dann hoffe ich aber auch, dass er dir *alles* erzählt hat“, entgegnete Rosalie gelassen.

„Und das wäre?“, hakte Barthel nach.

„Also! Göbel wollte in das Projekt mit einsteigen. Er witterte seine ganz große Chance. Wäre der erste Schritt geschafft gewesen, hatte er vor, Friedrich allmählich rauszudrängen. Ich sollte ihm dabei behilflich sein. Doch nur unter einer Bedingung willigte ich ein, nämlich, dass er Friedrich beschattet“, beichtete sie ihm, ohne mit der Wimper zu zucken.

„Mir leuchtet ein, warum Göbel das machen wollte. Aber warum du? Was hat er gegen dich in der Hand?“ Barthel stemmte die Hände in die Hüfte.

„Nichts!“ Sie schaute ihn mit großen, erwartungsvollen Augen an.

„Ich glaube dir kein Wort. Dann muss ich also wohl oder übel davon ausgehen, dass du an der Entführung deines Mannes beteiligt warst oder bist. Nur für den Fall, dass du damit nichts anfangen kannst: Auf Freiheitsberaubung folgen bis zu fünf Jahre Haft oder Geldstrafe“, reagierte Barthel eisern.

„Warum sagst du das?“, fragte Rosalie Hauer und drehte ihren Kopf weg.

„Weil ich wissen will, wo dein Mann steckt.“ Barthel sagte das mit Nachdruck.

„Dann frag doch mal Ronja Gräfe, diese Schlampe! Sicher weiß sie es! Ich jedenfalls habe mit dieser Sache nichts zu tun“, antwortete sie aufgebracht.

„Du weißt also von seiner Affäre?“, erkundigte sich Barthel, der gehofft hatte, sie würde es von selbst ansprechen, als es ums „Beschatten“ ging.

Distanziert ging Rosalie an ihm vorbei und bat kühl darum,

ihr zu folgen. In der Küche schlug sie Barthel vor: „Setz dich. Ich mach uns was zu essen." Schon öffnete sie den Kühlschrank, um ein paar Tomaten und etwas Speck rauszuholen.

„Bestens. Ich könnte ein ganzes Schwein verdrücken", freute sich Barthel.

In dem großen, hellen Raum, der im Landhausstil eingerichtet war, folgte Barthel ihrer Anweisung und setzte sich auf den Barhocker unmittelbar an der Kücheninsel. Begeistert schaute er zu, wie Rosalie geschickt Zwiebeln und eine Knoblauchzehe auf einem großen Holzschneidebrett zerkleinerte.

„Natürlich wusste ich davon. Was wäre ich für eine Ehefrau, wenn ich das nicht mitbekommen hätte", sagte sie, während das scharfe Messer in ihrer Hand mühelos durch die saftigen Tomaten glitt. Anschließend holte sie eine Pfanne aus einer versteckten Schublade, tröpfelte etwas Olivenöl hinein und machte den Herd an.

„Es hat dich nicht gestört?", fragte Barthel überrascht.

„Was denkst du?" Rosalie hackte auf einen größeren Tomatenspalt ein. „Natürlich hat es mich gestört! Mir war aber auch klar, dass dieses Flittchen es nicht ernst mit ihm meinen kann. Sie würde ihn fallen lassen, sobald sie erreicht hätte, was auch immer sie erreichen wollte. Ich nehme mal an, es hat etwas mit dieser dämlichen Fledermaus zu tun. Ich hätte einfach nur abwarten müssen. Was anderes konnte ich eh nicht machen." Sie legte das Messer beiseite und schob die zerdrückte Knoblauchzehe und die Zwiebel- und Tomatenwürfel mit einem breiten Kochlöffel in die heiße Pfanne.

„*Hättest* du. Hast du aber anscheinend nicht", murmelte Barthel, denn er war von Rosalies Unschuld absolut nicht mehr überzeugt.

Sie hörte auf zu rühren und schaute ihn eindringlich an. „Noch mal! Ich habe ihm nichts angetan! Und ich weiß genauso wenig wie du, wo er jetzt gerade steckt, oder vielmehr in wem …" Sie befüllte einen Topf mit Wasser und stellte ihn auf den Herd. Dann griff sie sich eine Packung Nudeln und kippte sie hinein. „Alles nur ein Gerücht, dass Nudeln erst ins kochende Wasser geschmissenen werden müssen. Das gilt nämlich nur für frische Pasta-Produkte", gab sie mit ihrem Wissen an.

‚Wieder etwas gelernt', staunte Barthel. Aber vielleicht hatte sie auch nur ablenken wollen. Sogleich fragte er: „Und wie kann ich die Zusammenarbeit mit Göbel verstehen?"

„Die Wahrheit ist die, dass er alles für mich tun würde. Ich müsste nur mit dem Finger schnipsen. Er begehrt mich schon, so lange ich denken kann. Und das habe ich mir ganz einfach zunutze gemacht …" Rosalie grinste verwegen, während sie das kreierte Sugo mit Kräutern und Tomatenmark verfeinerte und vom Löffel probierte.

Barthels Gedanken spielten verrückt. Gut möglich, dass sie mit Göbel auch schlief. Wie sollte Barthel das zwischen ihnen beiden Vorgefallene nun einordnen? Er wollte diesbezüglich nicht weiterfragen und schaute etwas bedröppelt der Soße beim Brodeln zu.

Rosalie las in seinem Gesicht, drehte die Flammen herunter und kam um die Kücheninsel herum. „Wir haben nicht miteinander geschlafen. Ganz so leicht bin ich nun auch nicht zu haben." Sie sagte das mit einem Lächeln im Gesicht.

„Wer sagt mir, dass du mir jetzt die Wahrheit erzählst? Vielleicht stecken du und der Zimmermann unter einer Decke und ihr habt gemeinsame Sache gemacht", konfrontierte Barthel sie mit seinen Gedanken.

„Was soll ich? Ich würde vorschlagen, du ziehst dir jetzt ein paar trockene Sachen an! Nicht, dass du noch krank wirst. Dann müssten auch die Nudeln fertig sein", schlug sie vor.

Wie aus dem Nichts griff sie Barthels Hand. Er leistete keinen Widerstand, denn er war tatsächlich nass bis auf die Unterhose. Sie führte ihn die Treppe hoch und zog ihn in das erste Zimmer auf der linken Seite. Nun befand er sich in einer Art Vorraum, aber immerhin mit Sofa, Tisch, Kühlschrank und Standspiegel. Drei Türen führten in andere Zimmer. Vorm Sofa blieben sie aber stehen.

„Ausziehen!", kommandierte Rosalie harsch.

Zögerlich folgte Barthel ihrer Anweisung, aber nur, weil sie sogleich selbst hinter einer der Türen verschwand. Vermutlich war ein Ankleidezimmer dahinter, denn Barthel erhaschte einen Blick auf riesige Kleiderschrankfronten.

„Ich schätze mal, ihr habt die gleiche Konfektionsgröße", hörte er Rosalie reden. Sie öffnete einen Schrank und suchte darin nach passender Kleidung. Schon zog sie einen Kapuzenpullover heraus und drehte sich um. Wie sie Barthel oberkörperfrei dastehen sah, hielt sie sich die Hand vor den Mund. „Du meine Güte. Was ist mit dir passiert?"

„Ich habe doch gesagt, dass ich Schmerzen habe. Schuld daran ist ein kleiner Unfall gestern", erzählte Barthel und schaute an sich hinunter. Seine Rippenbögen glichen einem Malkasten mit vielen Blau- und Violetttönen. Er streckte die Hand nach dem Pullover aus und zog ihn, so schnell er konnte, an. Jegliche Unterstützung durch Rosalie, die ihm helfen wollte, lehnte er vehement ab. Tapfer biss er die Zähne zusammen und versuchte, vor Schmerzen nicht aufzustöhnen.

Plötzlich fing sie laut zu lachen an. „Na, da habe ich ja voll ins Schwarze getroffen!"

„Was ist los?“, fragte Barthel irritiert, der gerade mühsam den Pullover über den Kopf streifte.

„Lies doch mal!“ Sie deutete mit dem Finger auf die Vorderseite des Pullovers.

Bartel sah in den Spiegel und entdeckte, dass da etwas Verschnörkeltes auf seiner Brust stand, doch logischerweise verkehrt herum. Also schaute er an sich hinunter und las den Spruch vor: „‚Zimmermann. Traum jeder Frau. Nagelt und hämmert ausdauernd und das völlig schwindelfrei.‘ Das ist doch wohl ein Scherz, oder?“, kommentierte er die vermeintliche Lebensweisheit.

Rosalie hatte sich vor ihn gestellt. „Mal sehen …“ Forsch schubste sie ihn aufs Sofa. Barthel stöhnte auf – aber nicht vor Lust. So halb auf den Rücken zu fallen, war nicht gerade ein Segen für ihn. Sofort meldeten sich auch seine Rippen. Barthel hatte auf einmal das Gefühl, dass Rosalie kein guter Mensch war. Nicht weil sie ihrem Mann das Fremdgehen heimzahlen wollte, sondern weil sie wenig Taktgefühl hatte – oder ihr das Empfinden ihres Gegenübers einfach völlig egal war. Trotzdem hasste er sich dafür, als sie im Begriff war, sich auf ihn zu setzen, und er bloß sagte: „Versteh mich bitte nicht falsch. Der Kuss letztens war wunderschön, aber ich suche gerade deinen Mann, der seit über 48 Stunden vermisst wird.“

„… und ein mieses Schwein ist!“, ergänzte Rosalie.

„Ganz ehrlich! Ich blicke bei dir nicht so ganz durch. Erst vorgestern warst du doch die trauernde Witwe. War das alles nur gespielt?“, wunderte sich Barthel.

In dieser Sekunde piepste der Rauchmelder in der Küche. Augenblicklich sprang Rosalie auf und rannte die Treppe hinab. Kurze Zeit später hörte der Lärm auf. Doch dafür hörte Barthel sie nun wild fluchen. Behäbig rappelte er sich auf und kam dabei nicht drum herum, sich im Spiegel zu sehen. Als er dadurch an den Spruch auf seinem Oberteil erinnert wurde, konnte er nur den Kopf schütteln. Damit konnte er sich unmöglich draußen blicken lassen, so nett die Geste auch gemeint gewesen war. Aber das würde bedeuten, dass er sich entweder ein anderes Oberteil aussuchen oder wieder in die nassen Sachen hineinkriechen müsste. Er entschied sich für Letzteres. Angenehm war anders! Anschließend nahm er den Pullover und wollte ihn in die dreckige Wäsche geben. Im Ankleidezimmer hatte er vorhin auch einen Wäschesack entdecken können. Wie er also den Pullover hineinwerfen wollte, entdeckte er auch das Oberteil, welches Rosalie am Montag getragen hatte. Flüchtig dachte er an den Kuss. Ein entfernter Donner riss ihn aus seinen Gedanken. Das Gewitter musste vorbeigezogen sein.

In dem Wäschesack entdeckte Barthel aber auch ein Kleidungsstück, das für ihn noch viel bedeutsamer schien. An der gelben Bluse stach ihm nämlich ein Detail ins Auge. Den Zimmermann-Pullover, den er noch immer in seiner Hand hielt, legte er schnell auf den Boden. Auch wenn es ihm zuwider war, fischte er die Bluse aus dem Wäschesack und begutachtete sie von der Nähe. Tatsächlich waren da eindeutig Blutflecken drauf. Komisch, irgendeine Verletzung hatte Barthel bisher nicht an Rosalie ausmachen können. Der Polizist hatte augenblicklich neue Fragen, und er wollte nicht erst warten, bis irgendwann ein Untersuchungsergebnis da wäre. Also nahm er die Bluse mit und ging hinunter zu Rosalie, die gerade zu retten versuchte, was an Essen noch zu retten und nicht verbrannt war. Sie freute sich trotz des Ärgers anscheinend, Barthel zu sehen. Doch wich ihre Freude dem Ausdruck von Verwunderung, als ihr Blick die Bluse registrierte. Barthel bemerkte das sehr wohl, legte das Kleidungsstück sachte auf die Kücheninsel und setzte sich wieder auf den Barhocker.

„Was hast du mit meiner dreckigen Bluse vor?", fragte Rosalie ihn überrascht.

„Zufälle gibt es, das glaubst du nicht …", meinte Barthel.

„Doch! Aber was hat das mit meiner Bluse zu tun?", wollte sie wissen und wirkte verdächtig ahnungslos.

„Dreckig war nicht ganz das richtige Wort", sagte Barthel lächelnd. „Gerne möchte ich dir mal was zeigen." Er drapierte das Kleidungsstück so, dass die Blutspritzer deutlich zu erkennen waren.

Hauer gab auf und gestand: „Du hättest es früher oder später eh herausgefunden. Kürzen wir das also ab. Der Einbruch neulich war gestellt! Ich war das. Und Göbel hat mir dabei geholfen. Friedrich hätte seine Entdeckung in der Lochmühle niemals verkauft, dazu war er zu vernarrt in Wagner. Ich dagegen hatte damit kein Problem. Und Göbel hat einfach das gemacht, was ich ihm gesagt habe. Dass er sich dabei so blöd anstellt, beim Öffnen der Schatulle vor Aufregung verletzt und mich besudelt, das konnte keiner ahnen. Ich, oder besser wir haben Friedrichs Verschwinden schlicht und ergreifend ausgenutzt." Rosalie schaute aus dem Fenster.

„Unglaublich! Warum?" Barthel war sprachlos. Sein Gefühl hatte ihn nicht getäuscht. Offensichtlich steckte sie in der Bredouille, nur wie tief, war noch nicht klar. Viel schlimmer als der angebliche Einbruch war für Barthel jedoch die endgültige Gewissheit, dass er ihr nicht mehr trauen konnte.

„Ich hätte mich eh bald von ihm getrennt. Es war nicht mehr auszuhalten mit ihm. Vielleicht ist es auch besser so, wenn Friedrich verschwunden bleibt …", kommentierte sie Barthels Reaktion.

„Dir ist schon klar, dass mir nichts anderes übrig bleibt, als jetzt auch gegen dich zu ermitteln? Fangen wir damit an, wo du letzten

Sonntag …" Ausgerechnet jetzt unterbrach Barthel das Klingeln seines Handys.

25

Es hatte aufgehört zu regnen. Weit fahren musste Barthel mit dem Auto nicht. Noch während des Anrufs hatte er alles stehen und liegen lassen. Hunger hatte er allerdings immer noch – aber so war es eben manchmal, wenn die Pflicht rief. Er hatte Rosalie darum gebeten, sich nicht zu weit von Mihlsdorf zu entfernen und ihm zur Verfügung zu stehen, sonst müsste er einen vorläufigen Haftbefehl gegen sie erwirken. Nach den neuesten Entwicklungen war sie in seinen Augen dringend tatverdächtig.

Barthel ließ Marlies' roten Flitzer in der Einfahrt der Köhlers stehen. Niemand Geringeres als Ronja Gräfe hatte ihn eben angerufen. Sie hatte gefunden, wonach sie gesucht hatte und wollte ihm nun irgendetwas sehr Wichtiges zeigen – natürlich bezogen auf den Fall. Natürlich musste Barthel sehr vorsichtig sein, denn es konnte sich auch um eine Falle handeln. Zu seiner großen Verwunderung sollte er aber so schnell wie möglich zu Maik Köhler kommen, dem er nun wirklich nicht misstrauen konnte. Sicherlich musste es irgendeinen technischen Hintergrund geben, warum sonst sollte Köhler involviert sein?

Barthel stieg aus und klingelte an der Hofeinfahrt. Lange musste er nicht warten, da stand auch schon Gräfe in der Tür. Sie war nervös und kaute auf ihren Fingernägeln herum.

„Das gestern mit dem Hund und dem Weglaufen war nicht gerade die feine englische Art. Ich bin sehr gespannt, was du mir jetzt zeigen wirst", ergriff Barthel mit ernster Miene das Wort.

„Komm schnell rein! Ich demonstriere es dir“, antwortete sie angespannt.

„Was hat das hier alles zu bedeuten?“, fragte Barthel, während er folgte.

„Geduld, Geduld. Es lohnt sich.“ Gräfe ging rasch die Treppen hinunter in den Keller.

„Geduld habe ich! Sonst hättest du längst eine Fahndung an der Backe. Aber eins kann ich dir garantieren, meine Geduld ist nicht unendlich!“, drohte Barthel und konzentrierte sich darauf, auf der Treppe nicht zu stolpern.

Die Wildhüterin ging zielstrebig zu Köhler ins Zimmer. Der saß vorm Computer und begrüßte Barthel mit einem Kopfnicken. Dann schaute er wieder in den Bildschirm. Die Luft roch noch genauso abgestanden wie am Montag, als Barthel mit dem Handy dagewesen war – gefühlt unendlich lange her, da so viel in der Zwischenzeit passierte. Aber zum Glück war es hier auch mollig warm, so konnten seine Sachen trocknen. Gräfe stellte sich hinter Köhler und fing mit verschränkten Armen an zu reden: „Also … Ich habe gestern an deinem Gesichtsausdruck erkannt, dass du mir nicht glaubst. Dann fiel mir etwas ein, was vielleicht meine Unschuld beweisen und dir weiterhelfen könnte. Denn ich habe unten bei der Lochmühle zwecks der Fledermäuse eine Wildkamera aufgestellt. Nichts anderes wollte ich gestern holen. Der Weg hinter meinem Haus kam mir dabei sehr gelegen.“

„Nebst der Unterstützung deines Hundes!“, fügte Barthel mürrisch hinzu. „Du hättest wenigstens sagen können, dass du eine Weile brauchst! Wir hätten zusammen danach sehen können.“

„Entschuldige bitte noch mal dafür. Aber es ist so …“, druckste Gräfe rum.

„Komm zum Punkt, Ronja. Was soll ich hier?“, unterbrach Barthel sie. Seine Geduld war am Ende.

Köhler drehte sich zu ihm um und gab ihm zu verstehen, dass er sich beruhigen sollte.

Gräfe wurde nervös: „Als ich bei der Lochmühle ankam und nach der Kamera suchte, musste ich feststellen, dass sie jemand zerstört hatte. Die Teile da …“, sie deutete zum Schreibtisch, „… sind alles, was von der Kamera übriggeblieben ist. Sicherlich kannst du dir meine Verzweiflung vorstellen. In meiner Not fiel mir nur Maik ein, der mir aus der Patsche helfen könnte. Das wiederum hieß aber auch, dass ich ihm die Situation erklären musste. Also bin ich auf dem schnellsten Weg hierher und er half mir und …“

„… und konnte das Video wiederherstellen! Was zugegebenermaßen nicht sehr leicht war“, schaltete sich Köhler überraschend ambitioniert ein. „Die Speicherkarte hat ordentlich was abbekommen. Doch zum Glück waren die letzten und für unsere Sache wichtigen Sektoren halbwegs intakt. Und das Rendern dauert halt so lange, wie es dauert. Selbst bei meinem Rechner brauchte das ’ne ganze Weile und ist …“

„… gerade eben erst fertig geworden. Deswegen habe ich mich auch nicht früher bei dir gemeldet“, vervollständigte Gräfe den Satz.

„Danke für die Aufklärung!“ Barthels Stimmung wurde wieder besser. „Und was ist darauf zu sehen?“, fragte er neugierig, während er sich die Jacke auszog und sie flink über die Heizung hing.

Köhler übernahm das Wort. „Das kannst du vielleicht besser einschätzen als wir. Logischerweise ist die letzte Datei die interessanteste.“ Er drehte den Bildschirm in Barthels Richtung, wählte eine Datei aus und spielte sie ab.

Gespannt schaute Barthel auf die nun folgende Sequenz. Der Film war in reduzierter Farbe und am Tage aufgenommen worden. Deutlich konnte er die Stirnseite von der Lochmühle erkennen. Der Fokus lag auf dem Dachstuhl, doch war auch der Eingang der Baustelle gut zu sehen. Bestimmt war die Wildkamera leicht über Augenhöhe angebracht worden, denn Barthel konnte keinen Boden sehen. Im Hintergrund nahm er leise das Radio von der Baustelle wahr. Auch hörte er, dass jemand dort am Arbeiten war. Anhand von Ort und Zeitpunkt der Aufnahme schloss Barthel daraus, dass es nur Hauer sein konnte, der dort werkelte. Schließlich lief das Radio ja auch noch, als Barthel eintraf, um auf der Baustelle nach dem Rechten zu sehen. Doch der Grund, warum die Wildkamera angesprungen war, musste der sein, dass plötzlich etwas am unteren Bildrand auftauchte. Ein knackender Ast war auch zu hören. Dieses Ding, Barthel erinnerte es an ein halbiertes Oval, bewegte sich von rechts nach links. Dann hörte er etwas rascheln und musste mitansehen, wie aus dem Nichts ungebremst ein Knüppel von unten auf die Linse zukam. Barthel zuckte zusammen. Danach wurde das Bild schwarz.

„Was war das denn?", war seine erste Reaktion auf die Aufnahme.

„Mit der mutwilligen Zerstörung muss es noch weitergegangen sein, denn die Kamera lag komplett zertrümmert im Laub. Die Person muss eindeutig von ihrer Existenz gewusst haben und auch davon, wo die Kamera angebracht war." Gräfe schüttelte verständnislos den Kopf.

„Und das Ganze passierte genau wann?", fragte Barthel.

Köhler klickte die Datei an. „Laut Metadaten am Sonntag um 14.32 Uhr."

„Sehr interessant … Also definitiv bevor ich gegen 15 Uhr den

Schrei im Liebethaler Grund gehört habe", dachte Barthel laut. „Spielst du es bitte noch mal ab, Maik?" Um besser sehen zu können, stützte sich Barthel nun auf dem Schreibtisch direkt vorm Bildschirm ab. Soweit das eben seine Schmerzen zuließen.

„Siehst du nun, dass ich damit nichts zu tun habe", meinte Gräfe erleichtert.

„Ehrlich gesagt, beweist das leider überhaupt nichts, Ronja. Denn wie du eben so schön selbst gesagt hast, wusste die Person zweifellos, dass es dort eine Kamera gab!" Barthel schaute kurz zu der Wildhüterin nach hinten und lächelte gezwungen.

„Das darf doch nicht wahr sein! Bitte glaub mir doch!", jammerte sie schon fast hysterisch.

Das konnte Barthel gut ausblenden, vielmehr versuchte er, sich bei der erneuten Betrachtung des Films auf Kleinigkeiten zu konzentrieren. Sein Gefühl sagte ihm, dass auf dem Film die Lösung des Hauer-Problems zu sehen sein musste. Ein „normaler" Vandale wäre nicht so gezielt vorgegangen. Barthel musste einfach nur genau hinschauen. Aber als der Film zu Ende war, war er nicht viel schlauer als vorher. Um was könnte es sich bei diesem „Halboval" nur handeln? Vielleicht um den oberen Teil einer Art Kopfbedeckung? Deswegen konnte er auch keine Haare erkennen. Möglicherweise eine Kapuze? Oder eine Schirmmütze? Aber in bunt?

Barthels Ehrgeiz war gepackt und er wollte das Video noch mal sehen, dabei konnte es ihm nicht schnell genug gehen. Diesmal ließ er die Aufnahme bei einer Sequenz stoppen, bei der er sich sicher war, ein entscheidendes Detail entdeckt zu haben. „Kann man da was machen?", fragte er Köhler.

Der nickte, wechselte das Programm und schob ein paar Regler hin und her. Das Bild wurde zwar heller, aber nicht zwingend aufschlussreicher. „Mehr geht nicht", murmelte Köhler.

An irgendetwas erinnerte Barthel die Art und Beschaffenheit der Kopfbedeckung. Sie schimmerte im Schatten des Gehölzes. Auch meinte er, ein florales Muster zu erkennen.

Die Lösung lag ihm auf der Zunge, aber er kam nicht drauf. Um sich abzulenken, drehte er sich zu Gräfe um und fragte aus reiner Neugier: „Ronja, warum lässt du die Kamera überhaupt tagsüber eingeschaltet?“

„Vorrangig natürlich wegen der Fledermäuse. Wusstet ihr, dass es Ausnahmesituationen gibt, in denen sie auch tagsüber fliegen? Prinzipiell machen das ihre Augen auch mit. Doch verlangt ihnen der Flug, anders als bei Vögeln, zu viel Kraft ab. Und die Beute müssten sie trotzdem mit denen teilen. So haben sie sich für die Nacht entschieden. Manchmal aber kann man sie auch am Nachmittag auf Beutezug ausrücken sehen … Und außerdem wollte ich bei Vandalismus an der Lochmühle die Verantwortlichen zur Rechenschaft ziehen“, beantwortete Gräfe recht förmlich seine Frage.

„Soso … Aber Hauer wolltest du nicht auch rein zufällig beobachten?“, fragte Barthel nach und dehnte das Wort „zufällig“ wie einen Kaugummifaden.

Gräfe reagierte nicht auf diese Spitze. Barthel wollte noch etwas nachsetzen, aber Köhler, der die ganze Zeit beiläufig ganz leise ein Lied gesummt hatte, unterbrach ihn auf einmal energisch: „Wollen wir uns nicht lieber wieder auf den Film konzentrieren, Herr Polizeiobermeister?“

Kommentarlos drehte sich Barthel zum Bildschirm um, nicht ohne vorher Köhler einen strengen Blick zugeworfen zu haben, und sprach: „Also gut … Alles noch mal auf Anfang … Aber hör bitte endlich auf, dieses blöde Lied zu dudeln.“

Köhler wehrte sich: „Ich kann nichts dafür. Das Lied in der Aufnahme ist daran schuld. Ich hab's jetzt bestimmt 150-mal in Dauerschleife gehört!"

Dazu wollte sich Barthel nicht äußern, sondern er stierte erwartungsvoll weiter auf den Bildschirm. Die Aufnahme ging los, und gleich als Erstes vernahm er notgedrungen eben jenes Lied wieder: „Relax". Höchstwahrscheinlich kam es aus dem Radio auf der Baustelle in der Lochmühle. Barthel ließ es über sich ergehen, denn er konnte nichts dagegen machen, außer vielleicht den Ton stummschalten. Doch dann würde ihm vielleicht ein wichtiges Geräusch entgehen.

Jeder kannte natürlich das Lied von „Frankie goes to Hollywood". Umso verwunderlicher waren für Barthel auf einmal die Zwischentöne, die sich irgendwie falsch anhörten. Dabei meinte er nicht das Brechen des Astes, das den Sound zerriss. Er hätte ohne das nervige Summen von Köhler diesem Detail keine Beachtung geschenkt. „Stopp! Noch mal genau die Stelle. Und kannst du vielleicht auch den Ton insgesamt lauter ziehen oder irgendwie bereinigen?", bat Barthel den IT-Spezialisten.

„Alles was du wünscht, mein Gebieter! Aber ein ‚Bitte' wäre auch nicht schlecht gewesen", quittierte Köhler sein Anliegen und drehte gut gelaunt an diversen Reglern im Programm. Was auch immer er tat, die Geräusche klangen nun irgendwie klarer. Jetzt registrierte Barthel auch eine Art zweiter Melodie.

„Das ist aber nicht ‚Relax'", merkte Gräfe überflüssigerweise an.

„Gut erkannt!", konnte sich Barthel einen sarkastischen Kommentar nicht verkneifen. Doch war das nicht so zynisch gemeint, wie es sich vielleicht anhörte. Er stand einfach zu sehr unter Druck. Traurige Tatsache aber war, dass Barthel diese Melodie schon einmal gehört hatte. Aber vorerst sagte er nichts, nur bat er Köhler darum, den Film einfach weiterlaufen zu lassen. Und bei der Stelle mit der Kopfbedeckung wusste er nun auch auf einmal, was es war und wo er es gesehen hatte. Beide Elemente hatten untrennbar miteinander zu tun. Barthel wollte Gewissheit haben und richtete sich auf. Ohne ein Wort zu sagen, schnappte er sich seine Jacke und stürmte los.

26

Zielstrebig fuhr Barthel mit dem roten Fiat 500 durch Mihlsdorf und ärgerte sich über sich selbst: Wie konnte er nur das Offensichtliche übersehen haben? Das brachte ihn in Rage. Alles schien jetzt zu passen – wie das berühmte fehlende Puzzleteilchen. Doch musste er sich vorerst unweigerlich beruhigen. Einerseits verlangte die regennasse Straße seine ganze Konzentration. Und andererseits musste er jemandem ein Geständnis entlocken.

Leider war er sich in letzter Zeit viel zu oft sehr sicher gewesen und stand am Ende mit leeren Händen da. Aber diesmal wäre es anders, das sagte ihm sein Gefühl. Das untermauerte auch der Videobeweis, der ein starkes Indiz darstellte.

In der Einfahrt von Mielte war wieder Platz zum Parken da, seine Kollegen hatten den Tatort verlassen. Auch wenn die Fahrt verhältnismäßig kurz war, hatte er trotzdem die Sitzheizung angestellt, um seine Hose weiter zu trocknen. Jetzt war ihm nicht mehr so unangenehm zumute. Barthel ging die paar Meter zum Nachbargrundstück von Erika Meyer. In der Aufnahme war ein Kopftuch zu sehen und eine markante Melodie zu hören – beides konnte er zweifellos mit ihr in Bezug setzen. Vielleicht gab es, wie so oft im Leben, auch eine andere Erklärung für diese beiden Sachen. Denn hätte Barthel ihren Namen nicht in den Listen von

Mielte lesen müssen? Was jedoch nicht der Fall gewesen war. Wiederum waren aber sehr viele Eintragungen durch das Erbrochene verwischt worden. Es blieb Barthel nichts anderes übrig, als die Wahrheit herauszufinden.

Entschlossen drückte er das zarte, runde Klingelknöpfchen inmitten eines Messingtäfelchens, das an einer Steinsäule angebracht war, und wartete wie so oft darauf, dass sich etwas tat. Wieder einmal rührte sich niemand. Also klingelte Barthel abermals. Die Sonne schien grell, wie manchmal nach schweren Gewittern, und wurde nur kurzzeitig von weißen Schäfchenwolken verdeckt. Die Luft roch frisch, mit einer Note von Laub. Die Vögel zwitscherten aufgeregt. Alles sah danach aus, ein traumhafter Herbstnachmittag zu werden. Nur nicht für Barthel, der immer noch vergebens wartete. Aber er wurde das Gefühl nicht los, beobachtet zu werden. Aufmerksam suchte er alle Fenster ab, ob sich dahinter etwas bewegte. Bei einem bildete er sich ein, eine menschliche Kontur zu sehen, welche sich in der Tiefe des Raumes befand. Dann schob sich eine Wolke vor die Sonne und der Schatten verschwand.

Barthel stierte weiter auf das Fenster. Doch nichts bewegte sich im Haus. Da schien die Sonne wieder. Zwischenzeitlich war sie ein Stückchen weitergewandert, und Barthel konnte jetzt erkennen: Der Übeltäter war nichts anderes als eine Standuhr. Enttäuscht überlegte er, was er nun für Möglichkeiten hatte. Da fiel ihm ein, dass Meyer vielleicht in ihrem Garten sei, der sich hinter ihm auf der gegenüberliegenden Straßenseite befand.

Die vom Gewitter noch nasse, alte Holztür war tatsächlich nur angelehnt. Barthel rief nach Meyer. Doch auch hier hatte er kein Glück. Niemand reagierte auf seine Rufe. Obwohl das Grundstück nicht übermäßig groß war, war es schlauchig und reichte bis zur Felsenkante unmittelbar über dem Wagner-Denkmal. In der Mitte befand sich ein Holzschuppen, der direkt an eine Ruine, als eine Art Verlängerung, grenzte. Das verfallende Häuschen schien nur noch notdürftig zusammenzuhalten. Reichlich Efeu krallte sich am Mauerwerk fest. Allerlei Barthel unbekannte Pflanzenarten reckten ihre Blüten in die Höhe oder faszinierten durch ihre Blattformen. Blühende Strauchrosen erklommen Rosenbögen. Ein Weg aus bemoosten Sandsteinen führte in einer S-Linie in die Tiefen des verwunschenen Gartens. Es war Meyers Reich, ihr Garten Eden, das konnte Barthel spüren. Ohne Zweifel besaß Meyer einen grünen Daumen – vielleicht war sie ja sogar eine Hexe.

Als Barthel das Grundstück betrat, war er absichtlich nicht leise. Der Gartentür gab er einen ordentlichen Schubs – quietschend fiel sie hinter ihm ins Schloss. Aufmerksam ging er in Richtung Schuppen. Keinesfalls wollte er Zeuge irgendwelcher dubiosen Geschäfte werden, was er sich allerdings bei der Meyer auch nicht vorstellen konnte. Doch vermittelte ihm die Aufnahme von der Wildkamera ein anderes Bild von ihr.

Als Barthel vorm Schuppen stand, konnte er auf den ersten Blick nichts Auffälliges entdecken. Vorsichtig öffnete er die Tür und schaute hinein. Durch die Fenster strömte genug Tageslicht in den Verschlag – einen Lichtschalter hatte er eh nicht gesehen. Anders als erwartet war hier alles akkurat aufgeräumt. Jedes Gartengerät hatte seinen passenden Platz. Diverses Samengut war in Plastikbehältern abgepackt, beschriftet, nach einer Art Aussaatkalender sortiert und in einem Regal abgelegt. Barthel empfand, dass es innen deutlich besser aussah als von außen. Hier würde nichts zu finden sein.

Erleichtert und gleichzeitig enttäuscht schloss er die Tür und lief weiter ins Hintere des Gartens. Zwangsläufig kam er dabei auch an der Ruine vorbei. Deutlich konnte er eine Spur in Richtung

Eingang erkennen – das Gras war noch niedergetrampelt. Aber das Gebäude dürfte nicht wirklich zu irgendetwas brauchbar sein, höchstens als notdürftiges Lager.

Als Barthel der Spur folgte, versperrte ein massives Vorhängeschloss neueren Datums den Zutritt zum Ruineninneren und bestärkte ihn in seiner Vermutung, dass hier etwas nicht in Ordnung war. Ein nigelnagelneues Sicherheitsschloss an einer verzogenen Holztür? So etwas passte nicht zusammen.

Erfolglos rüttelte Barthel an der Tür. Dann entschied er sich dafür, das Schloss aufzubrechen. Doch dazu brauchte er Werkzeug. Ihm fielen die Utensilien im Schuppen ein, da wäre ganz sicher etwas dabei. Also ging er schnellen Schrittes zurück, riss die Tür vom Schuppen auf und suchte gezielt nach etwas Schwerem: einer Astschere, einer Axt oder einem Spaten. Mit Letzterem hatte er Glück. Barthel griff sich das Gerät in der Ecke. Wieder vor dem Hängeschloss stehend, richtete er es, so gut es ging, aus. Dann holte er tief Luft und wuchtete den Spaten in die Höhe. Sein Brustkorb schmerzte, als er krachend das Schloss traf. Zwar war er mit seinem Schlag zufrieden, aber das Schloss blieb davon gänzlich unbeeindruckt. Nicht mal einen Kratzer hatte es abbekommen. Barthel gab nicht auf und holte erneut aus, diesmal mit noch mehr Krafteinsatz. Es rumste gewaltig, doch das Schloss blieb unversehrt. Wenigstens der Bügel hatte sich ein Stück weit aus dem Holz gelöst. Beim nächsten Schlag würde Barthel eher die ganze Vorrichtung aus der Angel reißen, als das Schloss aufzubrechen. Darin sah er nun auch seine Chance. So holte er motiviert noch mal aus und traf erneut. Die Schmerzen in seiner Brust hatte er gekonnt ignoriert. Es zahlte sich aus: Tatsächlich hatte er endlich Erfolg. Die Vorrichtung samt Schloss baumelte nur noch am vermoderten Rahmen. Nichts konnte ihn mehr daran hindern, einzutreten.

Die durch Kälte und Nässe verzogene Tür schleifte am Boden. Mühselig ruckelte Barthel sie langsam nach außen auf. Die Strapazen spürte er überall in seinem Körper. Diesmal konnte er das nicht ausblenden. Aber er schaffte es trotzdem: Die Tür war endlich so weit offen, dass er hindurchgehen konnte.

Mit eingeschalteter Taschenlampe betrat Barthel die Ruine. Es war unfassbar dunkel, denn es gab keine Fenster. Ein eigenartiger Geruch lag in der Luft, den Barthel sich nicht erklären konnte. In dem Gemäuer stank es regelrecht nach Lavendel. Aber es war auch etwas Beißendes beigemischt, wie von Essig herrührend. Aus Marlies Michels praktischer Haushaltsschule hatte Barthel gelernt, dass Fliegen ätherische Öle und Essig hassten. An einer quer durch den Raum verlaufenden Wäscheleine hingen Dutzende von Baumwolllappen. Wasserflecken zeichneten sich darunter ab. Barthel leuchtete die Wände ab. Erika Meyer hatte alle Fenster, ob intakt oder zerstört, ganz einfach zugemauert. Gleich neben dem Eingang war eine Leuchte an der Wand montiert. Der Kabelkanal führte geradlinig nach unten zu einem Drehschalter. Barthel drehte ihn und hoffte, keine gewischt zu bekommen. Es blitzte kurz auf. Doch dann geschah nichts mehr. Erfolglos drehte Barthel erneut den Schalter. Sein Blick wanderte im Lichtkegel der Taschenlampe zwischen den aufgehängten Stoffen umher. Mit Spinnweben verhangene Stühle, zwei zusammengeklappte Holzböcke und eine aufgestellte Holzplatte standen in der Ecke des Raumes. Eine schmale Werkbank mit verrosteten Werkzeugen befand sich an der langen Seite. Barthel ging hin und bestaunte die gut sortierte Auswahl. Die Instrumente hätten locker aus einem Folterkeller stammen können: Sägen, Zangen, grobe Feilen, so etwas wie überdimensionale Eispickel und diverse Hämmer konnte Barthel zumindest zuordnen, für alles andere fand er keinen Namen. Durch die Stofflappen hindurch entdeckte er aber etwas noch Skurrileres: An der Stirnseite der Ruine hing ein Eselskopf und stierte in den Raum. Barthel schüttelte es. ‚Warum ausgerechnet ein Esel?', fragte er sich. Definitiv eine untypische Jagdtrophäe! Der Kopf war in einem miserablen Zustand. Das Fell hatte kahle Stellen und die Ohren waren angefressen. Anstelle der Augen hatte er schwarze Höhlen. Bestimmt hing er hier schon geraume Zeit. Just in der Sekunde fiel ihm ein, dass Erika Meyer ihm doch die Legende von der Lochmühle erzählt hatte, in der ein Esel vom Teufel in die Hölle hinabgerissen wurde. Immer mehr musste er annehmen, dass die mysteriöse Frau hier auch okkulte Rituale begangen hatte.

Aber Barthel war nicht wegen dem armen, ausgestopften Tier hier, sondern er wollte herausfinden, ob Meyer im Fall Hauer beteiligt war. In Mihlsdorf sollte endlich wieder Ruhe einkehren.

Ohne einen Laut von sich zu geben, stand Barthel noch kurz da und betrachtete den Tierkopf, von dessen düsterer Ausstrahlung man sich nur schwer losreißen konnte. Da vernahm er von irgendwoher ein leises Fiepsen oder Knuspern. Er richtete den Lichtstrahl auf den Boden und suchte alle Ecken ab, aber konnte kein Tier entdecken. Wieder verharrte er regungslos und vernahm abermals die Geräusche. ‚Ratten!', kam ihm in den Sinn. Aber nirgendwo konnte er welche sehen. War es nicht auch so, dass man mit Essig Ratten fernhielt? Barthel kniete sich schmerzerfüllt auf die Holzbohlen. Die Geräusche wurden etwas lauter. Für ihn bestand kein Zweifel mehr, als er ganz dicht mit dem Kopf über dem Boden hing und lauschte: Irgendein Hohlraum musste sich unter ihm befinden. Doch nirgendwo war ein Eingang oder auch nur eine Einkerbung zu sehen. Dann versuchte er es mit Klopfen, um die Stelle auszuloten. Schaurigerweise fand er eine unter dem Eselskopf. Das hätte sich Barthel auch denken können.

Er begutachtete den Boden genau, um eine Öffnung zu finden. Aber das Einzige, was er fand, war eine Art Pfropfen, der in einem Holzauge steckte. Wenn er ihn nur entfernen könnte, dann hätte er seinen Finger in das freigelegte Loch stecken und die Holzbohle vielleicht hochziehen können. Bei dieser Gelegenheit fragte Barthel sich, wie da überhaupt Ratten reinkamen. Hieß das nicht vielmehr, dass es irgendwo eine Ritze geben musste, durch die sie krabbeln konnten?

Wie er sich an dem Pfropfen zu schaffen machte, hörte Barthel plötzlich eine Stimme hinter sich: „Du steckst also hinter dem Lärm!"

Er zuckte zusammen und stieß einen Schrei aus. Augenblicklich ließ er von dem Pfropfen ab. Und natürlich hatte er die Stimme sofort erkannt. Erika Meyer stand im Türrahmen und beobachtete ihn. Sie trug ein knielanges Jerseykleid mit floralem Muster. Einzig ein Detail störte den verspielten Look: Ihre abgenutzten Gummi-Gartenschuhe.

„Ich hatte eben bei Ihnen geklingelt. Wo waren Sie?", sagte Barthel mit angestrengter Stimme, während er sich aufrappelte.

„Ich war in der Küche, am Herd. Als ich im Garten ein Hämmern und Dröhnen hörte, wollte ich nachschauen. Und nun sehe ich dich am Boden liegen", antwortete sie gelassen.

„Ich wollte Ihnen ein paar Fragen stellen!" Barthel klopfte sich die Hände ab und schaute ihr ins Gesicht.

„Gerne. Aber ich muss zurück. Das Essen steht noch auf dem Herd. Für einen Brand möchte ich nicht verantwortlich gemacht werden", sagte sie lächelnd und ging los, ohne seine Antwort abzuwarten. Barthel folgte ihr, obschon mit mulmigem Gefühl. Nur zu gerne hätte er gewusst, was sich unter ihm befand. Und da hörte er sie wieder, jene Melodie aus dem Munde Meyers, die ihn auch hierhergeführt hatte.

27

Beim Betreten des Hauses fiel Barthel auf, dass er bisher noch nie bei Meyer zu Hause gewesen war. Aber warum sollte er auch?

„Brauchst du Hausschuhe?“, fragte sie ihn, während sie aus ihren Gartenschuhen schlüpfte und sich bordeauxrote Pantoletten mit leichtem Absatz anzog, die pompös mit einer aufgesetzten Rose verziert waren. Nun fühlte sich Barthel dazu genötigt, seine Straßenschuhe auszuziehen. Seine Kleidung war mittlerweile gut getrocknet.

„Danke. Nicht nötig …“, sagte er und stellte seine Treter bei der Garderobe ab. Dabei machte er eine Entdeckung. Hier hingen neben Übergangsjacken auch ein paar Kopftücher, unter denen Barthel auch jenes aus der Aufnahme fand. Adrenalin rauschte in seinen Ohren. ‚Sie war es, sie war die Entführerin‘, hämmerte eine Stimme in seinem Kopf. Nur mit Mühe behielt er es zunächst für sich, und so folgte er Meyer stillschweigend.

Im ganzen Haus gab es helle Natursteinfliesen, was eine gewisse Kühle ausstrahlte, aber einen ästhetischen Kontrast zu der omnipräsenten Holzvertäfelung bot. Das Haus war gut verwinkelt, und Barthel musste sich sputen, mit Meyer Schritt zu halten, wenn er sich nicht verlaufen wollte. Hinter einem Rundbogen bog sie links ab und ging in die Küche. Sogleich klemmte sie sich wieder hinter den Herd, aber band sich vorher noch schnell eine Schürze um – weiße Pünktchen auf rotem Stoff. Die Kombination aus

Hausschuh, Kleid und Schürze harmonierte farblich hervorragend. Behände goss sie Rotwein in einen Bräter. Barthel lehnte an einem Küchenschrank und sah sich in der Küche um. Das Fenster war gekippt, dadurch hatte sie bestimmt den Lärm gehört, den er in ihrem Garten verursacht hatte. ‚Warum nicht sein Klingeln?', dachte sich Barthel und mutmaßte: ‚Bestimmt wollte sie es ignorieren. Doch da er einem Geheimnis in ihrem Garten gefühlt auf der Spur war, musste sie ja etwas unternehmen.'

„Was wolltest du mich fragen?", wollte Erika Meyer wissen, ohne sich umzudrehen.

Gerade als Barthel anfing zu reden, klingelte ihr Festnetztelefon. Wie selbstverständlich sauste sie an ihm vorbei ins angrenzende Esszimmer und nahm den Hörer von der Station. Barthel konnte vernehmen, wie sie dem Gegenüber versprach, sich gleich zurückzumelden, denn ihr Essen stünde auf dem Herd. Barthel für seinen Teil konnte nicht sagen, wie lange sie hier brauchen würden.

Als Meyer wieder in der Küche war, nahm sie flink die obere Hälfte vom Bräter ab, probierte vom Kochlöffel und schien zu überlegen, was dem Essen noch fehlte.

Barthel nahm erneut Anlauf: „Wo waren wir gleich noch mal stehen geblieben?"

„Beim Essen, denn ich bin fertig mit Kochen. Du isst doch mit, oder?" Sie kam zielstrebig auf ihn zu und schnellte mit dem Arm vor. Vor Schreck wusste Barthel nicht, wie ihm geschah, duckte sich und trat blitzschnell einen Schritt zur Seite.

„Was ist los mit dir?", fragte sie ihn verwundert, während sie aus dem Küchenschrank zwei Porzellanteller holte.

„Reflex …", entschuldigte sich Barthel, obwohl seine Reaktion streng genommen mehr als gerechtfertigt war. Das Essen roch wirklich köstlich, das konnte er nicht leugnen. Plötzlich knurrte sein Bauch laut und lange. Kein Wunder, hatte er doch schon seit knapp zwei Stunden Hunger und nichts gegessen, ständig war ihm etwas dazwischengekommen.

„Da hat aber jemand Kohldampf!“, kommentierte Meyer lächelnd. Sie holte ein großes, dunkles Fleischstück aus dem Bräter und schnitt es auf einem Holzbrett mit einem Tranchiermesser in dünne Scheiben.

„Was gibt es denn?“, fragte Barthel neugierig, behielt sie aber die ganze Zeit im Blick und wog immer noch ab, ob er wirklich mitessen sollte.

„Schmorbraten mit Kartoffeln und Rotkohl“, antwortete sie stolz.

Da Barthel nicht schnell genug reagiert hatte, begann sie, das Essen aufzutischen.

„Auch etwas Soße? Für mich immer das Beste!“ Prompt schüttete sie sich zwei Kellen auf den Teller. ‚Vielleicht war ja wieder einmal alles ganz anders‘, sagte Barthel beschwichtigend zu sich, vom Hunger getrieben. So ein Kopftuch gab es bestimmt scharenweise zu kaufen. Selbst für die Melodie gab es sicherlich eine Erklärung. Er war nicht mehr fähig, kritisch zu denken, so sehr übermannte ihn sein Hunger. Erfolgreich hatte er sich nun selbst überredet, auch wenn ihm bewusst war, dass sie ihn mit dem Essen nur ablenken wollte. Ein cleverer Schachzug.

Meyer schlüpfte aus ihrer Kochschürze. „Hinter dir in der Schublade ist das Besteck.“ Mit den zwei Tellern in der Hand ging sie an ihm vorbei, um sie auf einem schönen, massiven Holztisch im angrenzenden Esszimmer abzustellen. „Das Essen wird kalt!“, fügte sie hinzu, als Barthel sich nicht regte.

Schließlich fand er die Schublade, griff sich Messer und Gabel und folgte mit dem Besteck in der Hand ins Esszimmer.

In einer handbemalten Vase steckte ein prächtiger Strauß aus selbstgepflückten Blumen, sicherlich aus Meyers Garten. Die schob ihn etwas zur Seite, damit dieser die Sicht nicht versperrte. Kaum aber saß Barthel, sprang sie auf und huschte zurück in die Küche. „Schmorbraten darf nie trocken gegessen werden", flüsterte sie. Mit zwei Gläsern und der angebrochenen Rotweinflasche kam sie zurück.

„Auch ein Gläschen? Das darf doch wohl drin sein, oder?", fragte sie rhetorisch, während die Flasche schon über seinem Glas schwebte und sie langsam eingoss.

„Vielen Dank! Reicht schon", rief Barthel energisch und ließ sich anschließend die Flasche reichen. Interessiert begutachtete er das edle Etikett. „Und so einen benutzen Sie zum Kochen?"

Meyer hielt ihr Glas in die Höhe, um mit ihm anzustoßen. „Nenn mich doch Erika. Das ‚Sie' klingt immer so alt und förmlich", bot sie ihm endlich das ‚Du' an.

Barthel nickte und streckte ihr sein Glas entgegen. „Aber wirklich nur ausnahmsweise ein klitzekleines Gläschen, Erika!"

„Ich werde es nicht weitersagen! Bleibt unser Geheimnis", antwortete Meyer verschmitzt.

Das Essen schmeckte Barthel ganz ausgezeichnet. Vielleicht lag es auch am Hunger, aber er bekam nicht genug davon. Blitzschnell war sein Teller leer. Um Nachschlag zu bitten, traute er sich nicht. Wie er Meyer beim Essen zuschaute, wurde ihm der Esel wieder schmerzlich bewusst und weswegen er eigentlich hier war.

„Verzeih, wenn ich dich beim Essen störe. Aber ich bin ja leider nicht zum Privatvergnügen hier. Also … Was hast du letzten

Sonntag gemacht?“, fragte Barthel und nahm noch einen winzigen Restschluck aus seinem Weinglas.

Als die Witwe mit Kauen fertig war, antwortete sie: „Nichts Besonderes. Ich war die ganze Zeit hier. Warum interessiert dich das?“

„Kann das vielleicht jemand bezeugen?“, bohrte Barthel nach, auch wenn der spürte, wie die heimelige Stimmung allmählich zu schwinden drohte.

„Leider nein“, lächelte sie gezwungen und fuhr sich durchs kupferfarbene Haar.

Barthel räusperte sich. „Merkwürdig. Nicht mal kurz spazieren oder wandern gewesen? Du wurdest nämlich beobachtet.“

„Und wo sollte das deiner Meinung nach gewesen sein?“, forschte sie verblüfft nach.

„Unmittelbar bei der Lochmühle. Eine Wildkamera hat dich aufgezeichnet!“, konfrontierte Barthel sie mit seiner aktuellen Erkenntnis.

Kurz hielt sie inne. „Du hast recht. Jetzt fällt es mir wieder ein. Ich war Pilze suchen am frühen Nachmittag“, bestätigte sie und wirkte plötzlich etwas unruhig.

„Und dabei hast du die Wildkamera nicht bemerkt?“, erkundigte sich Barthel weiter.

„Nein. Wirklich nicht! Wo sollte die denn gewesen sein?“, antwortete sie unschuldig.

„In Kopfhöhe! Du musst förmlich in sie gelaufen sein. Denn kurz nachdem du im Bild zu sehen warst, brach die Aufnahme ab“, erzählte er.

„Merkwürdig … merkwürdig“, reagierte die Witwe nachdenklich. Nach einer kurzen Pause redete sie aber weiter: „Ich könnte mir das höchstens so erklären … An einer Stelle stand ein mächtiger Steinpilz, den ich einfach mitnehmen musste. Und da habe ich mir halt den Weg durch das Gehölz freigebahnt."

Ihre Antwort war originell, fand Barthel. Tatsächlich wuchsen hier fast an jeder Stelle die unterschiedlichsten Pilze im Wald.

„Nachtisch gefällig?", lenkte sie ab. „Ich kann dir ein Quarkbällchen anbieten. Ein paar habe ich schon für das Ortsfest fertig."

Im Fresswahn und gedankenverloren antwortete Barthel: „Aber bitte nur eins. Sonst platze ich noch."

„Du wirst es nicht bereuen. Diesmal sind sie mir besonders gut gelungen", säuselte Erika Meyer und stand auch schon auf, um in die Küche zu gehen. Kurz hatte Barthel Angst, sie würde sich nun einfach entziehen, so wie Gräfe. Aber gefühlt nach nur einem Wimpernschlag war sie wieder da. Sich in Ruhe umzuschauen, dazu hatte Barthel gar keine Gelegenheit gehabt.

„Mir hängen sie schon jetzt zum Halse raus", grinste die Witwe, als sie seinen überraschten Blick sah, weil sie nur einen Teller in der Hand hatte. „Aber ich wünsche dir einen guten Appetit!"

Ohne nachzudenken, fing Barthel an zu schlemmen. Im Handumdrehen war das Gebäck verputzt. Allerdings hatte er die Füllung etwas anders in Erinnerung gehabt. Diesmal hatte er ein leicht pelziges Gefühl auf der Zunge. Trotzdem glücklich und zufrieden wischte er sich mit einer Serviette den Mund ab. Aber beschämt stellte er fest, dass er dunkle Schlieren von der Heidelbeerkonfitüre hinterließ und legte die Serviette zusammengefaltet neben den Teller.

„Jetzt platze ich aber wirklich gleich! Danke! Ausgesprochen lecker. Also … Was hast du gemacht, nachdem du fertig warst mit Pilze sammeln?", knüpfte er an das Gespräch von eben an.

„Na, ich ging nach Hause … Das habe ich dir doch schon gesagt“, antwortete sie lächelnd.

„Hast du Hauer zufällig gesehen?“, fragte Barthel forsch.

Die Witwe überlegte und wurde plötzlich ernst. „Jetzt, wo du danach fragst … Ja, habe ich. Aber ihm ging es nicht gut. Er taumelte den Wanderweg entlang und redete wirres Zeug daher. Und plötzlich war er verschwunden.“

„Wo war das?“ Barthel war wie elektrisiert. „Kannst du mir die Stelle beschreiben?“, fügte er gebannt hinzu.

„Klar könnte ich das, aber ich kann sie dir auch schnell zeigen. Zeit hätte ich. Es ist ja auch nicht weit weg …“, sprach sie in sanftmütigem Ton. „Lass die Teller einfach stehen. Ich räume nachher auf. Es wird nicht lange dauern!“ Und schon stand sie auf.

Auch wenn sein Verstand ihm signalisierte, Vorsicht walten zu lassen, willigte er ein. Mit ihr würde er schon fertig werden. Vollgefressen stützte Barthel sich mit beiden Händen am Tisch auf. Dabei tappte er unachtsam auf die Serviette, die dadurch zu Boden fiel. Wieder mit den vielen dunklen Schlieren konfrontiert, war ihm das irgendwie peinlich. Getrieben von der Vorstellung, die Meyer würde seine Hinterlassenschaft beim Wegräumen mit bloßen Händen anfassen, schnappte er sich die Serviette und steckte sie schnell ein.

28

Sie traten hinaus auf die Straße und blieben vorm Gartentor stehen. An dieser Stelle merkte Barthel an, dass er Erikas Garten sehr schön fand. Und bei dieser Gelegenheit wollte er gleich noch mal wissen, warum die beiden Grundstücke eigentlich getrennt waren.

Also fing sie an zu erzählen: „Die Familie meines Mannes, Gott hab ihn selig, war sehr arm. Sämtliche seiner Vorfahren waren Steinbrecher. Und leider auch dem Alkohol sehr zugetan. Schon immer war das kleine Grundstück, wo auch das Haus draufsteht, in Familienhand. Doch eines Tages hatte der Vater meines Mannes, der auch viel zu früh verstorben ist, in der hiesigen Dorfkneipe beim Glücksspiel gewonnen. Der Steinbruchbetreiber hatte im Suff dieses Stück Land als Wetteinsatz eingesetzt und an ihn verloren – nur dummerweise nicht den ganzen Steinbruch. Sonst wäre ja jetzt mein Garten auch viel größer. Aber immerhin etwas." Während Meyer das sagte, lächelte sie.

„Welch ein glücklicher Umstand! Aber ernsthaft, im Suff? Das wurde doch auch hoffentlich vertraglich festgehalten? Oder?", erkundigte sich Barthel neugierig.

Sie schüttelte leicht den Kopf: „Bedauerlicherweise nicht. Das wurde nur per Handschlag besiegelt. Damals reichte das ja auch, von wegen Ehrensache. Wie naiv die damals waren", bedauerte die Witwe.

„Willst du mir damit sagen, dass jemand anderes über das Grundstück verfügen könnte? Und du könntest nichts dagegen machen?", stellte Barthel fest.

„In der Tat! Aber wer will diesen Schnipsel von Land schon haben? Zu schmal, um wirklich etwas darauf bauen zu können", versuchte Meyer das abzuwiegeln.

Barthel jedoch erinnerte sich an die Visualisierung von Hauers angedachter Villa. Und da schien es ihm, dass genug Platz auf dem Grundstück vorhanden wäre. Plötzlich hatte er eine Eingebung. Vielleicht kam es zwischen Meyer und Hauer wegen des Geländes zu einer Auseinandersetzung? Denn Hauer hatte sich irgendwie das Grundstück unter den Nagel gerissen und wollte nun seine

Ansprüche geltend machen. Und zwangsläufig wehrte sich Meyer. Für Barthel bot sich hier sogar ein klassisches Motiv für einen Mord. Jedoch musste er Erika zugutehalten, dass es Rosalie Hauer gewesen war, die den Safe mutwillig aufbrechen ließ. Vielleicht ein Fall von Versicherungsbetrug? Oder vielleicht hatte Rosalie auch selbst die Ordner verschwinden lassen, weil sie irgendetwas im Schilde führte. Einen Einbruch traute Barthel der zarten Witwe Erika Meyer jedenfalls nicht zu.

„Und was hat es mit der Ruine auf sich?“, wollte er sich informieren, während ihm allmählich irgendwie warm wurde.

„Das war nichts anderes als ein ehemaliges Aufenthaltshäuschen der Steinbrecher, die hier gearbeitet haben. Mein Mann hat sich aber nicht weiter darum gekümmert. Leider bin ich handwerklich nicht so begabt und so verfiel es zunehmend“, antwortete Erika.

„Gibt es eigentlich einen weiteren Zugang?“, wollte Barthel wissen.

„Was meinst du? Zum Garten?“, hakte sie nach.

Barthel nickte nur.

„Ja, es gibt einen gefährlichen und steilen Trampelpfad. Allerdings ist er mittlerweile stark zugewuchert. Ich nutze ihn schon lange nicht mehr“, erklärte sie.

Unweit von ihrem Garten lag die Abzweigung, die hinunter in den Liebethaler Grund führte. Schon auf dem kurzen Stück dahin kam Barthel ins Schwitzen. Als sie gerade beim Grundstück von Mielte vorbeikamen, klingelte plötzlich sein Handy. Es war Kotte.

„Gute Neuigkeiten! Wir haben den Durchsuchungsbeschluss für Wolfs Laden bekommen! War ’ne knappe Sache! Aber der zuständige Staatsanwalt war mir zufällig noch was schuldig“, sprach Kotte aufgeregt. Da Barthel nicht prompt reagierte, fragte er gereizt: „Hallo?“

„Ja, das ist toll. Ich melde mich wieder bei dir …“, antwortete Barthel und war selbst überrascht, wie barsch es klang.

„Also wirklich! Hast du nur den Hauch einer Ahnung, was mich das gekostet hatte?“, erwiderte Kotte aufgebracht.

„Ich fürchte, wir werden das alles nicht mehr brauchen!“, sagte Barthel taktlos und hoffte, dass er damit das Fass nicht zum Überlaufen brachte.

Überraschenderweise versuchte ihn noch jemand anzurufen. Aber Barthel ließ es einfach klingeln.

Am anderen Ende wetterte Kotte: „Was soll das heißen? Was hast du jetzt schon wieder vor? Komm schon, Junge, rede mit mir!“

Barthel schaute geradewegs zur Witwe und sprach: „Erika Meyer will mir gerade etwas Wichtiges zeigen.“

Meyer wurde sichtlich nervös, strich sich eine Strähne aus dem Gesicht, aber lächelte ihm trotzdem zu.

Der andere Anrufer hatte in der Zwischenzeit aufgegeben.

„Gut! Aber ich sage es nur ungern: Ein paar Ergebnisse wären langsam, aber sicher nicht schlecht“, klagte Kotte.

Barthel beendete das Gespräch, wischte sich den Schweiß von der Stirn und wandte sich wieder an Erika: „Verzeihung. Wo waren wir?“

Als sie gerade dabei waren, den Wanderweg hinunterzugehen, schellte erneut sein Handy. Gerade noch rechtzeitig, bevor er keinen Empfang mehr hatte. Widerwillig zückte Barthel sein Handy und sah, dass es die Mailbox war. Anscheinend hatte der Anrufer eine Nachricht für ihn hinterlassen. Eigentlich widerstrebte es ihm, die Tour erneut zu unterbrechen, aber er hatte so ein unbestimmtes Gefühl, dass er die Nachricht lieber abhören sollte.

„So oft, wie mein Handy gerade klingelt, klingelt es sonst den ganzen Tag nicht!“, bat er mit trockenem Mund abermals um Entschuldigung und rief die Mailbox an. Die ihm angesagte Nummer sagte ihm nichts. Aber der Anrufer kam aus Mihlsdorf, das hatte er an der Vorwahl erkannt. Inständig hoffte Barthel, dass es wichtig war. Und es zahlte sich für ihn aus, denn der Anrufer war niemand Geringerer als Rüttig. Und er klang aufgeregt.

„Hallo August. Ich sollte dich doch anrufen, wenn mir etwas einfällt. Also … wie ich gestern mit einem Korb voller Pilze auf dem Weg zu Fritz war, musste ich auch bei der Meyer ihrem Garten vorbei. Die kam plötzlich mit einem Körbchen wie aus dem Nichts zu mir an den Zaun und fing ein Gespräch an. Sie bewunderte meine Ausbeute. Sie sagte, bei ihr im Garten wuchsen zufälligerweise auch welche. Dann zeigte sie mir das Körbchen. Ihr Fund war aber wirklich nicht der Rede wert: ein paar Wiesenchampignons und Ziegenlippen. Freundlicherweise schenkte sie mir ihre Pilze. Von mir wollte sie keine annehmen. Vielleicht hilft dir das weiter. Und falls es dich interessiert, ich glaube, mich hat es jetzt auch erwischt. Ich kotze mir gerade die Seele aus dem Leib. Es hat angefangen, kurz nach dem wir uns gesehen hatten. Mir ging es den ganzen Morgen schon nicht so gut, aber ich habe es auf den Restalkohol geschoben. Ich rufe jetzt den Notarzt, denn ich will nicht wie Fritz enden“, schilderte Rüttig nervös seine Beobachtung.

Dann endete der Anruf. Fraglos half Barthel diese Information weiter. Zur Sicherheit speicherte er die Nachricht gleich auf seiner Mailbox ab. Mit Schweißperlen auf der Stirn verstaute er sein Handy wieder und lächelte Erika Meyer verkrampft an. Irgendwie war ihm flau zumute. Mittlerweile hatte Barthel auch seine Dienstjacke öffnen müssen. Das Hemd darunter wies nasse Stellen auf.

„Alles in Ordnung?“, erkundigte sich die Witwe.

Barthel schüttelte den Kopf: „Das war die Werkstatt. Mein

Moped wird gerade repariert! Ich hatte doch damit einen Unfall gehabt."

„Oh nein, wie furchtbar! Wurdest du verletzt?", fragte sie scheinbar mitfühlend. „Wenn es dir nicht gut geht, kann ich dir die Stelle auch gerne ein andermal zeigen", bot sie scheinheilig an.

„Warum sollte es mir nicht gut gehen?", log Barthel. Doch er musste sich zusammenreißen.

„Nur so …", antwortete Meyer etwas spöttisch.

„Weiter geht's!", sagte er getrieben von einer inneren Unruhe.

Unterwegs fasste Barthel noch mal für sich zusammen und versuchte, auszublenden, dass er nur schwer einen Gedanken fokussieren konnte. In beiden Angelegenheiten war Meyer beteiligt gewesen, und beides hatte in einer Katastrophe geendet. Im Fall von Mielte könnten Pilze tatsächlich eine Rolle gespielt haben, der Obduktionsbericht stand aber noch aus. Zufall, so kurz vor seinem Tod, war Meyers Besuch jedenfalls nicht. Hatte Mieltes Tochter nicht auch erzählt, dass er sich merkwürdig verhalten und ständig aus dem Küchenfenster geschaut hatte? Barthel wusste selbst, dass man von dort aus bestens Meyers Haus beobachten konnte. Was, wenn sie Mielte bei einer seiner vielen Abhöraktionen ins Netz gegangen war? Hatte Mielte sie vielleicht damit unter Druck gesetzt? Und wo könnte die Aufnahme überhaupt abgeblieben sein? Mieltes Notizen waren unglücklicherweise nicht wirklich zu gebrauchen. Wenn Barthel doch bloß nicht so verdammt heiß wäre, dann könnte er klarer denken …

Keinesfalls durfte er Meyer unterschätzen. Saß er eigentlich selbst schon in der Falle? ‚Nein', war sich Barthel so halbwegs sicher, noch hatte er alles unter Kontrolle und musste sich einfach nur beherrschen. Obschon ihm immer mulmiger wurde, je tiefer sie in die Schlucht hinabstiegen. Aber immerhin zeigte sie ihm etwas.

Erika Meyer lief vor ihm. Sichtbar bemüht, versuchte er, mit ihr Schritt zu halten. Sein Zustand verschlechterte sich jetzt schneller, das spürte er selbst. Ohne anzuhalten, schrieb er eine SMS an Kotte: „Komm in den Liebethaler Grund. Konnte nicht reden. Mulmiges Gefühl. Nimm die Hunde mit."

Barthel hoffte, dass die Kurznachricht noch rausging, bevor er endgültig im Funkloch war. Aber nun brauchte er auch etwas, was er Kotte als Fährte liefern könnte. Blut? Ideal! Doch auch sehr auffällig, wenn er plötzlich eine tropfende Wunde an seiner Hand hätte. Steine, wie bei Hänsel und Gretel? Dazu müsste er sich bücken und einige zusammensuchen. Da dämmerte es ihm. Er hatte doch noch die schmutzige Serviette einstecken. Definitiv würde der Fährtenhund darauf reagieren. Und unauffällig wäre es auch. Geistesgegenwärtig fing er damit an, in seiner Hosentasche kleine Fetzen von der Serviette zu zupfen und zu Kügelchen zu formen. In unregelmäßigen Abständen ließ er sie auf den Boden fallen.

Der Abzweig zur Lochmühle lag bereits hinter ihnen und zum Wagner-Denkmal war es nicht mehr weit. Beide sagten kaum ein Wort. Leichtfüßig lief Meyer vor Barthel, der jedoch schleppte sich mühsam hinterher. Sein Durst wurde immer größer. Wie er die Witwe von hinten betrachtete, hatte er plötzlich eine Offenbarung. Ihre kupferroten Haare erinnerten ihn an Ronja Gräfe. Deutete das seltsame Paar am Sonntag nicht an, dass es dem Mann, der hinter einer Frau her wankte, nicht gut ging, und er ihnen irgendwie verwirrt erschien? ‚Hatte vielleicht der Zimmermann aus irgendeinem Grund die Witwe mit der Wildhüterin fälschlicherweise verwechselt?', spekulierte Barthel.

In dem Moment drehte sich Meyer um. „Gleich geschafft."

Überdeutlich nahm Barthel ihre Worte wahr, auch wenn ihre

Stimme überraschenderweise tiefer klang als sonst. Nur zu gerne hätte er mal kurz verschnauft.

Ein einsamer Wanderer saß auf einer Bank beim Denkmal und nahm geschmierte Brote zu sich. Glück für Barthel, denn so gäbe es einen möglichen Zeugen oder gar Hilfe im Notfall. Er warf ein weiteres Serviettenkügelchen auf den Boden. Meyer schenkte dem Ausflügler keine Beachtung und ging zügig immer tiefer den Wanderweg in den Grund hinein. Ein seltsames Geräusch aus der Baumkrone über Barthel erregte seine Aufmerksamkeit. Er konnte nichts entdecken, doch sagte ihm die Gegend etwas. Hier war er am Sonntag gewesen und hatte vergeblich nach Hauer gesucht. Ein Farn streifte sein Bein. Nur kam es ihm so vor, als ob dieser ihn fesseln wollte.

„So langsam würde ich mal eine kurze Pause einlegen wollen", faselte Barthel und gab sich Mühe, halbwegs laut und verständlich zu sprechen.

Unmittelbar nachdem sie das Denkmal hinter sich gelassen hatten, blieb Meyer unerwartet stehen und drehte sich zu ihm um. In ihrem Gesichtsausdruck konnte Barthel eine gewisse Anspannung erkennen. Aber der Blick galt nicht ihm, vielmehr schaute sie an ihm vorbei. Als er sich umdrehte, sah Barthel, dass ihr Interesse dem Wanderer galt, der mittlerweile fertig mit Essen und am Aufbrechen war. Ihr Blick entspannte sich. Für Barthel lief es hingegen schlecht, sein möglicher Zeuge verschwand auf Nimmerwiedersehen.

„Machen wir …", sagte sie beschwichtigend. Nach einer kleinen Pause ergänzte die Witwe jedoch: „Aber wir sind wirklich gleich da! Versprochen! Ich hatte nur die Stelle verwechselt. Mein Fehler. Nur müssten wir wieder ein kleines bisschen zurückgehen."

Und schon schwebte sie an ihm vorbei in Richtung Denkmal. Was blieb Barthel anderes übrig, als sich hinterher zu schleppen.

Mittlerweile verspürte er unfassbaren Durst und hätte glatt einen Tanklaster voll Wasser in einem Zug leeren können. Meyer hatte bewusst den Wanderer abschütteln wollen, so viel hatte er noch registriert.

Als sie das Areal um das Denkmal erneut erreicht hatten, blieb sie plötzlich stehen.

„Sind wir endlich da?", wisperte Barthel und tastete schon nach seiner Waffe.

„Ja! Komm mit", sagte Meyer seltsam fröhlich und drehte sich zu den Felsen hin, die das Denkmal umfassten. Zügig bahnte sie sich einen Weg durch das noch nasse Gestrüpp. Dabei summte sie wieder ihre Melodie. Allerlei junge, widerspenstige Ahornbäumchen, schmerzende Brennnesseln und stachelnde Brombeersträucher mussten bezwungen werden. Trotz der langärmeligen Bekleidung spürte Barthel gefühlt jeden Dorn einzeln. Und noch etwas Eigenartiges widerfuhr ihm: Als er auf den Boden blickte, um nicht über eine Wurzel zu stolpern, wand diese sich wie ein gepeinigter Regenwurm um seine Beine. Erschrocken wich er dem ungewöhnlichen Hindernis aus. Er glaubte schon daran, wahnsinnig zu werden. Erst in der hintersten Ecke, wo es nicht mehr weiterging, da hielt Meyer an. Als Barthel endlich bei ihr war, konnte er schließlich verschnaufen. Nach ein paar schmerzvollen Atemzügen sah er sich fragend um, da erschien ihm Wagners Rückseite auf einmal übermenschlich groß. Die Plastik raubte das Licht und versperrte die Sicht auf den Wanderweg. Für den Moment waren sie von den Blicken der anderen so gut wie abgeschirmt.

Abrupt verlor Barthel die Fassung: „Wird's bald! Diese beschissene Wanderung hört jetzt sofort auf!" Vor Wut schnaubte er, wischte sich den Schweiß von der Stirn und warf Meyer einen eiskalten Blick zu.

Sanftmütig erwiderte sie: „Na, dann los.“

Mit dem Rücken zur Felswand, machte sie unerwartet einen Schritt zur Seite in Richtung Ecke, wo eigentlich nichts war. Und dann traute Barthel seinen Augen nicht, denn die Meyer schien mit dem Felsen zu verschmelzen.

Im nächsten Moment tauchte ihr Kopf hinter der Kante wieder auf. „Willst du da Wurzeln schlagen?“

Barthel konnte es kaum glauben. Nichts deutete auf eine Höhle hin. Sein Wutanfall war abgeklungen und er schleppte sich zu der Stelle, an der sie eben verschwunden war. Die Felsen überlappten sich derart, dass niemand die Höhle vom Wanderweg aus hätte sehen können. Zumal es auch keinen verräterischen Schattenwurf gab. Direkt hinter dem Eingang stand Meyer und winkte Barthel zu.

Schnell warf er noch ein weiteres Serviettenkügelchen auf den Boden. Dann folgte er ihr in die Spalte.

29

Der in die Tiefe führende Gang war länger, als Barthel erwartet hätte. Als es langsam zu dunkel wurde, weil kaum noch Tageslicht die Höhle ausleuchtete, kniete Meyer sich plötzlich hin. Dort stand eine Petroleumlampe. Streichhölzer lagen griffbereit daneben. Sie entfachte eins und brannte damit den Docht an. Es wirkte eingespielt, als ob sie das regelmäßig tun würde. Das Licht der Lampe leuchtete nur einen geringen Bereich der Höhle aus. Was Barthel bisher erkennen konnte, war lediglich, dass an den Felswänden Holzbänke standen, welche schon teils zerfallen waren. Doch die Strahlkraft reichte nicht aus, um sehen zu können, wie weit die

Höhle noch ging. Je tiefer sie liefen, desto kühler wurde es, aber Barthel empfand es in seinem Zustand als angenehm.

„Was ist das hier", fragte er, während er sich noch mal zum Eingang umdrehte und das blau-kühle Tageslicht durch den Spalt wie aus einer anderen Welt bewunderte.

Meyer hielt die Lampe dicht vor ihrem Kopf. In dieser Lichtstimmung wirkten die eigentlich zarten Züge ihres Gesichts gruselig. „Mein Mann hat mir damals dieses Versteck gezeigt. Ein Überbleibsel vom Steinbruch. Aber auch ein Schutzort! Damals, zur Zeit des Zweiten Weltkriegs, diente die Höhle bei Fliegeralarm als Unterschlupf. Und als dann die Rotarmisten plündernd und marodierend das Dorf heimsuchten, waren es vor allem die jungen Frauen, auch mit ihren Neugeborenen, die hier Schutz suchten und unentdeckt blieben", berichtete sie.

Barthel staunte nicht schlecht über die Geschichte. Er, der in Mihlsdorf aufwuchs, hatte nicht den blassesten Schimmer von der Existenz dieser Höhle gehabt. Und die, die sie damals im Krieg aufgesucht hatten und darüber erzählen konnten, insofern sie dies wollten, lebten vermutlich nicht mehr. Höchstens vielleicht Reiniger hätte durch seine Forschungsarbeit von der Existenz dieser Höhle wissen können, doch den hatte Barthel bisher nicht wiedergesehen.

Erika Meyer wechselte die Hand, das Licht wackelte unruhig. In einer Mischung aus Faszination und Angst betrachtete Barthel ihr kupferrotes Haar, das durch das Lampenlicht scheinbar zu lodern anfing. Förmlich entflammte sie in der Dunkelheit.

„Es wird gleich noch interessanter. Komm weiter …", versuchte Meyer Barthel zu motivieren. Ihre Haare waren plötzlich wieder normal. Sie lief noch tiefer in die Höhle hinein.

„Kannst du auch mal etwas anderes sagen!", schnauzte Barthel lauthals und konnte die Worte nicht eindeutig seinem Mund zuordnen.

Das Licht wurde mit jedem Schritt schwächer und schwächer. Bald standen sie im Dunkeln.

„Hallo?“, rief Barthel in die Dunkelheit und hörte es widerhallen. Die Situation schien an dieser Stelle bedrohlich zu werden. Instinktiv tastete er nach seiner Taschenlampe und nach seiner Waffe, obwohl die ihm nichts nützte, weil er gerade nichts sehen konnte. Da wurde überraschend ganz dicht vor ihm ein weiteres Streichholz entfacht.

Schützend hielt Barthel sich die Hände vors Gesicht und fing an zu schreien. Er schrie sich die Seele aus dem Leib und konnte damit irgendwie nicht mehr aufhören. Auch wenn es vielleicht nur für eine Sekunde war, so kam es ihm wie eine Stunde vor. Erschreckenderweise hörte er in seinem Wahn den markergreifenden Schrei von Hauer, letzten Sonntag, im Widerhall. Zauberhaft stimmte er sich harmonisch mit ein. Dann ging alles auf einmal unfassbar schnell.

Um sich zu verteidigen, zog Barthel sein Bein an und trat mit letzter Kraft in die Dunkelheit, unterhalb der grellen Lichtquelle – unverhofft mit Erfolg. Laut stöhnend sackte Meyer zusammen. Sie lag am Boden und krümmte sich vor Schmerzen. In der Hand hielt sie eine Keule fest, die Barthel vorher nicht bemerkt hatte. Die Lampe musste bei dem Sturz kaputt gegangen sein, denn Feuer breitete sich rasch am Boden aus. In seinem Rausch störte Barthel das aber nicht. In ihm brodelte es wieder stärker als zuvor. Sie hatte ihm ganz sicher eben mit der Keule eins überbraten wollen! So hatte sie das bestimmt auch bei Hauer getan. Barthel konnte nicht mehr klar denken. Seine Schmerzen waren wie weggeblasen. Rasend vor Wut riss er ihr die Keule aus der Hand und holte aus. Die Flammen verliehen der Höhle etwas Diabolisches.

„Lass mich bitte leben. So etwas macht die Polizei doch nicht. Ich kann dir alles erklären!“, wimmerte Meyer.

„Dann los!“, schrie Barthel. Sein Herz schlug wild.

„Du bist gerade nicht Herr deiner Sinne. Die Halluzinationen, die Wut: Daran ist die Tollkirsche schuld“, gestand sie.

Ein kurzer Moment der Stille trat ein. Barthel schnaubte zwar etwas langsamer, sein Herz aber raste weiter. Die Anspannung in seinem Arm ließ nach.

Meyer redete weiter: „Ich habe dich durch den Nachtisch vergiftet. Die Füllung des Quarkbällchens bestand aus Heidelbeeren und einer Extraportion Tollkirschen. Du warst so herrlich gierig. Eigentlich bräuchtest du jetzt dringend einen Arzt. Die Wahnvorstellungen werden noch heftiger und dein Herz wird bald stehen bleiben.“ Sie ließ die Hand, die bis eben ihren Kopf geschützt hatte, in ihren Schoss fallen und schaute ihn erschreckend emotionslos an. Die Flammen um sie herum schienen zu tanzen. An ihrer Hand erkannte Barthel auch Blut. Sie musste sich beim Sturz am Kopf verletzt haben.

Allmählich fingen auch ein paar vereinzelt am Boden liegende Holzbretter an zu brennen. Barthel nahm die Keule runter. Es dauerte etwas, bis er seinen kritischen Zustand realisierte. Also das war der Grund, warum er so stark schwitzte und diesen unstillbaren Durst verspürte. Und beinahe hätte er einen Menschen erschlagen. Augenblicklich steckte er sich den Finger tief in den Hals und erbrach. Seine Hoffnung bestand darin, dass das Essen vielleicht noch nicht komplett verdaut war.

„Warum?“, presste Barthel hervor, der sich Schleim vom Mund

wischte und von den Brustschmerzen in eine Kauerstellung gezwungen wurde.

„Du warst meinem Geheimnis dicht auf der Spur. Ich fürchte aber, es wird dir bald nichts mehr nützen …“, verriet sie ihm noch.

In der Höhle wurde es durch den Rauch zunehmend stickiger. Barthel bekam immer schlechter Luft und versuchte, sich zu beruhigen. Verständlicherweise wollte er nur noch raus hier und probierte, zum Ausgang zu kriechen. Die Witwe hingegen blieb zurück. Allerdings kam Barthel nicht sehr weit. Seine Hose klemmte zwischen zwei Steinen fest. Panik übermannte ihn. Er rang nach Luft. Vielleicht war es auch nur wieder eine Einbildung, aber er konnte entfernt Hundegebell hören.

Dann wurde Barthel schwarz vor Augen.

30

Die Sonne schien Barthel ins Gesicht, als er im Krankenhaus erwachte. Der Wecker zeigte zehn Uhr. Sein Herz raste nicht mehr, er konnte wieder halbwegs atmen. – Seine Rippenprellung war freilich noch nicht verheilt. Aber er lebte noch.

Im Sessel entdeckte er Marlies Michel an seinem Bettende, die in ein Buch vertieft war. Barthel räusperte sich. Da stand sie strahlend auf und kam zu ihm ans Bett. „Was machst du nur für Sachen, August!“

Erschöpft lächelte er zurück.

Kurz darauf stürmte Kotte energiegeladen ins Zimmer. „Das war eine sehr knappe Nummer, mein Lieber!“ Er stellte sich neben Marlies und schaute Barthel vorwurfsvoll an.

„Hätte schlimmer kommen können“, murmelte Barthel.

„Glück, mein Guter! Das hast du alles diesen Kügelchen zu verdanken … Und natürlich dem Hund, der die Fährte aufgenommen hat“, sagte Kotte aufgebracht.

„So war auch der Plan! Hat Meyer überlebt?“, wollte Barthel augenblicklich wissen.

„Welche Meyer?“, reagierte Kotte verwundert.

„Erika Meyer aus Mihlsdorf. Die war mit mir in der Höhle“, antwortete Barthel überrascht.

„August! Sicherlich bist noch etwas durch die Vergiftung verwirrt, aber da war definitiv niemand bei dir. Die Feuerwehr kam mit einem Großaufgebot, um das Feuer zu löschen. Was sich als schwierig gestaltete, da noch Munitionsreste aus dem Krieg vergraben waren. Dauernd knallte es. Eine Leiche haben die Kollegen von der Feuerwehr jedenfalls nicht geborgen. Und überhaupt: Wie kommst du dazu, dich mit Tollkirschen zu vergiften? Jedes Kind weiß doch schon, dass man die nicht isst!“, referierte Kotte.

„Meyer hat mich heimtückisch mit ihren Quarkbällchen vergiftet“, rechtfertigte sich Barthel.

Kotte sagte nichts, sondern schaute ihn nur skeptisch an. ‚Niemand außer mir soll in der Höhle gewesen sein?‘, reflektierte Barthel die Worte seines Vorgesetzten erneut. Das konnte und wollte er nicht glauben. War das etwa alles eine einzige Halluzination gewesen? Nein! Er konnte sich immer mehr an die Ereignisse erinnern, auch an all das, was sie gesagt hatte. Definitiv war sie mit ihm in der Höhle gewesen! Aber irgendwie musste sie aus dem Flammenmeer entkommen sein. Hatte sie nicht etwas davon erzählt, dass es einen mysteriösen, zugewucherten Weg zu ihrem Garten gab? Vielleicht war der Zugang in der Höhle! Warum hatte die Feuerwehr den nicht bei den Löscharbeiten entdeckt? War es ein Geheimgang? Außerdem musste Barthel endlich herausfinden, was sich unter den Holzbohlen in der Ruine befand! „Ich muss da noch mal hin“, sagte er entschieden zu seinem Vorgesetzten.

„Dein Ernst?“ Kotte zeigte ihm einen Vogel. „Du hast wohl ’nen Knall!“

„Nein. Wirklich. Mir geht es wieder gut. Und ich habe auch schon eine Idee, wo sie sich versteckt haben könnte“, hielt er ihm entgegen.

„August! Du brauchst Ruhe! Bitte!“, brach Michel ihr Schweigen. Sie klang verzweifelt. Fürsorglich griff sie nach seiner Hand und tätschelte sie.

Ihre Sorge um ihn rührte Barthel sehr. Doch er konnte nicht anders und sagte: „Ich will die Sache jetzt zu Ende bringen.“

Hilfesuchend schaute Marlies zu Kotte.

„Ich finde deine Motivation und Ausdauer sagenhaft! Wie ein Bluthund auf der Jagd“, stellte dieser fest. Doch dann sagte er etwas, womit wohl niemand gerechnet hätte: „Nur unter zwei Bedingungen gebe ich dir mein Einverständnis! Erstens warten wir ab, was der Arzt gleich sagt, und zweitens werde ich mitkommen! Akzeptiere das oder nicht!“

Wie gerufen ging die Zimmertür auf und die Krankenpflegerin kam herein. Nachdem Kotte ihr Barthels Anliegen unterbreitet hatte, wollte sie umgehend den diensthabenden Arzt verständigen. Schon beim Eintreten ins Zimmer erkannte Barthel diesen wieder – es war der gleiche wie nach dem Mopedunfall.

„So sieht man sich schneller wieder als gedacht“, waren dessen ernste erste Worte.

Barthel hob die Schultern. „Ich kann mir auch Schöneres vorstellen.“ Grob erzählte er, wie es nach seinem Dafürhalten zu seiner Vergiftung gekommen war, und er erläuterte seine Entscheidung.

Der Arzt nickte, warf einen Blick in die Akte und antwortete abgeklärt: „Aus ärztlicher Sicht spricht nichts dagegen – ihre Werte sind gut. Wir hätten sie aber gerne zur Kontrolle hierbehalten. Jedoch können wir sie abermals nicht daran hindern, sich auf eigenes Risiko zu entlassen. Nur ermahne ich sie diesmal ernsthaft, sich zu schonen!" Damit war die Visite beendet und der Arzt ging aus dem Zimmer.

Barthel zog die frischen Sachen an, die Michel vorausschauend mitgebracht hatte. Das klappte erstaunlich gut. Sicherheitshalber steckte er Handy, Waffe, Handschellen und Taschenlampe ein. Den Rest würde Michel für ihn mit nach Hause nehmen. In nunmehr Jeans und rotem Pullover gekleidet, sagte er zu Kotte: „Auf nach Mihlsdorf!"

Sie fuhren mit Kottes Auto los. Primäres Ziel von Barthel war die Ruine in Meyers Garten. Natürlich könnte sie sich überall versteckt haben. Doch er vertraute – wie immer – seinem Gefühl. Während der Fahrt berichtete Barthel Kotte seine Erkenntnisse.

Schneller als gedacht kamen sie in Mihlsdorf an. Kotte parkte in Meyers Einfahrt, und sie stiegen aus. Barthel klingelte erst gar nicht am Hoftor, sondern ging zum gegenüberliegenden Garten. Sein Weg führte direkt zur Ruine. Kotte folgte ihm auf Schritt und Tritt. Die Tür stand einen Spaltbreit offen. Barthel war in Alarmbereitschaft und signalisierte seinem Kollegen, ab jetzt wachsam zu sein. Dann betraten sie das Gebäude. Der eigenartige Geruch lag noch immer in der Luft, das hatte er sich schon mal nicht eingebildet. Eiskalt lief es Barthel den Rücken runter, denn er sah ein dunkles Loch an der Stelle unterhalb des Eselskopfes. Zwei Holzbohlen waren entfernt worden. Ein Mensch mit normaler Statur würde hindurchpassen.

Wortlos deutete Barthel auf die Stelle, Kotte verstand. Seitdem sie den Garten betreten hatten, redeten die beiden nur das absolut Nötigste miteinander. Barthel gab ihm zu verstehen, dass er nun hinuntergehen würde. Zwar nickte Kotte, doch Barthel schaute in ein Gesicht voller Bedenken. Aber dem Vorgesetzten blieb keine andere Wahl.

Barthel hockte sich vor den Eselskopf. Vorne an der Kante schaute er in die Dunkelheit der klaffenden Bodenöffnung und atmete tief durch. Mit der Taschenlampe hineinzuleuchten, wäre zu auffällig gewesen. Schließlich wollte er sich nicht gleich verraten. Hoffentlich war da unten etwas, sodass er Halt mit seinen Beinen finden würde. Anfänglich schlackerten diese hilflos in der Luft. Angespannt schaute Barthel zu Kotte. Dann spürte er glücklicherweise doch so etwas wie eine Stufe. Und gleich noch eine. So tief war es gar nicht. Verwundert blickte er Kotte an, der ihn nicht aus den Augen gelassen hatte. Aufrecht stehen konnte er zwar definitiv nicht, aber wenn er den Kopf einzog, um sich nicht zu stoßen, käme er immerhin vorwärts. Bequem war anders.

Bevor Barthel gefühlt ins Nichts abtauchte, zwinkerte er Kotte noch zu. Sofort fiel ihm auf, dass es hier unten anders roch als oben – mehr nach Verwesung. Ein unruhiges, permanentes Geraschel wie von Getier erfüllte die Dunkelheit. Nirgends war eine Lichtquelle zu erkennen. Zwangsläufig fischte Barthel seine Taschenlampe dann doch aus der Hose und machte sie an. Was er sah, verblüffte ihn außerordentlich. Soweit er erkennen konnte, stand er in einer Art Vorraum eines eigenwilligen Stollens, der durch improvisierte Treppen noch tiefer hinabführte. Gleich neben ihm befand sich eine Kammer, zumindest vermutete er das beim Anblick eines von ein paar Holzbalken gestützten Einganges. Barthel fragte sich, ob das hier ein offizieller Stollen war. Oder wurde dieser von jemandem in mühevoller Eigenarbeit errichtet? Und wenn ja:

Von wem? Und wohin führten die Treppen? Vielleicht hatte Meyers Mann diesen Schacht geschaffen, noch bevor er verschwand. Der hatte ja auch Erfahrung als Steinbrecher gehabt. Oder aber das hier war noch viel, viel älter.

Für zwei Menschen war der Gang aber zu eng. Geduckt schlich Barthel zurück zum Eingang, winkte Kotte zu sich ran und flüsterte ihm die ersten Beobachtungen zu. Notgedrungen willigte Kotte ein, weiterhin oben zu warten und den Eingang zu sichern. Als Barthel kehrtmachte, stieß er sich erst mal den Kopf an der niedrigen Decke an. Leise fluchend lief er gebückt nun in den Eingang, hinter dem er die Kammer vermutete.

Der Verwesungsgeruch wurde mit jedem Schritt intensiver – das Geraschel auch. Wie Barthel den Raum betrat, hörte er ein lautes Quieken. Schnell leuchtete er in Richtung der Geräuschquelle. Sein gestriger Verdacht bestätigte sich: Es waren definitiv Ratten. Unstet wuselten sie über irgendetwas und ließen sich nicht von dem Lichtstrahl stören. Bis auf ein Exemplar, welches mit Beute in der Schnauze türmte. Dabei machte Barthel eine grausige Entdeckung: Es handelte sich um einen Finger. Ihm schnürte es den Hals zu. Jetzt wollte er wissen, um was es sich bei dem Haufen unter den Ratten handelte.

Gekrümmt ging er ein paar Schritte darauf zu. In dieser Haltung merkte er deutlich seine Verletzung, das Atmen fiel ihm schwer. Die Ratten wichen etwas zurück und gaben Schreckliches preis. Der Haufen bestand aus abgetrennten Armen, Beinen und auch einem Oberkörper oder vielmehr von dem, was davon noch übrig war. Eiskalt lief es Barthel den Rücken hinunter. Im Lichtstrahl tauchte plötzlich eine Ratte auf, die sich in einer Art dunkler Schnur verfangen hatte und sich in eine andere Ecke des Raumes schleppte. Sie zog etwas hinter sich her. Barthel hielt sich die Hand vor den Mund. Es war eine dreieckige Scherbe. Und mit seiner nächsten Entdeckung hatte er endgültig traurige Gewissheit. Von den Ratten in eine andere Ecke gezerrt, lag ein Kopf. Die Biester waren fleißig gewesen, denn das Gesicht war schwer entstellt. Wachsam schleppte sich Barthel in die Ecke, um den Kopf genauer inspizieren zu können. Jetzt bestand kein Zweifel mehr: Hauer war tot. Schuldgefühle plagten Barthel. War er zu langsam gewesen? Hätte er noch gerettet werden können?

Irgendetwas drückte unangenehm unter Barthels Schuh. Er rutschte zur Seite und leuchtete hin. An der Stelle, wo sein Fuß eben gewesen war, machte Barthel die nächste entsetzliche Entdeckung. Er hatte auf einem Knochen gestanden, der anscheinend in der Erde, nur von einer hauchzarten Schicht bedeckt, gelegen haben musste. Entschlossen fing Barthel an zu buddeln, auch wenn sein Brustkorb dabei schmerzte. Es kamen weitere Knochen zum Vorschein. Alle waren sauber skelettiert. Der Tote musste hier schon geraume Zeit liegen. Hier unten befanden sich also zwei Tote, wenn nicht noch mehr! Der eine war zweifellos Hauer und bei dem anderen hatte Barthel die naheliegende Vermutung, dass es Meyers Ehemann war. Ihm wurde aber auch schlagartig bewusst, dass er um ein Haar selbst hier unten gelandet wäre. Es brauchte keinen brillanten Analytiker: Erika Meyer war eine Mörderin, und das schon lange Zeit. Ihr Grundstück, ihre Ruine. Dass hier jemand anderes die Leichen verscharrt hätte, erschloss sich ihm nicht. Erst gestern hatte Barthel ihren Killerinstinkt am eigenen Leibe erfahren. Jetzt hieß es für ihn nur noch, sie zu finden und endlich festzunehmen. Dann würde gottlob wieder Ruhe in Mihlsdorf einkehren können.

Plötzlich rieselte Dreck von der Decke. Jemand glitt direkt über ihm den Boden entlang. Durch das Fehlen einer Dämmschicht war jedwedes Geräusch unmittelbar hörbar. Barthel fragte sich, ob das Kotte war. Doch dazu waren die Schritte zu vorsichtig. Da wollte er aufspringen und Kotte warnen und stieß sich an der niedrigen Decke abermals den Kopf an. Aber Barthel war zu langsam. Jemand krachte stöhnend zu Boden. Dann herrschte Ruhe. Panik ergriff ihn augenblicklich. Jemand musste Kotte hinterrücks niedergeschlagen haben. Jetzt steckte er selbst in der Falle! Theoretisch gab es noch den Treppenschacht als Ausweg, nur wusste Barthel nicht, wohin dieser führte. Was, wenn er eine Sackgasse war? Schon schlich die Person weiter, hin zum Versteck unter dem Eselskopf. Barthel überlegte fiebrig, was er machen sollte. Viel Zeit blieb ihm nicht mehr.

Zuallererst knipste er die Taschenlampe aus. Dann zückte er seine Waffe. Im Finsteren konnte er noch deutlicher hören, wie sich die Ratten um ihren Leichenschmaus stritten. Sein Herz pochte. Was nun? Schon flackerte Licht im Vorraum des Stollens. Offensichtlich wollte die Person keinen Hehl aus ihrer Anwesenheit machen. Für eine Flucht war es nun zu spät. Sollte sich Barthel etwa zwischen den Leichenteilen verstecken? Niemals! Entschieden presste er sich mit dem Rücken an die Wand.

„Ich weiß, dass du hier bist …“, drang es aus dem Vorraum. Barthel hatte bittere Gewissheit, denn er erkannte Meyers Stimme.

„Jetzt hast du also doch mein Geheimnis gelüftet! Schade, schade, dass du es niemanden erzählen kannst“, drohte sie ihm.

Das Licht wackelte unruhig hin und her. Viele Möglichkeiten hatte Barthel nicht mehr. Also umklammerte er seine Pistole.

„Du hättest gestern deine Chance nutzen sollen …“, sagte Meyer höhnisch. „Wo hast du dich denn eigentlich versteckt? Lass mich raten, du bist schon da drinnen bei ihm.“

Auf einmal nagte etwas an Barthels Bein. Das konnte nur eine

Ratte sein, schließlich war er umgeben von ihnen. Aufschreiend zappelte er mit den Beinen.

„Habe ich's doch gewusst", feixte Meyer. Das Licht flackerte wild, und Barthel hörte mit Entsetzen, wie eine Pistole durchgeladen wurde. Die musste sie Kotte eben abgenommen haben.

„Zeig dich!", rief sie.

Barthel hatte keine andere Wahl. Selbst, wenn er sich hier weiter verschanzte, so könnte er nicht entkommen, und Hilfe war auch nicht zu erwarten. Selbst Michel wusste nicht, wo er war. Also rutschte er zähneknirschend auf den Knien zum Eingang der Kammer. Ungewollt schliff er einen großen, schweren Knochen mit sich, aber das bemerkte nur er. Barthel witterte eine Chance und ließ ihn geschickt unter seinen Beinen verschwinden – auch wenn es sehr unbequem war, darauf zu kauern. Vielleicht würde der Knochen ihm noch mal nützlich sein. Nur das Licht blendete ihn so sehr, dass er wegschauen musste, da sich seine Augen bereits an die Dunkelheit gewöhnt hatten.

„Wie heißt es so schön … Waffe weg und schön brav die Hände hoch", zischte sie.

Ihrem Befehl folgend, warf Barthel widerwillig die Waffe in ihre Richtung. Meyer trug wieder ein Kopftuch, insofern Barthel das in dem Licht erkennen konnte. Die Witwe konnte hier unten sogar stehen, so zierlich war sie. Und auch jetzt wieder wurde Barthel die Ähnlichkeit zu Ronja Gräfe bewusst. In der einen Hand hielt sie die Lampe, in der anderen die Pistole. Ein sehr altes Modell, also nicht die von Kotte. Barthel tippte darauf, dass es eine übriggebliebene Waffe aus dem Zweiten Weltkrieg war. Bestimmt auch ein Relikt aus der Höhle.

„Was hast du jetzt vor?", fragte Barthel angespannt.

„Rate doch mal. Du bist doch so schlau", giftete sie ihn an.

„Ich verstehe. Nur noch eins … Was hat dir Hauer eigentlich getan?“, bat Barthel um eine Erklärung für diese schreckliche Tat.

Erregt fuchtelte sie mit der Pistole rum. „Warum konnte dieser Mann nicht genug bekommen? Es musste immer mehr und mehr sein! Einen Puff wollte er mir neben das Haus setzen. Und meinen Garten wollte er auch dem Erdboden gleich machen! Für eine Protzvilla! Aber dann hätte er auch meinen Mann entdeckt. Dabei ruht er doch hier schon so lange ganz friedlich. Ich nehme an, du hast ihn schon gefunden …“

Barthel nickte und fragte weiter: „Wie bist du eigentlich gestern entkommen?“

„Durch den Schacht, der direkt hinunter in die Höhle führt. So habe ich übrigens auch Hauer häppchenweise hergebracht“, grinste sie teuflisch. Nach einer kurzen Pause fügte sie hinzu: „Findest du nicht, dass jetzt alle das gekriegt haben, was sie wollten? Hauer liegt unweit von seiner Lochmühle. Und ich kann meinen Garten behalten. Eigentlich sollten mir alle dafür dankbar sein. Niemand hat sich getraut, sich ihm in den Weg zu stellen oder irgendetwas gegen ihn zu unternehmen. Doch jetzt wird er uns keine Probleme mehr machen. Das Dorf ist dieses Scheusal endlich los.“

„Wer hier das Scheusal ist, ist ja wohl eindeutig. Dir ist schon klar, dass ich dich nicht laufen lassen kann!“, reagierte Barthel eisern.

„Ich denke, du verwechselst da etwas!“ Sie zielte mit der Pistole auf ihn und krümmte den Finger am Abzug.

Barthel spürte, dass es gleich vorbei sein würde und schloss die Augen.

„Schade um dich! Du warst eigentlich ein feiner Kerl“, hörte er Meyer noch sagen.

Plötzlich knarzte es über ihnen. Das Geräusch kam aus der Richtung von der Öffnung.

Davon überrascht, riss er schlagartig seine Augen auf und sah zu seinem Glück, dass sich Meyer in Richtung Bodenluke umdrehte, um nachzusehen. Dann lief alles wie in Zeitlupe ab. Barthel nutzte die Chance und griff sich den schweren Knochen zu seinen Füßen. Hemmungslos schlug er ihn ihr ins Gesicht.

Meyer sackte zusammen. Barthel trat ihr die Waffe aus der Hand. Dann erst warf er den Knochen weg und schnappte sich seine und ihre Pistole. Barthel steckte beide Waffen weg und holte die Handschellen aus seiner Hose. Die legte er der noch benebelten Meyer sicherheitshalber schnell an. Als das geschafft war, rief er zu Kotte hoch: „Alles in Ordnung bei dir?“

„Weiß nicht so recht, aber ich fordere jetzt erst mal Verstärkung an!“, bekam er als Antwort zu hören. „Hältst du so lange die Stellung?“, fragte Kotte ihn besorgt, der dem Stöhnen nach bereits im Begriff war, sich mühsam aufzurappeln.

In der Zwischenzeit setzte Barthel sich mit gezogener Pistole auf den Boden. Er hatte Meyer bestens im Blick und sah ihr zu, wie sie allmählich wieder zu sich kam.

„Du hast Friedrich Hauer vergiftet! Stimmt's? Es ergibt alles einen Sinn. Übrigens, weil ich es gerade sehe, dein Kopftuch hat dich verraten. Und dein Summen. Beides hat die Wildkamera noch aufgezeichnet, bevor du sie mutwillig zerstört hast. Anschließend bist du zu Hauer in die Lochmühle gegangen und hast ihm eines deiner vergifteten Quarkbällchen angeboten. Arglos hat er damit sein Todesurteil unterschrieben. Aber immerhin war es lecker, das muss ich zugeben. Ich vermute, dass er dich durch die Halluzinationen für Gräfe gehalten hat und dir anstandslos gefolgt ist. Du wusstest nämlich von ihrer Affäre! Die Zeugen vor dem

Wagner-Denkmal hielten euch für ein schräges Paar und dachten sich nichts weiter dabei. Dann hast du ihn in die Höhle gelockt, wo euch niemand sehen konnte und ihn eiskalt erschlagen", präsentierte Barthel seine Theorie. Nach einer kurzen Pause fügte er hinzu: „Und Mielte hast du auch auf dem Gewissen, weil er etwas gegen dich in der Hand hatte. Rüttig selbst erzählte mir, dass du ihn in ein Gespräch verwickelt hast. Das war am Tag von Mieltes Tod.

Selbstlos hast du ihm die Pilze aus deinem Garten geschenkt. Und ich wette, darunter war auch ein Giftpilz. Vielleicht war da beispielsweise ein junges Exemplar von einem ‚Weißen Knollenblätterpilz' dabei, der tödlich wirkt und nur schwer von einem Wiesenchampignon zu unterscheiden ist. Oder du hast anderweitig nachgeholfen und möglicherweise Gift in einen Pilz reingespritzt. Egal wie, der misstrauische Mielte nahm an, die Pilze würden von Rüttig stammen – einem Menschen, dem der Spitzel sehr vertraute, und bereitete sie sich nichtsahnend zu. Dabei hast du sogar billigend in Kauf genommen, dass Rüttig auch draufgeht. Anschließend hast du dafür gesorgt, dass Mielte nicht mehr aus seinem Versteck fliehen kann."

Erika Meyer hatte sich zwischenzeitlich aufgerichtet und schaute ausdruckslos drein, ohne ein Wort zu sagen. Leise entfernt konnte Barthel schon die Martinshörner hören.

ENDE

Henning Kreitel, geboren 1982, lebt und arbeitet in Berlin. Er studierte Fotografie in Stuttgart und besuchte das Studio für Literatur und Theater in Tübingen. Zahlreiche Veröffentlichungen und Ausstellungen, Mitglied im PEN Deutschland, der Deutschen Gesellschaft für Photographie und im VS. Seit 2022 ist er Vorsitzender des VS-Landesverbands Berlin. Im Mitteldeutschen Verlag erschienen seine Gedichtbände „Warten auf erneut" (2017) und „im stadtgehege" (2019).

1. Auflage

www.mitteldeutscherverlag.de

Gesamtherstellung: Mitteldeutscher Verlag, Halle (Saale)
Umschlagabbildung: © Jawinter – shutterstock.com
Lektorat: Marie Reppe

ISBN 978-3-96311-888-3

Printed in the EU